章汝奭 著
石建邦 李天揚 編

章汝奭詩文集

上海書店出版社
SHANGHAI BOOKSTORE PUBLISHING HOUSE

章汝奭先生

序

二〇一七年九月七日，章汝奭老師在上海辭世。此後不久，石建邦、李天揚兄便開始多方收集章老師的未刊詩文，與已經出版的《晚晴閣詩文集》《晚晴閣詩文續集》合爲一帙。今《章汝奭詩文集》即將付梓，命我撰序。在將集中詩文通讀一過後（其中許多早已拜讀），我對老師的一生又有了新的認識。先賢云：「詩言志」，「文如其人」，信哉斯言！

章老師去世時，享年九十一歲，此時我追隨老師學習藝術也已整整四十年了。老師去世後，有一個問題常縈繞我心：如果老師健在的話，他會怎樣爲自己在當今的社會做一個定位呢？數年前，章老師曾自撰輓聯：「任老子婆娑風月，看兒曹整頓乾坤」，横批「無愧我心」。横批概括了老師表裏澄澈，心迹雙清的一生，但并不涉及對自我社會身份的認定。這次重讀老師的詩文，其中爲《晚晴閣詩文集》所撰自序回答了我的問題：

士之託身於世，各有其志，亦各行其道。予幸得劫後餘生，恒思有所建樹，乃碌碌樗材，愧未能也。惟積習所驅，每爲言志向、抒感慨，寄情詩詞，或交親庋藏屬爲題識，輒不揣鄙陋，勉應所請。或披卷之餘，偶獲一得，質諸師友，儆轚問難。

此序作於乙亥閏八月十九日，亦即一九九五年十月十三日，是時章老師已年近古稀。在社會，章老師是教授，外貿專家，書法家；於家庭，他是丈夫，父親，外公。但是，在這些身份之上，他用一個「士」字，界定了自己的社會身份。在古代，士擔負着知識傳承的責任。在當代，隨着教育的普及，不但讀書識字對大多數人來説早已不成問題，接受過高等教育的人在總人口中也佔了很大的比例。可在物慾横流的今天，頂着博士、教授桂冠的精緻的利己主義者和道貌岸然的鄉願，觸目皆是。有多少知識的傳承者可以做到「無恒産而有恒心」，超越個人利益，自覺地實踐道德理想，稱得上「志於道」的士?!

「士」無疑是理解章老師一生和解讀他詩文的關鍵詞。章老師一九二七年生於北京，祖籍蘇州。父親章保世（佩乙）在清末民國的文壇和政壇上均十分活躍。早年辦報，曾爲《申報》主筆；後入政壇，出任段祺瑞政府的泉幣司司長、財政次長。雖説今人視章老師爲世家子弟，但童少年時期的優渥生活并没有持續多久。舊式大家庭的複雜，日寇侵華帶來的民族危機，致使他十六歲時便隻身入蜀，顛沛流離。一九四九年後政治運動頻仍，「三反五反」險些蒙冤入獄，「十年浩劫」下放梅山……直到一九七九年返回上海執教外貿學院，他的生活才終於安定下來。此後的歲月雖也有種種不如意，但總算安定，章老師也因此以「晚晴閣」顏其居。

章老師的個人遭際是二十世紀國家動蕩的縮影。他出生在政治人物的家庭，對世事的浮沉，有着比常人更爲深切的體會。大半生的坎坷，難改其耿直狷介的性格，即使在最艱難的時刻，他也從未沉淪過。言及早年的經歷，章老師提及母訓甚嚴，從不許有貴介習氣；父親則是他的詩文與書畫的蒙師。此外，他特別提起了兩個對他影響深遠的人：文化程度不高的奶母；滿腹詩書的文史老師。他在《章汝奭自傳》中寫道：

從我記事一直到十多歲這段童少年生活，我一直是在奶母的愛護之下過來的。我的奶母袁氏，北京西郊青龍橋人，耿直善良，這在我身上打上了不可磨滅的烙印。

九歲那年，母親爲章老師延請了一位文史老師——王君珮先生。他在《十至文論》中談到了這位老師：

十至文者，司馬遷《報任安書》，賈誼《過秦論上》，諸葛亮《前出師表》，李密《陳情表》，陶淵明《歸去來兮辭》，杜牧《阿房宫賦》，柳宗元《捕蛇者説》，范仲淹《岳陽樓記》及蘇軾《前後赤壁賦》也。予髫齡時由王君珮先生授經史，後讀楚辭、漢賦，再後選讀兩漢、唐宋文。上述十篇，曾反復研讀，迄已六十餘年，除《報任安書》外，多能背誦。自問此生歷經坎壈蹭蹬而能不污行止者，實有得於此。

章家延請王君珮先生，時在一九三六年，已是民國二十五年。但在許多世家子弟的教育中，傳統的經史子集依然佔有相當的比重。可是有多少人會從中領悟人生的真諦；即便有所領悟，又有多少人能够付諸實踐。在王君珮先生教導下，章老師不但打下了堅實的文史和辭章基礎，他還把先賢的教導作爲人生的指南。他在《十至文論》中繼續寫道：

概而言之，此十篇可歸之三類：一曰親親仁民，二曰曉喻人生，三曰教忠教孝。愚以爲讀書在於明理，若能解此三端，當能立身行世而託於君子之林。

章老師一生坎壈蹭蹬，却能不隨波逐流，源於他從先賢的教誨中汲取精神養分，以「士」和「君子」自期。「天行健，君子以自强不息」，這些古訓在今天那些工於算計個人得失的人看來，顯得迂闊，在章老師那裏，却是應該努力踐行的立身原則。

讀章老師的詩文，總能感受到他深摯的家國情懷。一九七八年冬，下放南京梅山當了九年炊事員的他，將被調回上海工作，此時他已經五十二歲。得知自己即將回到外貿領域工作，他感慨萬千，寫下了《戊午冬月奉調返滬爲賦長句》：

轉眼梅山十度春，重臨非復舊時人。壯心未泯惟多病，書劍雖存滿垢塵。每嘆報國來日短，何期汩没一朝伸。拚將餘歲涓微獻，抹去傷痕化墨痕。

幾經磨難，報國之心却并未泯滅。在一九九三年題自書《哀江南賦》小楷卷的跋中，他這樣寫道：

坡公有云，天下之患最不可爲者，名爲治平無事，而其實有不測之憂。縱觀史籍，禍起蕭墻者，每甚於外患之擾，故用人不可不深察之也。若於得志之後，縱情傲物，不思虛心納下，則尤易爲外忠内詐、虺蜴爲心之徒所乘，可不懼哉？庾子山《哀江南賦》直陳侯景亂梁故事，讀之慨嘆不已，用檢紙書之，是亦哀而鑒之之義。後之攬者其爲鑒諸。

借古喻今所寄託的是對政治清明的期盼。

對家庭的眷愛與責任心是章老師家國情懷的另一極。章老師與師母陳文淵女士自幼相識，結縭六十五年，伉儷情深。師母去世後，老師寫的一組悼亡詩，讀之令人惻然。兩個女兒在「文革」中下放農村，失去求學機會，出身書香門第的他一直爲此抱憾。當外孫女丹丹顯露出讀書的才華後，章老師倍感欣喜。一九九〇年代初，丹丹赴加拿大留學，萬里之外的牽掛在《辛巳七月二十七日凌晨，寫經遥念丹孫，賦此寄之》一詩中有充分的表達。詩後小記曰：

我遥記得你才出生不幾天，我從南京乘夜車返滬，車站上播放《山丹丹開花紅豔豔》的曲子，這樣我就給你起個小名「丹丹」。次日晚上我抱着你在我懷中睡着了，從那時起我就決心培養你成才。儘管那時候我自己前途未卜，但我這個決心又何須別人知道呢……一下子二十多年過去了……現在你遠在萬里之遥，我是如此地思念你，就作當你學畫時我在弄口遠遠望你歸來吧！或就當作你和同學聚會而遲歸吧！現在漏盡更殘，我是如此地想念你，連經都寫不下去，只能讓這裊裊香煙寄託我深深的思念吧！怕你看不懂，就寫了這些一并寄給你。

小記中提到的寫經需要做些解釋。章老師是虔誠的佛教徒，抄經是其日課之一。從一九八〇年開始，章老師每年都會抄五至十餘通《金剛經》。《金剛經》五千一百餘字，抄一通約一個星期。數年前，我的一位年輕朋友購買了數通章老師寫於一九九〇年代初的《金剛經》。事後我瞭解到，當時爲了籌措丹丹自費留學的資金，章老師不但轉讓了陸儼少先生爲他作的幾幅畫，還賣了幾十通蠅頭小楷《金剛經》。

詩文集所收談詩論文、品書評畫的文字，呈現了章老師在中國傳統文化諸多方面的修養和造詣。而那些憶舊文字和友朋書札，則記録了他日常生活的點點滴滴。無論是爲人處世，還是讀書寫字，章老師都堅持一個「品」字，這是他，一個「士」一以貫之的信念。

章老師患有先天性心臟病，在他生命的最後幾年，身體已經非常羸弱，每次我去府上請教，爲我開門，走四五米，他都會喘氣。可當坐定之後，論及時事，憂國憂民的神情，溢於言表；臧否人物，不避權貴；談到生死，從容淡然……佝僂的身軀與昂揚的神態，形成鮮明的對比——精神的力量已經超越了軀體所能允許的界限。每當我回想起這些情景，便會想起這句用在章老師身上十分恰當的古訓：「士不可以不弘毅。」

戊戌夏日受業白謙慎拜撰於杭州

目録

晚晴閣詩文續集

晚晴閣詩文集

序

士之託身於世，各有其志，亦各行其道。予幸得劫後餘生，恒思有所建樹，乃碌碌樗材，愧未能也。惟積習所驅，每爲言志向、抒感慨，寄情詩詞，或交親庋藏屬爲題識，輒不揣鄙陋，勉應所請。或披卷之餘，偶獲一得，質諸師友，效顰問難。至於書翰乃予夙好，所作亦嘗邀前輩謬許。因有論著。總上數端，越十餘年積之成帙。兹選其略可觀者付梓以存，但求雪泥之慰，非敢以遺後人妄附立言之列。區區微忱，幸垂鑒焉。

歲在乙亥閏八月十九，長洲適讀生章汝奭於海上得幾許清氣之廬

卷上

詩詞一百零五首

庚子秋月作懷舊調寄虞美人

人生最是難爲别，況復音書絶，冥鴻不踏輭紅塵，望斷秋波，何處寄秋心。　長安日近回頭是，容與平生志十年，客子夢中遊，夢到西山，霜葉滿山頭。

辛丑春述懷

拂曙聞雞劍不鳴，懶從蝸角務虚名。曉風過處哀笳急，轉覺閒襟足此生。

庚戌歲來梅山初在江邊挖土石五月分配在食堂操作甫上炊臺感賦絶句

不識孤忠不須哀，恬安操作在炊臺。人間何處無風雨，那得閒歌歸去來。

丙辰清明後二日氛圍鬱悒候家書不至賦阮郎歸小令以遣之

日盼家書已到申，無聊近黄昏。望鄉臺畔數家村，常留陌路人。憑躑躅、望煙塵，獨自黯銷魂。歸去西邊月一痕，愁如天際雲。

戊午正月初四雪夜獨酌感賦七字

五十出頭又二年，青袍斗室故依然。不傷蹭蹬人垂老，却任悠閑日日添。詩酒豈能除魑魅，振拔猶自愧愚頑。尚存餘勇終當鼓，翹盼登程快著鞭。

戊午三月十一内子陳文淵四十八歲生日賦寄十韻爲壽

結褵三十載，聚少别時多。常覺心慊積，況乃久蹉跎。兩女雖已長，難忘耳鬢磨。幾番遭蹇舛，止水静無波。茹苦甘如飴，心曲不須説。人世有滄桑，堅定莫能奪。賢達兼睿智，我每愧愚拙。今值君華誕，兒孫坐滿桌。我雖獨向隅，賦此聊寄託。祝君安康樂，百歲舞婆娑。

此間或妄傳予爲章士釗之姪賦小詩以辟之

家在吳門幼在燕，孤桐羞與漫攀緣。伶俜半世安狷介，笑遣餘年似放船。戊午七月，偶讀宋詞，見東坡有「小舟從此逝，江海寄餘生」句。

戊午冬月奉調返滬爲賦長句

轉眼梅山十度春，重臨非復舊時人。壯心未泯惟多病，書劍雖存滿垢塵。每歎報國來日短，何期汩没一朝伸。拚將餘歲涓微獻，抹去傷痕化墨痕。

己未花朝工作猶未落實思及梅山歲月戲作七字

世事應須兩面看，梅山度歲亦恬然。知交步月隄橋下，薄醉吟詩矮樹邊。閑話臨池多諧趣，卧持詩卷勝遊仙。漫誇澹泊安庸碌，坦蕩遂覺天地寬。

苦雨吟　庚申六月，恶雨經月不止。七月十八日凌晨，枕上口占

庚申六月半，霪雨如天漏。终日無晴意，向午長昏黑。小雨轍滂沱，大雨侵堤垛。天道逆時

行，地氣翻南北。暑熱縱消弭，寧不思阡陌。兼旬復經月，方寸失依託。所愧處閑適，無爲對災禍。安得降魔杵，一揮天下白。仁施被黎元，勿使蛟龍得。

庚申六月晦日遊留園追憶前此之來忽三十三年矣

劉郎今又到留園，幾度徘徊老柳前。最是傷心分手處，風光兀自勝當年。

同日再遊西園寺

早歲來時伴冥鴻，重臨禪寺一衰翁。菩薩不記昔年誓，笑對門前香火隆。

歸途經吳趨坊過舊居一視

門户依稀似舊時，匆匆來去畏人知。愛孫長成應問我，大父緣何情太癡。

辛酉十二月題友人山水畫

古松屹立谷谽谺，嵯峨峰迴野徑斜。雲裏不得行人跡，或於幽壑見山茶。

壬戌四月作論書絶句十首

執筆而今五十春，幾曾屬意側書林。世人若許加青眼，偏恐時風涉太深。

妍媚何如格調高，文章山水字舟橋。天然超逸方堪賞，刻意求工似反凋。

法度從來尚森嚴，狂生漫作緊箍觀。最嫌亂抹徒誇野，一正書風豈妄談。

總角臨池夏日長，蛩鳴秋夜數支香。冬來墨凍十餘紙，三載依然對廟堂。

海上堂堂數大家，不循榘矱是生涯。從來造意因奇想，恣肆生發衆莫譁。

不諳經史不爲文，不習平仄自成吟。爾曹墨瀋通江海，獨我山陰道上人。

詩情畫意筆方賒，聚墨成形即謂荷。遥曳鐃他直在我，自家風月自婆娑。

不衫不履楊風子，妍媚爲工趙子昂。取捨自來隨品格，豈因才力論行藏。

極端絢爛歸平淡，不著俗塵始自然。此語確非輕悟得，幾經周折已衰年。

垂老渾然不自知，眷言心曲費説詞。莫輕小枝無關雅，肝膽爲真總若絲。

癸亥新春抒懷

曾歎人間萬事非，乃今寰宇迓春回。莫因蕙茝傷啼鴂，無復薔薇送囀鸝。斯棘墓門焉用斧，構巢蕭木亦堪棲。衰顔且自爭餘歲，簌簌青燈又欲曦。詩云：「墓門有棘，斧以斯之。」予反其意，蓋重在教化也。

癸亥重九後一日食蟹戲賦

獠牙青面逞凶風，長手攀援慣横衝。笑爾不知人間世，等閑釜底遍身紅。
周身甲胄縱堪矜，纖手持將却不禁。生死豈關蝴蝶夢，難逃剖解佐清樽。
古遺渾名鬼不識，自來指點重衣裳。膏肓肺腑人皆見，不值訕笑是中腸。

一九八三年十月三十一日應裘復生裘劭恒二學長之屬賦五律一首

奉祝賀緑汀院長音樂活動六十年兼八秩華誕雙慶

當代論音律，如有公幾人。蕭蕭淩易水，凜凜抗風塵。浩氣呑群小，情懷赤子心。耄翁馳六紀，詎望仰清芬。

甲子正月海隅書屋主人持高西唐竹石小幀屬題爲賦四絶句

春來霧露發新籜，却值夭桃競艷時。對此亭亭生稚想，東君何必向南枝。

躭詩兀自覓活句，寂寂中庭夏日長。風過竹喧窗影動，何妨送我一身涼。

策策西風瑟瑟秋，叢叢矗矗兩悠悠。饒他此日猶飛翠，不覺騷人久佇留。

嶙豎石旁植細篁，幾竿遥曳太修長。誰知勁節錚錚骨，慣耐三冬夜半霜。

刊一九八四年六月二十四日《解放日報》

甲子立秋前一日重遊成都武侯祠有作

四十年前謁此祠，也曾矢志效驅馳。花開花落蹉跎過，春去春來鬢已絲。每值中宵驚坐起，會因杯酒愧難支。今當案有多篇續，長憶先賢盡瘁思。

同日謁杜甫草堂

素愛草堂詩，今來翻覺遲。庭階何顯敞，猶憶濕衾時。賚志關民瘼，終難起子遺。世間無窮達，豈用寄幽思。

抗日戰爭期間予嘗負笈西行哀鴻遍野觸目蕭然今歲赴川講學沿途所見一片生機憑河賦此以志欣快甲子秋於隴海道上

憶昔千里溯河行，傍岸時聞喑咽聲。巨象寧堪奴役苦，赤龍能忍箭弦驚。雲開日照浮金耀，雨霽清輝映璧明。殊喜老來猶攬勝，風陵渡口看潮平。

乙丑夏六月爲編寫國際市場學教材赴荷蘭工作二十餘日偶於工作之暇拾得絶句三首略加詮釋即寄師友兼寄故國之思云

溪面粼粼細柳垂，野禽追逐慣低飛。坐覺迢遞披紅綢，一抹斜陽夜半暉。鹿特丹派克斯旅店夜景，荷蘭仲夏夜十時日猶未落。

海下橋城畫艇遊，紅磚素牖靜悠悠。誰知錦繡叢堆裏，猶有人家在敝舟。阿姆斯特丹記遊。該市低於海面，市内水道縱横，有各式拱橋一千餘座，因有橋城之稱。

飛馳頭上乃巨艘，暖室風車共緑疇。信美花國非吾土，總思王粲賦登樓。舒哈文鎮郊遊感賦。高速公路在可行駛萬噸巨輪之河底通過，故云。

乙丑小雪後一日戲題鹿牀秋山蕭木圖

豈傷山徑太崎嶇，健步猶堪萬里餘。絶頂雲端憑嘯傲，任他塵世慣揶揄。原畫題識爲「秋風蕭蕭，木葉飄飄。路嶇山嶠，亭空寂寥。」予反其意作此。

乙丑歲晚抒懷

爲詩何必求天籟，感會興懷或得之。世味厚薄渾漫與，平生甘苦寸心知。家無長物唯禿筆，室有餘香剩墨池。賴此縱堪經朔望，可須慚怍對明時。

王清立薛竹平嘉禮小詩爲賀

育松清化立，植竹報平安。把臂滄浪上，悠然憑素湍。

丙寅三月知友鮑韜屢函誠我節勞作此答之調寄玉蝴蝶

數紀蹉跎飛逝，而今悵晚，底處淹留。露電塵寰，曾見幾人參透。歎老矣、猶存癡念，真箇似、殘照耕牛。豈不思、隄橋漫步，閒看群鷗。激流金沙莫辨，憶平生事，一笑浮漚。或應置酒，放歌酣飲夢中休。却從來、書生稚氣，誰憐我、羞對神州。且爭得，月能當歲，夫復何求。

四月初二感興

老去渾如作繭蠶，餘絲吐盡一身拚。杜門豈爲長思過，絶飲多因意興闌。衰柳無綿應漠漠，寒蟬聲噤轉諳諳。千秋功罪憑誰問，引領乾坤子細看。

盛夏六月妻病住院予則匆匆北上以講學之約不可違也晦日賦得長句異日與文淵話此或當莞爾一笑

甫到京華已盼歸，靜來底事羈縈迴。晨昏但慰占吉字，茶飯無心祇應規。想爲持家躭絮聒，或因遠念一顰眉。空庭獨步何聊賴，目送棲鴉結伴飛。

立秋後二日於懷柔縣慕田峪登古長城

北國暢遊何處好，慕田峪上古長城。初秋初霽層巒碧，故土故人無限情。此地硝煙雖隔世，中原興廢正蒸騰。他年若得消閑日，拄杖還來續舊程。予祖籍蘇州，生於北平，二十歲始南旋，因謂故土故人也。

中秋月下漫步

四野疏星掛，孤雲伴月行。蛩聲風斷續，樹影露白新。既往成追隱，因衰眷世情。何如翛鶴去，赤壁一天横。

年來至忙或叩問下況詩以答之　時丙寅菊月

邇來底事詩思少，終日勞勞楮墨中。故舊久違忘歲月，情馳唯賴夢魂通。每應留飯慚爲別，會值臨發又阻風。無語奉答知己問，敢期秋後略從容。

丁卯歲朝以壯語作絶句四首示迎春也

朝暾馬上揮長鎩，夤夜燈前快著書。俱任男兒抒壯志，一壺天地小於珠。

詩情原自不平生，忍看梟楊恃縱横。畢竟乾坤存正氣，一輪紅日正昇騰。

兒時矢志氣如山，可奈中流陷巨湍。幸得餘生應奮翼，不須辭賦動江關。

彌年何必咸稱意，來歲焉如去歲多。鐵馬冰河猶入夢，丹心日日照洪波。

丁卯正月二十五日感興

人生何事費追求，數紀無功白了頭。螢火月明猶閃耀，蟬鳴黃葉不知秋。從來任教甘藜藿，未有仁心善自謀。東魯寄詩今記否，且將寬語付行舟。李白有《寄東魯二稚子》五古。予次女落户在皖，生計艱難，因於結句及之。

丁卯二月某生函問人生道路詩以答之

忽讀來字問人生，自古師承重性行。愧我盛年多坎壈，幸君平世俊良登。休躭奇景輕役役，莫效紛葩競亭亭。霧裏看花誇老眼，願存直道奮征程。

丁卯清明前二日步杜少陵小寒食舟中作韻

清明将至未消寒，斜雨斜风一布冠。深巷泥濘應少客，春光點染細中看。青青緑竹窗前舞，寂寂幽蘭動若閑。斗室猶堪憑躑躅，不須容與到長安。《詩・衛風》有「瞻彼淇澳，緑竹青青」句。

三月二十八日與諸生閒話後述懷

日與書爲伴，誰知晚歲心。時縈梅素韻，最愛雪精神。俛仰輕千鎰，情親重一芹。閑來扶杖履，或可作詩人。

丁卯端陽永州柳宗元紀念館落成爲賦長句

昔年含淚註貞符，賫志長思命有無。千載滄桑存易理，一生坷坎歎乘桴。山洪將至誰知曉，燕雀居堂每晏如。改革追維柳公事，仰天何可吝頭顱。

丁卯六月初九漫興

一醉能驅萬古愁，我因不醉泛孤舟。既經荆棘叢生地，未見繁花似錦洲。知己星分思憒憒，壯懷銷盡恨悠悠。無情處處真當去，祇爲河山尚少留。今日深悟古人爲國存活之義，誠可歎也。

六月二十四感事有作

猶憶少年標高格，乃今惆悵對斜陽。橋邊露冷餘芳草，水曲荷殘剩藕香。老去自悲驅駑馬，世情誰復惜羔羊。忍憐惡竹驕恣甚，却使青松憤滿腔。

六月二十五康德生自成都來雨夜見過一夕而别

天際降冥鴻，還疑睡夢中。參商恒悵隔，吴蜀一江通。戎馬關山小，文章不竟功。明朝詩簡付，燈下對杯紅。德生已於辛未歸道山，不意前此一晤，竟成永訣。

七月初八鄺鴻任林書自京都來冒暑見過

喜逢賢達談經濟，偶歎時艱論是非。霪雨迷濛終有徑，層巒交錯固留屐。登高問鶴知興廢，憑水聞鶯伴月啼。異日舉杯能笑語，幸無塵霧染征衣。

九月十九至京郊小湯山講學鄺鴻任林書張昌霖見過并邀至西來順宴飲歸後用韻調寄木蘭花慢

盼重逢北國，却叵奈，太匆匆。節令正西風，黄花已謝，霜露方濃。觀都下，繁如錦，祇山川猶似夢魂中。惆悵阮籍青眼，難消磈磊心胸。　邇來底處寄萍蹤，日日在書叢。惟行間字裏，朝夕晤對，何必朦朧。賢兄或思問我，豈文章辭賦變窮通。未可悠游卒歲，會當不易初衷。

丁卯小寒後一日爲悼念音樂學院陳又新先生作

一曲沖霄漢，何如靖節琴。盛年罹浩劫，桃李慟江濱。仁者多坎壈，過秦後世音。無能誠有味，不必遣愁侵。又新教授在十年動亂中慘遭迫害，忽忽近二十年矣。

丁卯臘月二十五感事有作

癡頑徒自惹煩愁，何用情牽在綠洲。大漠苦寒饒視曠，鑑湖無際放輕舟。百年未必黄粱熟，萬事應追紫陌由。屈賈而今誰記得，止於書架度春秋。

丁卯除夕大雪終夜戊辰歲朝曉日曈曈詩以寄興

一宵飛絮戊辰來，日照銀花似玉栽。肅氣也抒胸抑鬱，冰霜暫覆世塵埃。豈期魑魅伏寒冽，且樂緗梅對雪開。處處隨緣堪駐足，不教罣礙擾情懷。

戊辰人日薄醉放歌

每逢人日費思量，淺榼難留薄酌香。世事爭如施雨露，生涯常若犯風霜。攀援拄杖傷疲憊，放棹中流自笑狂。何用歔欷賦鵩鳥，燈前且爲校書忙。

予自庚戌赴寧己未始返迄今忽又近十年矣每憶梅山歲月不勝低回

戊辰秋梅山書畫展開幕慨然有作或亦一伸懷舊之思乎

十載梅山浪跡身，矮几短紙伴詩魂。一吟一唱皆情語，祇爲周遭盡解人。

無題　戊辰秋作

遠遠山，彎彎水，青青竹，蕭蕭葦，淡淡風，盈盈月。望蒼穹，心如墜，一縷愁思空怨懟。

戊辰大寒後二日庭内緗梅初放整株不過十餘朵耳爲賦五字

曙寒驅曉夢，窗下見冰淩。蕭院尋一曠，幽香數縷清。炎涼洵世俗，開謝總多情。何日能逢雪，仙姿照眼明。

戊辰九月醴泉老哥檢其先人墨蹟重裝歲尾竣事付予屬題予敬其孝思感其愛重爲賦絶句以記其事

往日忠求孝子門，而今鮮矣此綸音。奉知輭紅衰世裏，猶見萊衣曳舞塵。

鵲橋仙　戊辰臘月二十感事有作

滴檐細雨，爐邊茗椀，平添幾分清趣。披衣燈下一卷書，想不到，悲歌擊筑。　壯懷消磨，豪情無據，幽蘭應非安許。明時偏自覓芳洲，合當在，竹林深處。

離別白下忽十年每憶梅山時日不禁歎息戊辰歲末掇拾舊景作減字木蘭花小令寄舊游或博一笑

飛駒歲月，難忘當年盈天雪。廚下聲喧，忙裏偷閑筆墨間。　工餘浴後，躑躅田頭霞染岫。今又春風，梅綻山輝相映紅。

戊辰歲末作放言一首

未卜游期春已逝，難留嘉會悵別時。紛繁毀譽無心住，屑小糾纏漫與之。半世坎坷悲落澗，餘年惟願對梅枝。鑑人何用評周比，所以由安欠自知。佛經有云：「應無所住而生其心。」《語》云：「君子周而不比，小人比而不周」，又云：「視其所以，觀其所由，察其所安，人焉廋哉。」

贈王章元

少小風帆向海旌，幾天陰雨幾天晴。泰西行旅何章法，攬勝元祇靠登臨。

予於一九七〇年元月八日遣送梅山勞動一九七九年元月返滬任教忽已十年一九八九年元月八日竟來梅山講學撫今追昔曷禁滄桑之歎今之梅山非惟生産建設美輪美奐且儼然一文化城市矣是則不可以無詩

十九年前流放日，乃今值此竟重臨。茅棚盡去飛華廈，幼木垂垂已作陰。莫爲衰顔傷歲暮，共圖偉業振精神。梅山消息縈魂夢，喜看桃源處處春。

一九八九年四月二十四日梅山興建二十年矣因以我與梅山爲題賦七律一首但抒胸臆非爲羔雁具也

飛雪狂飆十六車，忠貞翻作鬼牛蛇。誰期箇裏新天地，可信寰中盡坎坷。幾度蒼黄存翠柏，九年朝夕譜清歌。而今偶憶梅山月，猶教風人忘夜賒。

梅山二十年大慶會上口占

人世幾回拚事業，壯時曾不慮榮枯。祇緣動亂同來此，豈忘艱難歲月除。當笑泥衣三徑下，攻書每伴一燈孤。廿年育就新生代，細畫梅山五色圖。

己巳立秋校書竟日忽有所感率成一律

伏案從頭白，何傷市路遐。緑衣恒不見，赤驥忍披沙。心跡皆蕭散，詩文霧裏花。鉤玄稿未竟，忽已日西斜。

己巳菊月子丞仁丈賁臨寒舍動問近作勉以長句裁答即呈印可

吳山越水任徜徉，梅老枝虬分外香。勝事不羈詩書畫，嫉俗何必酒顛狂。經秋未便吁多舛，春至方宜護暗霜。頤養從來心在道，聽蛙聽雨興初長。

扶笻此日到峰巔，俯瞰塵寰甚可憐。小徑迂迴千嶂裏，大江瀾卷萬嵐間。半生蹭蹬勞誰問，片紙艱難已忘年。洗硯池邊憑自笑，市朝名利戰方酣。

或問先生底處來，終年求索復徘徊。苦吟一字躭佳句，慵眼幾曾俗事開。潑墨腕邊殊韻起，漏痕胸次有寒梅。河陽絶藝驚遐邇，夢裏清芬滌宿埃。北宋郭熙字淳夫，先生字之淳，要非偶合耶。

庚午春晚雜興

世人但識東君面，未解旁行助亂條。桃李乘時青雀開，一齊呼嘯到春朝。

朝霞未卜片時晴，過午淒淒雨又生。向晚一燈持卷坐，静中無緒對蛙鳴。

風吹楊柳似依依，柳拂苔痕浪拂堤。縱有多情春夜月，孤雲落落傍鳥啼。

卜者 庚午寒食

卜者侈言予命苦，不知何狀會稱佳。食膏懨卧心無用，臨難偷安若暮鴉。世事倚伏誰可必，枯藤经露尚飛花。平生未審迎時尚，竚對餘暉惜晚霞。

庚午春於醴泉老哥處獲讀倒影集深有感喟爲作金縷曲一闋即呈張文達先生

世路何堪說，數十年，飄零俯仰，都成追憶。嘯傲龍門悲劍閣，而今一頭飛雪。家國事，空勞愁絶。拂曙披經賁夜讀，更倚欄，漫度湘靈曲。羨庭燕，輕來去。　餘生唯有情難寄。本癡人，偏思領悟，參禪滋味。落紅滿階隨手掃，蕭館春寒幽處。且料理，斷緒殘楮。了却生前身後賬，衹從來不欠虛誑債。誰與我，共明月。

「嘯傲龍門悲劍閣」：一九四三年予畢業於北京育英中學，年甫十六。九月赴成都，推架子車過洛陽龍門山。大雨，嘗發誓言抗日救國。四五年雖抗戰勝利，旋内戰又起。四六年初，輾轉經川北返里，經劍閣時曾賦五律，中有「疊嶂隱石徑，曲水送萍蹤」句。

庚午五月喜聞梅山即將擴建軋鋼賦七字寄張思明

多年恨鐵不成鋼，此日終能論志量。賁夜一燈躭計畫，恒思百代獻工糧。任他鏡裏添白髮，顧我爐前煉紫霜。總信梅山無惡歲，艱難何懼老馮唐。

贈王湘

廿載横呼書無用，乃今又泛此旁行。湘君畫就長安策，教化悠悠雅正聲。

庚午秋月爲上海外貿學院校慶三十周年賦長句或亦以己之失用勉於莘莘學子乎

豈用矜誇數紀年，育人端在性行傳。有才無德直濟惡，立品閑中每至難。漫道平波唯細浪，素絲悲染纖毫間。我今矻矻終餘歲，回首前塵猶悵然。清張問陶梅花詩有「閑中立品無人覺，淡處逢時自古難」句。

羊年將届雙清樓主作吉羊圖屬予繫之以詩

黎庶年年盼吉祥，乘除端的費思量。豈尋仙客星槎路，不恃東君正主張。世事本來多倚伏，曠達無復歎炎涼。春回且看誰真健，策馬迎暉戰一場。

辛未七夕

稍悟人生斂放狂，歡愉無份老劉郎。花前索笑渾無賴，酒後飛書寄慨慷。乞巧誰憐癡意態，夜吟爭得謂追涼。天河漫漫真堪往，可歎凡間夢過場。

辛未嘉平上浣病起賦俚句

無端多日病糊塗，病起驚覺近歲除。堆案來鴻催作覆，一函書槀繕編初。癡頑或可偷日月，世路常苦費功夫。自計生涯祇如此，不遑屈鬱即浮圖。

壬申歲朝適交立春爲賦七字記之是年予六十歲矣

難得歲朝日報春，萬方歡慶共良辰。水仙香溢和温意，川酒榼開便欲醺。童稚笑喧花炮鬧，老迂揮筆竟晨昏。申年勝境知何似，且試登臨矯健身。

壬申清明前後以事滯留京師十餘日感事作絶句三首要示一抒胸中抑鬱耳

清明無緒看桃花，皎若堆棉艷若霞。人意蒼黄花意好，何如歸去戲分茶。

輭塵誰不逐炎涼，賸有薄醪倦客嘗。失意不妨得意看，合將詩簡付滄浪。

世上悠悠豈識真，毋須嗟歎少知音。但存晚歲崢嶸氣，不做徒呼負負人。

贈梁世彬教授

壬申春暮赴穗講學，隔日而返，匆遽間未能與世彬學長兄一叙，悵何如之。聊賦四十字以書奉，或發千里一笑

人世歎參商，總因興廢忙。白頭應奮翼，赤手敢徬徨。日處紅塵裏，夢縈紫竹鄉。清風動衣裾，長嘯倚甘棠。

壬申五月嘉定陸儼少藝術院落成爲賦短歌

宛翁詩作畫，誰解畫中詩。胸次涵丘壑，毫端造化滋。崖懸磨天石，梅老破雲枝。乍駭崩雷

墮，何妨暮靄遲。既聞心際鐘鼓齊天樂，始見江山如此墨淋漓。短檠讀畫中宵立，長望月明人健天涯共此時。張輯《齊天樂》有「如此江山」句，故《齊天樂》又名《如此江山》。

壬申五月初三感事抒懷

陶令行歌志隱淪，乃能輕颺避俗塵。庭柯籬菊新熟酒，稚子親朋更素琴。笑我壯遊空折桂，何勞晚歲問醫貧。寧將餘日焚膏過，不爲逍遥致此身。

壬申七月既望以事觸迕不勝感憤爲賦七字遣之

每驚世態忒輕狂，無語差堪寄慨慷。巨諾煙消風過隙，誑言如瀉雨淋浪。幸能獨步尋幽處，羞爲逢迎一舉觴。揮袖立逃俗世擾，於無心處任行藏。

壬申嘉平初九值公曆一九九三年元旦作破陣子

愁積啜茗濡墨，無聊淺酌裁詩。人世蒼茫誰作主，歲月無情我自知，衹多惆悵時。　休歎殘陽西照，春來花著南枝。風雨幾番狂惡後，且看花期故放遲，不須情太癡。

癸酉中秋寄臺灣故舊

犁後恒存寸草根，頑生長繫故園心。誰憐圓缺悄悄月，可忘分合歷歷痕。鄰里尚須通款曲，弟兄終比越人親。莫睽隔岸頻杯盞，却鎖重門院落深。

甲戌小春月既望抒懷寄遠調寄念奴嬌

浮生易老，悵悠悠今又，輕寒風雨。逝水東流花落去，向暮危欄獨倚。緩步拾級，憑欄高極目，剩幾份孤寂。惱人雀噪，笑我偏多愁緒。　算來五十年矣，如煙往事，祇付空追憶。晚歲爭得佳日月，留點凡夫蹤跡。夙志當酬，餘暉猶在，誰解箇中義。波濤滾滾，心潮充塞天地。

乙亥秋興　八月二十八日作。或叩問下況，此紀實也

秋風不必歎蒼黃，笑我晨昏無事忙。掃葉堆花雖瑣屑，烹茶買菜亦周章。佳蟲數尾添逸興，

妙手盤飧朵頤香。筆硯案頭渾拋却，片時清夢料無妨。

乙亥立冬歌以詠懷但得遠俗當能自適耳

半世如煙逝，休吁晚歲聲。昨非無用悔，今是不關情。交契隨緣住，心安遠俗行。青山偕綠水，灑落快餘生。

讀詩偶得

解紅豆　一九八〇年元月

「紅豆生南國，春來發幾枝。勸君休採擷，此物最相思。」王維的這首名作，卻在很多刻本中将第三句改爲「願君多採擷」，這一改大大損傷了原作的神采。正因爲「此物最相思」，所以「勸君休採擷」。爲了戀人免受相思的折磨，還是珍重你自己，不要想我吧！真可説情思委婉真摯，躍然紙上。而「願君多採擷」呢，不過是希望你多採一些，經常看到紅豆而想起我。詩忌平直，儘管不應提倡晦澀難解，總要饒有餘韻吧。

註：嘗見宋刊本作「勸君休採擷」，清教忠堂本亦同。而現流行之刻本則均作「願君多採擷」了。

羔雁之具　一九八三年三月

王國維《人間詞話》中提到詩至唐中葉以後，每成爲人們用來酬應的玩意兒。「羔雁之具」意思是既云酬應，自然缺少真情實感，也就不可能寫出好的作品來。記得有位教授曾有詩句表明了他自己的寫作態度：「心聲自有真吾在，肯向墦間乞祭餘！」我以爲是很得風人深致的。「見真知深」固然是佳構所必備，但先決條件看來還應是作者本身的真情實感。既不要才子佳人式的「無病呻吟」，也不要訛傳的「特大喜訊」。喜怒哀樂悉出自内心深處。在這樣的基礎上再加上「見真知深」，才有可能寫出好的作品來。試看杜少陵的《聞官軍收河南河北》：「……却看妻子愁何在，漫卷诗書喜欲狂。白日放歌須縱酒，青春作伴好還鄉……」一氣流轉。詩人高興得手舞足蹈的樣子躍然紙上。這不禁使人想起一九七六年忽然粉碎「四人幫」時的歡快情景，一下子爆竹賣光了，一下子酒賣光了，那時創作的《祝酒歌》至今猶爲人稱道。可見「歡愉之辭難工，愁苦之言易巧」之説不確。王國維生長在清末民初，尚且鄙夷把詩詞作爲「羔雁之具」，可是在今天儘管不時能看到一些好的作品，但這類「羔雁之具」的玩意兒仍復不少，豈不值得深思？

言外之音，弦外之響

一九八四年五月

詩是高度凝練的文學藝術，古人曾有「寓大千世界於一粟之中」的比喻，確很傳神。正因爲如此，所以詩常有言外之音，弦外之響。譬如杜甫《贈花卿絶句》：「錦城絲管日紛紛，半入江風半入雲。此曲祇應天上有，人間能得幾回聞。」這是對當時劍南節度使花敬定豪奢生活的諷刺，言外之意是很明顯的。再舉衆所周知的張繼《楓橋夜泊》爲例，如果從詩作本身所描繪的情景來看，也僅僅是行人夜泊姑蘇城外的楓橋，半夜醒來所見景色一片蕭瑟，幾杵疏鐘襯託出行人的孤寂淒涼……大致就是這些。但是，正因爲在這寥寥的二十八个字之外，有着更爲豐富的語言，如都市的繁華與郊外的荒涼形成鮮明的對照，達官貴人的窮奢極欲和遷客騷人的遭際坎坷，以至世事的不平等等都能通過咀嚼吟詠而有所感受，真可説餘意不盡。可是，凡事應須兩面看，世上盡有各種各樣解詩的人，有的人對這種言外之音、弦外之響能得出比較正確的領會，有的人不免附會穿鑿，有的人會任意曲解，古人常有知解人不易得的感歎，不是没有道理的。我想解詩的人應力求正確領會作者的原意，有時雖有所悟，却難以用言語表達清楚、貼切，或者這就是所謂「可以意會不可以言傳」吧。

從閑話《琵琶行》想起的……

一九八五年十月

某夜，家人圍坐，不知怎的談到白居易的《琵琶行》。我想起幾年前曾爲此名篇找到一隅草堂善本與諸本互校，發現流行的本子有一些錯訛之處，似有詮釋的必要：

一、「凝絶不通聲暫歇」，有些刻本作「凝絶不通聲漸歇」，我以爲應作「暫」，用「暫」字，則啟「此時無聲勝有聲」於後。事實上，樂奏中每有小停復作，用節奏增益感人效應的作法，樂天深通樂理，自然對此是熟悉的。《唐詩别裁》稱據宋本應作「此時無聲復有聲」，似講不通。

二、「鈿頭雲篦」，諸本作「鈿頭銀篦」，我以爲應作「雲篦」。「雲」是指其花紋如雲，言其名貴，「銀篦」能值幾何？恐是以音訛傳之故。

三、商人去浮梁買茶。浮梁，今景德鎮治，自唐代起即以産瓷器及茶葉著名，自九江至浮梁水路二百餘里。諸本作「前月浮梁買茶去」，惟一隅草堂本作「前年浮梁買茶去」。我以爲古代行旅艱難，兼月不歸尚不能肯定重利輕别，而經年不返，則琵琶女有淪爲棄婦之虞。「前年」雖語近誇張，看來作者正是以此寫出琵琶女遭際淒涼而使人不忍卒讀。

詩之意闊，詞之言長，白傅佳什，在身處逆境時讀之，能夠從中得到安慰。今日想起這些，則不無扼腕，用爲記。

詩作的「天籟」

古人評詩，稱極工巧之句爲「天籟」。意思是把它比作發於自然的聲音，非人力可以勉强爲之的。事實上有些佳作確非工力可以致之，而有際遇乃至巧合的問題。

試看唐常非月五律《河亭晴望》：「風轉雲頭斂，煙銷水面開。晴虹橋影出，秋雁櫓聲來。郡靜官初罷，鄉遥信未回。明朝是重九，誰勸菊花杯。」通篇平白如話，不用隸事。但情景盎然，正值「已涼天氣未寒時」，却隻身在異鄉爲吏。又逢雨後轉晴，河亭眺望，彩虹橋影，雁聲櫓聲，遂使詩人感而發詩。其中頷聯「晴虹橋影出，秋雁櫓聲來」兩句絶妙，確可稱作「天籟」。

本來橋影是任何時候都可以看到的景物，没有什麽稀奇，可是如弓的彩虹和如弓的橋影對映，這個景色就不同一般了。本來櫓聲也是平常得很，可是伴以秋雁的聲音，就能油然勾起人的鄉思。雖然，詩人衹不過把看到的聽到的巧妙地組合在一起，却使人不禁一唱三歎，服其工絶。

善於捕捉生活中的典型形象，在詩的創作中是多麽重要呵！

「妙語雷同不自知」——從東坡話樂天説起

東坡嘗謂樂天晚年詩極爲高妙，或叩問其妙處，坡云：「『風吹古木晴天雨，月照平沙夏夜霜』，此少時所不到也。」（按：白居易《江樓夕望招客》是這樣寫的：「海天東望夕茫茫，山勢川形闊復長。燈火萬家城四畔，星河一道水中央。風吹古木晴天雨，月照平沙夏夜霜。能就江樓消暑否，比君茅舍較清涼。」）這兩句詩確是清新可喜，妙在真景假寫，假中見真。人們可能想到這裏「夏夜霜」是從李白《靜夜思》的「疑是地上霜」移植而來。其實這類情況，屢見不鮮。如李白的《遊金陵鳳凰臺》和崔顥的《黄鶴樓》很相似。（請看崔顥《黄鶴樓》起首：「昔人已乘黄鶴去，此地空餘黄鶴樓。」李白《遊金陵鳳凰臺》起首「鳳凰臺上鳳凰遊，鳳去臺空江自流。」）又如東坡《和子由澠池懷舊》前四句与白居易的《贈盧子蒙》詩竟是同一筆法。（試看樂天《贈盧子蒙》：「早聞元九詠君詩，恨與盧君相識遲。今日逢君開舊卷，卷中多道贈微之。」再看東坡《和子由》詩：「人生到處知何似，應似飛鴻踏雪泥。泥上偶然留指爪，鴻飛那復計東西。」）我以爲既不能説是仿傚，更不能説是抄襲，對這種情況怎樣解釋呢？或許「妙語雷同不自知」差相近之。

近體詩中數字的妙用

《全唐詩話》中有這樣的記載：「駱賓王好以數對，如『秦地重關一百二，漢家離宮三十六。』時號算博士。」事實上，用數字突出對偶的藝術手法早在魏晉即已開始，六朝初唐的駢文當中更屬俯拾即是。如王勃的《滕王閣序》用數字對偶有六處之多，這對近體詩自然會產生一定的影響。試舉青蓮詩句爲例。《送友人》：「此地一爲別，孤篷萬里征」。這裏的「一」字實際上不是數詞，而是「從此」的意思，讀來覺得自然流逸，情意真摯。又如《宣城杜鵑花》：「一叫一迴腸一斷，三春三月憶三巴。」更是獨具匠心。論者一般認爲太白才思横溢，素來不追求形式的美，可是偶一爲之，也會令人拍案叫絶的。再看看少陵詩，如歌頌諸葛武侯的名句：「三顧頻煩天下計，兩朝開濟老臣心。」既寫出英雄人物的出處不凡，又對諸葛亮的一生忠藎作了高度的概括。此外，看看他寫的農村小景：「秋水才添四五尺，野航恰受兩三人。」不僅對仗工絶，而且清新雋永，風致婉約，自是大師手筆。後來能巧妙地運用這種技巧的頗不乏人。如晚唐李山甫的《寒食詩》：「有時三點兩點雨，到處十枝五枝花。」看似信手拈來，不着氣力，而寒食時節的景色，躍然紙上。又如北宋黄庭堅《登快閣》：「落木千山天遠大，澄江一道月分明。」不僅絲毫没有斧鑿痕跡，而且把讀者帶入畫境之中堪歎觀止。任何一種藝術手段，都必須使用適當，數字對偶也是如此。上述駱賓王的數對，由於含義貧乏，就無怪乎受人譏諷。如恰到好處，不僅突出詞義，且逸趣横生。反之就不自然，甚或流於賣弄。總之，祇要把形式和内容的關係掌握好，當不致被人譏爲算博士的。

寓奇警於平淡之中——析杜少陵《水檻遣心》二首

近讀少陵《水檻遣心》五律二首，頗覺前人評注猶有未盡意處，現先把這兩首詩録下，以利咀嚼領會：「去郭軒楹敞，無村眺望賒。澄江平少岸，幽樹晚多花。細雨魚兒出，微風燕子斜。城中十萬户，此地兩三家。」「蜀天常夜雨，江檻已朝晴。葉潤林塘密，衣乾枕席清。不堪祗老病，何得尚浮名。淺把涓涓酒，深憑送此生。」王嗣奭在《杜臆》中是這樣寫的：「前首止詠水檻所見，次首始見遣心。選者止收前首，失作者之意矣。蓋公有意用世，今老病不堪，則浮名無用，止憑涓涓之酒以送此生而已，曰『淺把』則酒亦不能如意，可憐！」而葉夢得《石林詩話》則着重説明「細雨魚兒出，微風燕子斜」這一頸聯的「體物緣情，極具天然之妙。」我以爲這些説法都未免皮相。

前首的寫法實在是頗具特色的：句句極寫愴涼，却句句歸於恬淡閑適。「去郭」則身處冷僻，表明不爲世用，却又「軒楹敞」之得，無村之地却便於遠眺。江水清澈漲溢甚至使江岸顯得狹窄了。而地處幽僻的樹木却在春天傍晚花朵滿枝。诗的頷聯寓意似乎應該是：天然景物是不以客觀上如何對待它而考慮進退的。它們總是頑强地表現自己——寧靜的江水溢漲逼岸，儘管時值春日黄昏，而幽樹仍以多花報之。這些景色在詩人看來都是對自己的嘲弄。而詩人在這種感觸萬端之中却撇開自己的悽愴心境不寫，祇是似乎純客觀地描述所見，實際上這正反襯出詩人賫志不伸的淒涼心情。至於頸聯也是有深意的，借助於小動物的活躍反襯自己的泥滯。然而魚兒之所以能出，是由於有細雨這樣的特定條件，燕子之所以能飛得輕盈也是因爲借得微風之勢。回看詩人儘管有利安元元的抱負，却得不到施展才能的客觀條件，豈不爲之黯然神傷！最後以對比作結的兩句也絶不是鋪陳之詞，其寓意是説成都府儘管是擁有十萬户的通都大邑，却是容不得他這樣的人的。而他也祇能和種植芋栗的貧叟爲鄰，住在祇有兩三人家的荒郊野村。通首以對仗貫首尾，句句寓警策於平淡之中，看似寫景，實則寫情，心實憤激而以温柔敦厚出之，惟老杜有此能爲。這首之妙，就在於祇有經歷過這種淒涼境遇的人才能領略其寓意。

第二首看似比較平直，然似也有委曲深意。開頭兩句直寫所見景色，其實爲後面作鋪叙之用。頷聯一方面綴以所見——葉潤林塘密，林木經雨生氣盎然；繼則連以身邊瑣事——衣乾枕席清，索然平居，似乎也應該以此而快然自足吧；接下來的表述則是蘊藏着深深的哀怨的。有人解为：「而今我已老病不堪，浮名对我又有何用？」我以为詩人原意似乎是：「人家以爲我祇不過集老病於一身，因而已不堪任用，可我却一直希冀能一展經世之才，現在既然不會見用，我又怎麽可以看重浮名而企圖躋身宦途呢？」這樣，結局之意祇能是：「看來我這殘年也祇能完全寄託在這一點涓涓之酒吧。」這一「淺」一「深」，却寓意深沉。老杜這種寓奇警於自然平淡的詩風是後人很難企及的。我以爲這主要不是功力問題，而是詩人的人品、性靈在特定環境下的產物。

淺見如此，願以質諸識者。

怎樣對待這種普遍的「曲解」

「巴山楚水淒涼地，二十三年棄置身！懷舊空吟聞笛賦，到鄉翻似爛柯人！沉舟側畔千帆過，病樹前頭萬木春。今日聽君歌一曲，暫憑杯酒長精神。」劉夢得在經過二十三年的流放之後，重被起用，在揚州遇到白樂天，相見恨晚，唱和有作。這首七律寫得沉鬱雋永，風骨高而感慨深，千古傳誦，確是佳構。全詩并無費解之處，頷聯用典，也很平易，上句是悼念難友柳宗元的早逝，接下來是感歎自邊陲流放歸來人世滄桑，恍如隔世。現在的問題是頸聯，「沉舟」「病樹」顯然是作者自指，儘管是傷歎遭際坎坷，但看到後繼有人，也還是高興的。由此可見詩人有着非常高尚的品格，這就比那種多少含有妒忌意味的詩句如：「半世交親隨逝水，幾人圖畫入淩煙」之類，境界不知高出多少！可是，現在有人在寫文章時，硬把這兩句比作什麼「敵人一天天爛下去，我們一天天好起來」，粗看起來，似乎還貼切，但是如果知道原來的詩作和原作者對這兩句詩命意，不能不使人感到啼笑皆非！

前些日子讀報看到批評錯別字的文章，覺得很有必要。但是該文的作者在批評別人的同時自己也犯了曲解典故的錯誤。作者說有人讀字讀半邊，這種「不求甚解」的學風是錯別字產生的根源。這樣理解「不求甚解」顯然是錯了。「不求甚解」見陶淵明的《五柳先生傳》：「先生愛讀書，不求甚解」，「不求甚解」是不求過甚之解也。就是說不鑽牛角尖，不求冷僻怪異之解。古人評論說，這正是善於讀書的榜樣，而現在一般人竟把「不求甚解」解釋爲「不甚了了」或「一知半解」，豈不是大大的「曲解」！

怎樣對待這種普遍的曲解呢？我以爲就是要認真對待，把來龍去脈原原本本解釋清楚。我想這也是一種整肅文風之道吧。

卷下

書畫題識

癸亥元夜題海隅書屋所藏八大山人畫屏

此《楊柳息禽圖》乃八大山人晚歲所作。原爲四聯屏，另有叢蘭鶺鴒、一竹一石，僅末聯《崖桃啼鳥》具名款，各幅均鈐大小三印。全屏筆簡形賅，神韻清越，洵爲興會飈舉之構，自非泛常酬應者比。今叢蘭鶺鴒及竹石二幀已散佚，惟是幅及《崖桃啼鳥》歸海隅書屋，滄桑劇變，歷劫幸存，吉光片羽，彌足珍矣。

癸亥花朝題海隅書屋藏明無款雙鈎蘭花長卷

右無款《雙鈎蘭花長卷》，所作雙鈎蘭花，偃仰向背，密者不結，疏者不拙，墨色濃淡，俱合意向，深得馬麟神味。且坡陀渾厚，石具嶙峋，大筆淋漓，氣勢磅礴。間以苔蘚、芳草、矮竹、靈芝，信手點染，錯落有致。縱觀全卷，變化自然，繁而不亂。展翫之際，但覺風拂蘭蕙，清氣襲人，花葉若動，流水潺湲。平生所見蘭石卷，佳者不下十數，此卷秀韻足使人心降氣下。諦觀筆墨，係出明人之手，紙凡四接，長一丈八尺七寸有奇。惟末紙略短，似曾截去款識者。卷首上端鈐「薜素素」朱文印，應屬鑑賞印章。海隅書屋主人得是卷時，卷中原有素素款，主人判爲僞作，重付裝池時去之，此誠善護者之爲也。意者以爲俗子或以卷首薜印而截去原作款識，妄加僞款，冀能易得重金耳。嗚呼，斯可謂不知珍者宜珍，貴所足貴。今雖佚原作款識，却得歸於真賞，或亦是卷之幸乎！平公以此珍品見示，用爲題記如上，以應主人大雅之命。

癸亥春題王雅宜小楷南華經卷

雅宜山人王寵，書風遒逸峻朗。予早歲嘗見其草書雜詩卷，極精妙。爾後數十年，未覯能與之相埒者。癸亥元夜，於海隅書屋獲觀是卷，小楷精絶，都七百餘行，凡一萬五千餘字。洋洋巨構，通卷竟無一筆有怠意。且氣格之高，結字之雅，視久愈無窮盡。似此傑作，在有明二百七十餘年中實不多見。竊謂書道之興，必繼承而後發展，推陳而後出新，以是小楷實亦不可或缺之品類。近年來雖躭於書者日衆，然率多大字行草，間有篆隸。以渋毫濡墨，視爲藝事。苟能可觀，即期名世，遂使小楷乏人問津。故今之能者，多能縱而不能斂，能大而不能小，能行而不能楷，予嘗爲此而抱杞憂。前人有云：「工畫者不善山水，不能謂之畫家；工書者不精小楷，不能謂之書家。」是論似有理據。試觀右軍《樂毅》《黄庭》《像贊》，大令《十三行》，顔平原《麻姑壇記》，俱小楷也。何則？夫書，附麗文字，舉凡詩文、章疏、箋帖，皆以小字書之，豈有以大字爲信劄者哉！古人作書，初固無意爲後世法也。至碑榜與翰牘，本不相紊。董思白云：「予以《黄庭》《樂毅》真書放大爲人作榜署書，每懸看輒不佳。」豈不知大字宜放中有斂，小字宜斂中有放乎。是故能縱能斂、能大能小、能草能楷者，始能於各體書中蘊其情致，發其韻味，而臻極詣。至於小楷，則非工力韻致兼備者不足稱。曩者，予六歲執筆寫大字，十歲讀經史，習小楷，每日字課不輟者數歲。四十以後，復潛心書藝，庚戌迄今又復近二十年矣。了知箇中甘苦，固非一蹴可就也。嘗與知友論書，謂善學古人者，則變其面目而得其神理。王逸少善學古人，遂創新體。後世學右軍者但師其面目，而失其神理，致不免楓落吳江之歎。楊景度變右軍之面目而神理自得，以分作草，故能奇宕。今謂雅宜之法，永興亦猶風子之追逸少而得其神理者。花朝前一日，平公以是卷屬題，因留斗室匝月。每一展卷，如對故人，諦觀之際，又覺悠然有所觸於心者。用爲平公書之。既記此一段翰墨因緣，或亦不謬士伸知己之義乎。

甲子五月二十日題海隅書屋所藏李鱓蘭花斗方

嘗聞空谷出幽蘭，豈必人間伴歲殘。泠俏時隨風意近，清芬遠送覆塵寰。山翁幾筆真顔色，野叟無辭證畫禪。若問詩情何處是，箇中滋味已沉酣。

甲子秋月題某君畫葡萄

葡萄熟時穲稏香，且沽清酒伴新嚐。此間遮得風和雨，抛却塵囂半日忙。

甲子冬月題顧淦藏馮超然梅花卷

右臨宋院本《梅花卷》，爲馮超然中歲著意之作。筆法沉着，設色古雅，深得馬麟遺意。考其生平，逮庚午前後，繪事已臻妙境。晚歲脱略，作山水得蒼潤之致，花卉率多寫意。似此工筆，傳世絶少，而竟歸醴泉老兄者，以其與馮公哲嗣讓先先生總角同窗。讓先生持先人手澤爲贈，用示相交契厚也。爾後存顧氏秘笈幾三十年，丙午動亂起，文物蕭然，是卷幾經輾轉十餘年後，始合浦珠還，誠可稱幸。卷後吴湖帆集宋詞一跋，清新可喜。其書雖稍稚弱，然已具自家風貌。早年手筆世不多覯，并此可謂二難。甲子冬月，醴泉老兄殷殷以是卷屬題，爲記觀覽，并述庋藏之梗概云。

甲子歲末題王翬畫宋牧仲六境圖詠卷

宋犖字牧仲，號漫堂，又號西陂，康熙間以任子入官，纍擢江蘇巡撫。在官持大體，以清節著。官至吏部尚書，加太子少師。精鑒藏，工繪事，淹通典籍，練習掌故，詩與王漁洋埒，著有《西陂類稿》《滄浪小志》《漫堂墨品》《緜津山人詩集》等。致仕後，徜徉於吳山越水間，此《六境圖詠卷》，蓋邀時稱畫聖之王翬擬繪六境，自繫以詩，用記其宦遊所歷也。和詩者朱竹垞、尤西堂、梅耦長、吳孟舉、顧書宣、馮山公、王仲深，均一時大家，皆嚴正風義之士，故是卷在當時已爲名跡。爾後三百年，竟無題識，想見藏者必不輕以示人。乃不知自何時起，竟分爲二，其一即此卷。前有竹垞隸書引首，隨後有柳遇畫牧仲小照。柳亦大家，有仇英第二之譽。其後有牧仲爲《六境圖詠》所書短引，再後有六境之中前二境，即《洗墨池》《忘歸巖》二圖，各高一尺零五分，長五尺二寸有奇。前者爲水墨畫，一園林中有二人對話，高軒顯敞，竹樹葱鬱。後者淡着色畫，山巒雲靄，飛瀑流泉，山徑行人，坡陀平遠。此二圖筆墨之佳，位置經營之妙，實不多覯。

復後即各家和作，至民國二十年後，此卷歸醴泉大兄尊君桂生公之法自然齋。餘四境圖及漫堂自係詩另成一卷，爲龐萊臣所收，載《虚齋名畫録》。其時兩家嘗爲二卷復合，互商讓與，未果。旋龐公物故，《四境圖詠》遂不知流落何所矣。或傳在臺灣，不悉確否。是卷亦幾經動亂，至戊午歲始重歸顧氏。噫，世事滄桑，此卷之遭竟若冥冥之中有以呵護者。甲子冬月，醴泉大兄付予屬題，留置蕭齋經月，每一展視，曷禁懽喜讚歎，爲述流傳覼縷，并爲六境各賦五言一首，奉乞雅教。

洗墨池

今秋命棹歸，赤鼻山下過。人稱蘇赤壁，會與嘉魚錯。湖北嘉魚縣之赤壁山，爲三國鏖兵處也。不聞洗墨池，但知碑硯琢。風流後世傳，顯達渾寂寞。漫堂真名士，致仕林泉樂。墨池瓦礫中，何期起湮没。世傳東坡題斷碑硯有二，予見其一，現藏蘇仲翔教授家。

忘歸巖

陶賦歸去來，陽明竟忘歸。問君何能爾，對景當遊憩。宦海有遷謫，人間路每歧。平居少攀附，誰爲薦賈誼。豈能盡稱心，但求無愧戚。扶持後來人，亦自得佳趣。

潞亭

少小在京都，尋春出東門。迤邐數十里，荆榛掩土屯。忽焉至潞河，落英亦繽紛。潺潺東流水，柳絲參差美。河畔聳一亭，宛然若相迎。共坐飲清酒，此樂洵少有。亦曾來歲約，倏乎已老朽。

鵲華秋色堂　趙松雪嘗作鵲華秋色圖，故及之

歷下扁鵲山，山南有鵲湖。山色并湖光，芙蕖自在香。松雪生花筆，湖山圖畫裏。西陂無事忙，鵲華秋色堂。我對此圖詠，欻然憶古遺。君子慎居世，乘時不自迷。得時則蟻行，失時則鵲起。陶然且忘機，舉頭聞鵲喜。

煙江疊嶂堂

我家希世珍，煙江疊嶂图。過眼雲煙逝，冰心在玉壺。北宋王晉卿，寶繪當神品。後此五百年，更有石谷子。煙江疊嶂堂，聖手顯輝光。天球遭物忌，四圖竟散佚。不見延平路，難覓合浦途。世事常如是，即此勝隋珠。

滄浪亭

髫齡讀書處，西陂墨跡存。靜尋孔顏樂，復見天地心。時懸一聯文即此。飄飄書十載，未能解琴音。前歲至吴下，始得悟歸真。滄浪亭下水，身察受物汶。濯纓與濯足，休咎應自審。宋師若有知，當覺吾竟允。

辛未新正題沈子丞畫赤壁圖

咫尺清芬萬里雲，淳翁神筆世無倫。從今早晚慇懃對，洗淨塵寰罣礙心。

甲戌新正題沈子丞秋山雨霽圖

予少小時書室嘗懸有倪雲林《晴嵐暖翠》立幀，稀世珍也。爾後數十年，舊家秘笈蕩然無存。予亦泥於狷介之操，久處蹇舛近十餘年，始漸脱涸鮒之困。甲戌新正，淳翁以九秩晉一之高齡，作《秋山雨霽圖》見賜，喜不自勝，然撫今追昔，又曷禁滄桑之歎。爲賦七字，略示心曲。

總角倪迂伴課書，谿山泥滯共乘除。晴嵐暖翠今安在，蕭木秋風祇夢餘。嘗笑丈菊誇直幹，適觀尺幅寓方壺。淳翁瀟灑揮椽筆，應教雲林歎弗如。

乙亥閏八月初六題任寒秋畫牡丹

纍世榮膺富貴名，誰知成長歷艱辛。霜寒育得枝枚壯，雪裏熬來怒放英。但任春風拂畫檻，或嫌詞客太多情。周身傲骨雖堪用，却擅天香國色聲。

書畫論述及其他

書作雅俗辨析

何謂雅？從訓詁角度來説，大致不外乎有這樣幾層含義：其一曰正當，合乎規矩；其二曰高尚；其三曰美好。俗是雅的反面。通常談到雅俗問題時，意者往往在某一點上有所側重。

對於書作的雅俗辨析，是個頗值得探討的問題。下面試提幾點看法：

第一，習氣一多就近乎俗。記得三十年代上海有兩位學米書頗有名望的人，都是功力極深的，但是由於一味學米，也只是名噪一時而已。他們自己對此也有自知之明，所以他們在收學生時，要求學生的字沒有習氣，并諄諄告誡不要沾染上習氣。因爲一旦染上習氣就很難進步了。什麽叫「習氣」？書法上所謂「習氣」一般是指個人書寫上的積習。清惲南田與王石谷論書畫一則對「習氣」是這樣説的：「凡人往往以己所足處求進，服習既久，必至偏重，習氣亦由此生。習氣者，即用力之過，不能適補其本分之不足，而轉增其氣力之有餘。」所以，偏重是習氣的實質。但何以習氣和書風，書品的「俗」往往有聯繫呢？這是因爲書寫者自己，決不會把自己的書寫上的積習視爲「偏重」的，甚至往往還爲這些偏重的積習而自鳴得意。顯然，格調高雅的書風決不能依靠偏重的東西來樹立。儘管古代有些名書家如蘇、黄、米也都是有習氣的（蘇的「頗」和「潑」，黄的「寒蹇」，米的「怒張」都是短處）。其實仔細研究一下，就不難看出他們的各自習氣的由來，蘇的抗肩大抵由唐楷參以北碑所致。黄的筆勢縱放，大概躭習《瘞鶴銘》所致，而米的風貌則是取李邕的結體，參以《大令》的跳宕雄奇所致。古人作書，初固無意成爲書家并爲世效法，但每以其所具獨特風格而享書名。由於他們的人品、道德、文章为世人推重，而他們的書作也確實能各樹一幟，以至一縑半素爲世所寶。或許他們自己未始不知道自己的書作有習氣，我想這也就是古人所以會有「似我者俗，學我者死」這樣的説法吧。而後世效之者既不知「師其所師」，又没有他們的學養，只知道扣住這些「習氣」臨習，甚至視爲「入手捷徑」，凡行此恌巧之途者，很容易墮入「俗」的幽谷。這就是説，即使是歷代爲世人崇敬的書家，其習氣也不足取法，何况其他！

第二，過熟則俗。諺云「熟能生巧」，有人以爲「熟」總比「生」好，於書則不然，熟則近俗。《書譜序》中有幾句話頗值得玩味：「初學分佈，但求平正。既能平正，務追險絶。既能險絶，復歸平正。通會之際，人書俱老。」從求平正到追險絶，應該是由生到熟的階段，從既能險絶到復歸平正似乎是由熟入生的過程。古人有云：「由生入熟易，由熟入生難。」這裏的「熟」是什麼意思呢？大體上就是在筆致上光潔秀潤，結體上匀稱平穩這樣一種境界，而後一個「生」的境界似乎應該是外觀簡靜平易，而内涵的韻味清厚，看來平淡，却又别具風貌，所謂「極端絢爛歸於平淡」大概就是指此吧。陸游論詩曾有一句：「詩到無人愛處工。」我以爲書藝也是這樣：「書到無人愛處工。」事實上有的人一輩子也達不到這種境界。寫了幾十年的字，不可謂功力不深，但只是一味地「熟」下去，越熟越俗，越寫越不如從前。由此可見跳出熟的框子，轉而追求生、澀確非易事。其實，字并非一直寫下去就能寫好的。對於這一點，古人也有妄語。東坡云：「筆成塚，墨成池，不及羲之即獻之。筆秃千管，墨磨萬錠，不作張芝作索靖。」從勉勵用功來説不能算錯，但這并没有如實反映書藝提高的規律性。事實上書藝的進步常是階段性的，而且常有頓悟的情況，正是由於這種原因要想在書藝上不斷有所提高，往往需要停下來一段時間進行檢討思索。這裏特别須記住孔夫子的一句話：「學而不思則罔。」孫過庭也説：「思則老而逾妙，學乃少而可勉」有些大書家（即對書法藝術作出過歷史性貢獻的書家）從早年到中年到老年，書體不斷有變化，如八大山人早年學董，幾可亂真。但幾經變化，終於到了晚年形成了一種筆致渾健，結體疏朗，超塵絶俗的書體。總之，我以爲過熟傷雅之説確實有一定道理。

第三，側媚多俗。側媚書風備於子昂。早在明季就有人斥子昂爲「奴書」，清代梁聞山直截了當地指出，「子昂書俗，香光書弱，衡山書單」，確是很有見地的看法。凡姿媚一多必少剛健沉着之氣，俗亦由是而生。書風忌「甜」，甜則近俗。「書如佳酒不宜甜。」伊墨卿、桂未谷的隸書好就好在有澀味，而全無甜媚之氣。書風還忌「粘」，粘就是不痛快，拖沓而不爽利。古人有「寧醜毋妍」「寧拙毋巧」之論，頗值揣摩。然而我以爲俗書却不一定總是追求妍媚的。偶尔也有故意以醜拙出之的俗書，但明眼人還是能看出骨子裏的「俗」的。爲什麼呢？就是可以從是否自然或故意做作來作出判斷。凡遇到這類情況，如以這一標準來分析往往着眼立辨。劉熙載有句話很值得參考：「學書者務益不如務損。其實損即是益。如去寒去俗之類，去得盡非益而何？」這就是説對於書藝追求進步，不如力求克服缺點和毛病，如果能祛除自己的毛病，豈不是進步了？問題是古往今來不少人根本不知道，也不願認識自己的書作有俗病，而總是「自我感覺良好」，這就没有辦法了。而正是因爲這個原因，其書作之「俗」或無疑義。

第四，恬淡与狂怪也是分辨雅俗的一個標準。書風恬淡并不是易於做到的事。所謂「恬淡」就是不求取悦於人，這種有欲無欲之别，往往也決定書作的格調。恬淡者看似平淡無奇，實則神采内蘊，所謂「無功之功，功之至也」。已故書家謝無量、高二適都具有這方面的特徵，這種高格調往往不爲世人所賞識。事實上俗眼也總是喜歡庸脂俗粉的。与恬淡正相反的是狂怪。狂怪也應屬於俗書之類。狂怪本來不值一提，但從雅俗的辨析來説，不能不一正視聽。狂怪的主要特徵是不循規矩，否定規範，借助於所謂氣勢來吓唬人。你説他不好，他説你不懂，如是而已。如果在書藝上没有一定的客觀標準那就很難説了。

要之，要祛除俗氣，首先要刻苦讀書，不習文史，不懂六書，没有文采的人幾乎很難處置雅俗的取捨。有的人躭於書藝，不可謂功力不深，但由於缺少字外功夫，在趣味追求上，就難於脱俗了。這種情況，内家一看，就知底裏。

書作的雅俗辨析，看來是個容易引起爭論的問題。有人可能以日本的書道發展爲例，認爲字和文是兩回事，即認爲書法是可以獨立於文以外的藝術。我却不這樣看。我認爲日本的書道雖源於中國，但他們走的是他們自己的民族文化發展道路。他們有他們的美學觀，決不可用他們的情況來論證我們的問題。

談陸儼少的詩書畫

這些年來，海內外介紹陸老畫藝的文字，確已不少，且大都頗有見地，我之所以還要撰寫此篇，是因爲人們論述陸老之藝多僅在於畫，而我以爲中國的國畫藝術所以能卓然屹立於世界藝術之林，除了繪畫本身的藝術魅力之外，往往與詩詞、題識、書法融合在一起，彼此生發，相得益彰，遂能饒有餘韻，使人咀嚼不盡。爲了使人們能夠更全面深入地領略陸老的藝術，我乃斗膽，妄作解人。

我們常説藝如其志、如其才、如其學。一句話：藝如其人。用這個觀點來欣賞陸老的詩書畫藝，或有助於窺得其堂奧。

陸老平生甘於淡泊，不慕榮利。這種品格對於致力於藝術的人來説是不可或缺的。因要畢生致力於藝術，自己的思想情操就必須淨化，否則必陷於追名逐利。黄山谷云：「士生於世，可以無爲，惟不可俗，俗便不可醫。」陸老幾十年來的生活道路，清澈如奔流的泉水，勁節如淩霄的翠竹。他從小就無功名利禄之想，而只望但得淡飯，處以棲止，在詩書畫中度過一生，把自己的藝術結晶獻給人世。因此，他不論是在戰火紛飛、顛沛流離、攜眷流亡的時候，不論是政治上受到委屈，抑鬱不伸的時候，不論是四害横行，人妖顛倒的亂離年代裏，陸老只要有工作條件，他就能恬然自安。數十年間，在他歷經滄桑和坎坷之後，仍始終不易初衷，這是極爲難能可貴的品質。

這真可謂殉道精神。陸老的詩書畫藝除了他個人的禀賦，數十年矻矻不倦的探索之外，和他這種剛直堅毅的内向性格是分不開的。説他淡泊，就是説他一直冷對名利，自奉甚薄，對客觀上某些惡俗的東西，不是逆來順受，隨波逐流，而是態度明朗，敢於抵制，所以他是外表平和，内中熾熱。他這種性格的形成，固然有着先天的成分，但更重要的是後天的因素：首先，他是在兩位温良賢淑的婦女——他母親和養母的照護下長大成人的。他父親不僅具有很高的文學修養，而且見事洞達。特別是對他的習畫，從一開始就給予力所能及的支持和正確的指導。如他在讀中學時想轉到上海美專習畫，他父親不同意，當即向他指出：「即使要學畫，也應多讀些書，讀書太少，過早學畫是學不好的。」這是極有見地的看法。因爲學國畫而不讀書，定會流於貧瘠，而且意境不高，又不能撰文題畫，適見其寒儉而已。其次，他有兩位超凡絶俗的老師，一位是學養淵博，通西學，擅書畫的王同愈老先生，一位是名重海内外的大畫家馮超然先生。當向馮老先生行執師禮時，馮先生第一句話就是：「學畫要有殉道精神，終生以之，好好做學問，名利心不可太重。」陸老在他的《自叙》中寫到：「這句話對我印象極深，終生銘記在心。」不僅如此，馮老先生對他畫藝發展的要求却和一般老師對學生的要求不一樣。馮老先生不希望學生像自己，常指着他對別人説：「人家學生像先生，我有不像先生的學生。」有如此開明的老師，對他以後的蓄意創新、自立面目自然具有很大的作用。而王同愈的爲人對他的影響更深。陸老在他的《自叙》中有這樣娓娓動人的叙述：「王同愈老師對我也是諄諄善誘，愛護備至……教我在年輕時多讀書……他還教我學作詩，從五律入手，教我讀《世説新語》、作散文……他雖是前清翰林，但腦筋一點不冬烘，有次他講起《紅樓夢》，能夠把書中的回目都背出來，没有一點道學氣。遇事通情達理，我從未見過他有驕傲做作、或盛氣凌人的時候……其時王老先生已是七十多的人了，我才二十歲，他説和我是忘年交，他有事，總寫一便條差人送過來，稱我爲『儼少兄』。他回蘇州，熟人問他在南翔有無朋友，他説有一『小朋友』，能詩能畫。王老先生其實是我最實在的老師。就因爲他一生不爲人師，所以在名義上不收我這個學生。他在學問上無微不至地關懷我，他有些收藏如王石谷、王原祁等真跡都供給我臨。還有一卷王煙客長卷真跡，淺絳設色極精到，也給我臨。臨好之後，他給我題跋，我臨的這個卷子保存至今，每一展視，回想前事，懷念曷已。」由此可見，這兩位老師不僅指導他治學、從藝，更以他們的高風亮節，深深地影響了陸老的一生。一個真正的藝術家，總是至情至性的人，兩位老師以至情至性待他，他也以至情至性對待老師、對待朋友。從這裏我們可以看到他性格形成的一個重要側面。第三，他在王同愈老先生的指導下，一面讀書一面寫字，和作畫分頭并重，互相促進。他自己有個比例，即十分功夫，四分讀書，三分寫字，三分畫畫。事實上，這是中國歷代有影響的畫家所走的傳統道路。他所讀的書，對他自然也産生了深刻的影響。詩則最愛《杜少陵集》，文則最最嗜《史記》《韓昌黎集》，在躭習這些的基礎上兼以博涉，於是杜的沉鬱、司馬的激越、韓的鬱勃都根植在陸老心靈深處。我們知道，陸老在他還不到二十歲時已經非常純熟地掌握了國畫技法，這固然出於他的禀賦和勤奮，而在幾十年之後的今天，他的詩書畫所獲致的成就，則不是僅僅依靠禀賦和勤奮所能達到的境界，這還有賴於他在開拓藝術新境界的漫長歲月中，一直把握正確的方向。而要做到這一點，則卓越的人品氣質，深厚的學養，豐富的閱歷，和遍及名山大川的遊蹤，都是不可或缺的條件。

下面讓我來談談陸老的詩、書、畫，首先談詩。

何謂詩？詩者，天地之心。文中子説：「詩者，民之性情。」我以爲還是白居易説得好：「詩者，根情、苗言、華聲、實義。」所以，稱得上詩的文字應該是這四者交融的結晶。爲詩要曰比興，取象曰比，取義曰興。所以詩是典型化的文學藝術，是高度概括的文學藝術。所以説詩之意闊，所以詩有如大千世界寓於一粟之中，所以説詩每有言外之音、弦外之響……現在有人把押韻的文字便以爲詩，真是極大的誤解。現在能畫而能詩者真是鳳毛麟角，要能作得好詩更是談何容易？有人儘管下過苦功，因爲缺少那麽一點靈氣，也就一輩子寫不出好詩！所以放翁教子學詩有這樣的詩句：「子果欲學詩，功夫在詩外！」陸老的詩，好就好在有真情實感，每有所作，均發自胸臆，重自然風骨，而不以聲悅爲工。抗戰期間，他才三十多歲，流寓重慶，所寫《蜀中秋興》五律六首，深得老杜神韻。録下并略述我個人的讀後感：

其一

萬里傷浮梗，八荒共陸沉。樓高驚客眼，春動見天心。緑竹倚花淨，清江隱霧深。家山無短夢，巴蜀入長吟。

其二

初寒生昨夜，薄霧又今朝。江水無窮極，秋天正寂寥。懷歸東路永，涉世後時凋。歲晚青松意，同心倘可招。

其三

客裏驚年換，天隅覺事非。江雲寒不舉，蜀雨斷還飛。無復乘高興，真成逆浪歸！浮鷗吾語汝，日暮更相依。

其四

急急雁鳴聲，團團蟾影臨。商聲移古樹，秋色滿高林。城闕驚寒事，風霜向暮砧。側身當此日，還對蜀江深！

其五

雲天看雁過，晴雨到鳩疑。山色秋多興，江光晚與宜。折花疏寂歷，倚樹小攲危。九日虛佳節，三年實在兹。

其六

迂疏宜畎畝，出處各生平。即事非今古，哀時尚甲兵！寒憐秋樹瘦，明愛晚山晴。後日誰能料，空懷植杖耕！

我初讀此篇時，使我陡然想起四十年前流亡四川的情景。如第二首頷頸寫……江水無窮極，秋天正寂寥。懷歸東路永，涉世後時凋……蒼茫蕭瑟之感，客思離緒，仿佛又把我帶回到當時的處境。第三首的「江雲寒不舉，蜀雨斷還飛」正是典型的巴渝景色，使我深爲所動的是，因那時我曾寄居重慶的遠親家中，那是個豪富人家，而我是個背井離鄉的窮學子，自然容易觸景生情。那時我才十七歲，也曾有過「鄉夢不遂春夜永，客思偏在雨聲中」的慨嘆。現在我雖年已周甲，讀到「城闕驚寒事，風霜向暮砧。側身當此日，還對蜀江深」，猶不禁感歎欷歔，愴然涕下。詩之妙用，往往在於以典型的情景，引起讀者的共鳴，這首詩在我身上就具有嚶鳴之用。最後一首更是沉鬱蒼莽酷似少陵。作者的性格志趣，憂國的情懷，前途的思慮，俱見於寥寥四十字之中，自是佳構。

再看他八四年春重遊鼓山所作：

八閩此山古，重遊臺殿高。拄笏尋舊跡，剔蘚認前朝。不勝興亡感，從知歲月遥。倚巖存老樹，猶發向陽條。

數十年間，幾經蹭蹬，追維前後，感慨良深，結聯用老樹發枝葉形象點出他要把餘年奉獻給祖國藝術事業的情思。

要之，他的詩風除繼承少陵而外，似還旁參次山，很少用典，簡淡渾樸，熟讀他的詩，當可想見其爲人。

下面談他的字：

前面已經説過，他十分功夫，四分讀書，三分寫字，三分畫畫，可見他在字上花的工夫并不少。在他的《自敍》中有這樣關於臨池學書的一段：「爲學當轉益多師是我師，集衆家之長，而加以化，化爲自己的東西。畫如此，寫字亦如此，字切忌熟面孔，要有獨特的風貌，而臨摹諸家也要選擇點畫、風神、面貌與自己個性相近者，重點要看帖，熟讀其中結體變異，點畫起到的不同尋常處，心摹手追，默記在心，然後加以化，化爲自己的面目。我初學魏碑，繼寫漢碑，後來寫《蘭亭》，在重慶時每日臨《神龍蘭亭》兩通。最初學楊凝式，旁參蘇米以暢其氣，但我對此諸家也未好好臨摹，不過熟看默記，以指畫肚而已。楊凝式傳世真跡不多，我尤好盧鴻《草堂十志跋》，但也未臨過，不過熟看而已……我學楊凝式不欲亦步亦趨完全像他，大之有人看到我的書體，不知其所從出。」平心而論，他的字確乎迥出時流，卓然有大家風範。可是不知是什麽緣故，有的地方書壇硬是排擠他，甚至還挖空心思提出一種非常巧妙的説法：「陸儼少的字是畫家的字。」言下之意，無非是説：這樣的字，出於畫家之手自然是不錯的了，如以書家的標準來衡量就嫌不夠了。這種縱横捭闔的手法真可説别具匠心。事實上確有那麽一幫人成天看慣了庸脂俗粉，以他們的學識水平和文化素養來説，要他們接受清水出芙蓉、天然去雕飾的作品，就未免要求太高了。那麽，陸老的字究竟好在哪裏？我想有這樣幾條：即險而不失，質而不怪，厚而不滯，自然而不粗率，富變化而不做作。

《書譜》云：「既能平正，務追險絶。」然而要做到履險如夷，自非易事。尤以行草最易失之繚繞（如明代解縉）或脱易（如明代張弼），而陸老的行草，既無繚繞之病，更無脱易之失。我們通過一些古人書風的比較，或者對此較易領會，如：趙字過熟，而董則略生，文徵明過平，而不若三橋之富跌宕。所以熟是書之大忌，實際上熟則近俗，而陸老的字，可説了無俗韻。

就其總體來看，我以爲是質而不怪。他和元代楊鐵崖可説異曲同工，即倔偉渾穆，然而却不怪誕。在他的行草書中，人們仍然可隱約地領會帶魏碑漢分的體勢，如他署名的陸字顯具《猛龍》《黑女》意態。

就其用筆來説，則沈着厚重。千數百年來，行草書多奉二王爲圭臬，幾乎後世書家無一不研習過《蘭亭》《聖教》。儘管如此，但各人在領會上參差不一，大體上可分爲兩種類型：即或以飛靈妍媚出之，或以沉雄遒逸出之，前者以趙、董爲代表，後者以顔清臣、楊景度爲代表。如果撇開《蘭亭》《聖教》，反覆玩味《行穰》《姨母》《寒切》《奉橘》諸帖，我們就會覺得還是康有爲判斷得對，即只顔楊兩家與二王神理相通。陸老取法乎上，而且他深深懂得要善學古人，必變其面目始能得其神理，難能可貴的是他不僅看到楊是從顔入手上追二王的，而且還看清楊是如何自出新意的。於是他又在對前人各有取捨的基礎上自立面目，形成一種點畫沉着而間之濃纖，體勢倔偉寬博而不傲舉怒張，行筆流逸自然而不粗率，通篇富變化而不做作，看來信手命筆，若不經意，却無絲毫逾規矩，這樣一種自然瀟灑與嚴謹質拙糅合在一起的獨特書風。正由於富於内含，所以不僅使人乍看之下就會爲其超塵絶俗的風貌所吸引，更會使人在反覆觀賞之後感到韻味雋永，視久愈無窮盡。我這裏試舉陸老三幀書作以饗讀者：

一、《杜甫秋興詩意圖卷》中，陸老手寫杜公《秋興詩》書作。從這幾幅行楷中可以看出内含的《蘭亭》筆意。

二、行書小手卷，這是給我印象最深的精品。上述諸優溶合爲一，洵爲僅見。

三、贈任書博《梅竹立幀》題識。好書好畫，相得益彰。真是雅韻欲流，令人愛不忍釋。

最後談畫，海内外對陸老畫的介紹可謂多矣。所有這些文字都是專家所撰，都有見地。這裏我僅是從個人欣賞的角度，談一點陸老畫的讀後感受。

中國的繪畫，早在戰國時期已經具備相當規模。《韓非子·外儲説中》記載，周有畫家在竹葉上爲國君作畫三年始成。從《楚辭·天問篇》中可想見楚國壁畫之宏偉。但今世我們所能見到的流傳有緒的名跡，最早的是東晉顧愷之《女史箴圖》，隋展子虔《遊春圖》，唐王維《雪溪圖》等，實則説來國畫的畫法大備乃在北宋。其後世代相傳不絶如縷。應該説對國畫的欣賞品評很不容易，可是欣賞品評又極爲重要，因爲它關係到國畫的發展。長時期以來不少人對國畫的欣賞品評包含着一定的賞古成分，這應該同必要的傳統繼承區别開來加以排除。就國畫擁有的公衆來看，其中有部分人比較保守，概括言之，即唯國粹觀點。持有這種觀點的人，似乎認爲既稱國畫，總要完全符合國畫的傳統規範，否則就不好。在這些人的心目中，源遠流長的國畫傳統是至高無上的。要發展，也只能是符合傳統的發展。這當然是年長者居多，但也并不是年紀大的人都如此，近幾十年隨着世界觀的改變，不少人在審美上也有變化。這樣，又出現了一批激進派，激進到對四王都不屑一顧。這或可稱之爲傳統否定派吧。在他們看來，要發展就必須從根本上否定傳統。我個人以爲這兩種態度都不正確，但也很難説服他們。自從見到陸老的畫以後，我認爲有了説服上述兩派人的最好論據，它生動地告訴所有的國畫愛好者，死守傳統不要創新是没有生命力的。而完全拋開傳統的「創新」也是無本之木，肯定也是搞不好的。因此，正確的方向也只能是在掌握傳統技法的基礎上，外師造化，中得心源，有所取捨，走自己的路，做到來自生活，高於生活。而陸老正是能夠在幾十年的創作生涯中把握住這個方向，從虛實相生發，具象和抽象相結合當中，創立了自己的獨特風貌。

臺灣的《雄獅美術》曾重點介紹陸老的畫，其中有一段描繪得很鮮明：

「走傳統路綫的人喜歡他的畫，是由於他曾深入鑽研前人的創作技巧與心得，又融會貫通地把它發揮得淋漓盡致。總之他是位能入能出的畫家，他的筆墨功夫，實際是將宋元之法集中於一身，他學宋人以取其法度，而歸宿於元人以盡其變。新派對陸儼少的畫也大感興趣，原因是被他畫幅中所具有的抽象意味吸引着，説實在的，有些作品如果不加上房子与點景人物，根本就看不出究竟是何物，抽象得很。從大處去看陸儼少的畫，首先看到許多的白面塊與白條子，又看到許多黑面塊，這些黑白對比互相交織成一幅幅奇怪的景象，使整幅畫充滿動蕩之勢。」

我以爲這一段前半部完全正確，後半部只寫出一些直觀，因而有必要作一些補充：我以爲有些技法古已有之，只不過陸老更加以生發變化。譬如説，漬墨爲陰，留白爲雪等等，事實上陸老畫中的抽象部分，即所謂黑白面塊也者，俱有寓意：或爲雲靄的浮動，或爲瀑布濺石之近景等等。觀賞者或於遠處或於近處，細審之當能看出端倪。何況一幅畫其中的具象部分与抽象部分必须有機結合，始能構成完美的整體，而陸老在這個結合的處理上是一貫嚴謹的，所以通過具象就能在很大程度上揣摩出抽象。陸老自己也説：「如使覽者看不出所畫爲何物，完全抽象，這絶對不是我們的方向。」

正因爲陸老的畫有深度，那就是虛實相生，具象和抽象的有機結合，静景中寫有動勢，所以觀賞者須具有一定的文藝美學素養才能領其妙諦，才能感覺到作品内含的詩情畫意，并爲之涵詠其中，徘徊而不忍去。他的畫確實具有非凡的魅力，有的使你爲之心曠神怡，有的能勾起你無窮遐想，有的甚或使你頓覺駭然，總之細細玩味，真會使你爲之物我兩忘。古人提出「讀畫」，畫而用「讀」是很有道理的。所以把陸老的畫歸納起來可以説：他善於攝取非凡之景，通過非凡的筆墨，創作出震撼人心的畫幅。因此，他是可以無愧於「繼承前人，超越前人」的評價的。

中國的藝術，似乎歷來有個傳統，即最高境界是歸於自然的。所謂「無功之功」，所謂「至道不煩」，都是這個意思。莊子説：「天地之大，其化均也」，也含有歸於自然的意思。所以好詩往往是渾然天成的，好的字有時却是不衫不履的，好的畫又似乎是信手點染的。可是誰又知道，這種無功之功，這種不煩至道，要經過藝術家多少辛勤勞動、苦思探索，還要具備多少客觀條件才能「始克於成」呢？

陸儼少生平及其藝術

陸儼少，上海市嘉定縣南翔鎮人，六屆、七屆全國人民代表大會代表，浙江畫院院長，浙江美術學院教授，全國美術協會理事。原名陸同祖，又名砥，字儼少，後以字行，改字宛若。生於公元一九〇九年六月二十六日，即清宣统二年己酉五月初九日。父韻伯，業商，深通經史，見事洞達。母朱璇，端莊賢淑，聞於鄉里。先生稟賦瓌瑋，質性自然，不慕榮利，自幼即喜繪事，旋受庭訓，十分功夫，四分讀書，三分習字，三分作畫。厚積薄發，終能歷盡滄桑，不易初衷，身處逆境而苦自磨礪，萬里遊蹤，涵泳造化，矻矻以求凡七十年，藝術之傑出成就實源於此。先生甫弱冠，受知於王同愈老先生，雅相愛重，得其引薦，遂及馮超然門下。馮固大家，悉意指點，藝乃大進。先生之所以成爲舉世公認之巨匠，厥因其畫藝，總攬歷代南北名家之長，臻爐火純青之境。抑且詩追杜陵，文承司馬，極盡鬱勃蒼莽之致，其書倔偉渾穆，寓嚴謹質拙於自然瀟灑之中。觀其構圖之奇絶，筆墨敷色之絢麗，詩情畫意之蘊藉，抽象具象、虚實相發之妙用，非人品高潔，畫品超逸者不辦，誠可謂四美具，二難并矣。或謂國畫至於今已瀕日暮途窮，凡倡導繼承傳統者必奄奄無生氣，今觀先生所作，清雄峻茂，一反凡流。國畫之出路在於創新，而今之所謂創新，率多西化之濫觴。觀夫先生所作具見何爲創新之正道。此或有助於一正視聽也乎。是爲記。

公元一九九二年，歲次壬申，大暑後一日，吴縣章汝奭撰

餘生翰墨緣散記

深深悼念陸儼少先生

著名山水畫巨匠陸儼少先生於癸酉重陽歸道山，予與先生締交有年，相知恨晚，每論藝事，輒歡談逾時。嘗爲文紹介其詩書畫，以先生之書藝、詩文俱極高妙，惜爲畫名所掩，良可歎也。丙寅秋，予適過杭州，一夕飯後，冒風雨往訪，相叙至子夜。先生遷居深圳後，曾來一信，中有相隔修阻，相見無緣，不勝繫念等語，并惠我梅花一幀，用示思念之殷。去歲嘉定陸儼少藝術院行將落成，先生來滬，簡召往謁，語談甚歡。予爲示心香一瓣，立占短歌一首，曰：「宛翁詩作畫，誰解畫中詩。胸次涵丘壑，毫端造化滋。崖懸磨天石，梅老破雲枝。乍駭崩雷墮，何妨暮靄遲。既聞心際鐘鼓齊天樂，始見江山如此墨淋漓。短檠讀畫中宵立長望，月明人健天涯共此時。注：張輯《齊天樂》詞有『如此江山』句，故《齊天樂》又名《如此江山》。」今歲予因事數度往返於京滬間，方擬去醫院探望，乃噩耗傳來，深用哀惋，撫今追昔，人琴之痛，不能自已。爲撰聯挽之：「杖屨重陽日，尋好山好水，何獨竟爾登高去；夢回風雨夕，賞佳畫佳書，曾經相與更論詩。」司馬遷《報任安書》有云：「古者富貴而名磨滅，不可勝計，唯倜儻非常之人稱焉。」先生以非常之人品，非常之藝術，定能永垂不朽。予痛失師友，語無次第，涕泣爲述覼縷，庶幾寄哀思於萬一云。

公元一九九三年十月廿五日，農曆癸酉歲九月十一日凌晨於燈下

任寒秋四渡東瀛畫展序

我認識畫家任寒秋已經十多年了，最初看到他的畫作，就覺得奕奕有奇氣，有如深山之璞，光彩内蘊。爾後雖各以事羈，疏於往來，但我知道他一直在攀登畫藝高峰，未嘗一日或輟。

十載春秋在歷史長河中不過彈指一瞬，然而對於畫家的無問寒暑的耕耘來説，不知凝聚着多少血汗，多少苦思，多少漫長修遠的求索！當年青年畫家之稱，音猶在耳，而今却早逾知命之年。我常爲某些名書畫家多少年來所作一如舊觀而深深感喟，然而今觀寒秋所作，真不禁驚呼「夫喜眼明觀妙蹟」了。

畫家怎樣走過這十多年的路，我不想多問。我也不想重複那些「内師心源外師造化」，對名家大師青藤、白陽、八大等人的心摹手追等老調。我這裏想説的是：首先，畫家這十多年所獲得的新成就，完全無愧於十年歲月的流逝，他的沉浸積纍，苦自磨礪的成果，遠非時下一般名畫家所能企及。

其次，我願毫無保留地肯定他的畫作，確已達到很高的境界。這就是説：既有筆墨，又有佳構經營。虛實允當，生機勃勃，花葉若動，熠熠生輝。既有超自然之致，更具天然之韻。儘管不少畫作寫的是傳統題材，却幅幅卓然有新意，使人讀之忘倦，視久愈無窮盡。什麽道理？我思之再三，想起前人評張旭草書，謂如「班輸構堂，不可增減，如能解得箇中道理，就能看到張書放中之矩」。我以爲任畫亦然，這似乎不應説「無法之法」，而應視爲「泯規矩於方圓，遁鉤繩之曲直」吧。

説到這裏，我不禁又想起戴鹿牀論畫藝的幾句話：「積到者筆辣，學充者氣酣，才裕者神聳，三長備而後畫道成。」我以爲任君之畫確已臻「才裕、學充、積到」之境，足當收藏傳世。

寒秋爲人質樸、亢爽、謙遜而重風義，了無俗韻。今當其即將四渡東瀛，重開畫展之際，以其品高藝妙，故樂爲之序。

乙亥六月十二於海上

怎樣學寫小楷

一、小楷在書法藝術中的地位

楷書中三四分見方者稱爲小楷。在造紙術發明以前，字多寫在竹木簡或布帛之上。有了紙張之後，在相當長的一段時間裏，絹素仍然是承受墨跡的主要物質。文字是用以記事，爾後更作爲傳遞信息、傳播文化的工具，因此字就不會寫得很大。而小楷曰楷，總是一點一畫，清楚停勻的，這樣就自然成爲寫的主要形式。即使在北宋，有了活字印刷之後，在相當長的歲月中，書籍流傳靠手抄也是極爲普遍的事。明代宋濂《送東陽馬生序》中寫道：「家貧，無由致書以觀，每假借於藏書之家，手自筆録，計日以還。」

從流傳有緒的東晉楷書墨跡來看，王羲之的《樂毅論》《黄庭經》《東方朔畫像贊》，王獻之的《洛神賦》十三行都是小楷。由此可見，晉唐人所作書法論述中提及的楷書，大都指小楷。古人論書甚至説：「右軍小楷《樂毅論》爲千古楷法之祖」，又説「工畫者不善山水，不能稱畫家。工書者不精小楷，不能稱書家。」由此完全可以看出小楷在書法藝術中的地位，它真是不可或缺的品類。近年來，喜愛書法藝術的人越來越多，但寫小楷的却很少。因爲參加書展總是大字醒目。所以今之能書者多是能大而不能小，能行而不能楷，能縱而不能斂。許多人的書法作品缺乏含蓄内蕴的意趣，這與不習小楷多少有些關係。唐代張懷瓘説：「深識書者惟觀神采……欲知其妙，初觀莫測，久視彌珍，雖書已緘藏，而心追目極，情猶眷眷者，是爲妙矣。」因此，在書藝發展中重視小楷這一品類是非常重要的。

二、小楷與大字的關係

幼童習字總是從寸楷（今天所謂大楷）開始，數年之後，開始習小楷。因爲從寸楷着手便於窮究筆法，立足規模。從寸楷着手不僅可以使初習者易於領會結字要領，而且能使筆勢開張而不拘滯。練好寸楷，既可以進而寫擘窠大字，又利於練習小楷。

小楷與大字很不相同。小字不應完全認爲是大字的縮小，大字也不應完全認爲是小字的放大。董其昌曾説：「余以《黄庭》《樂毅》真書放大，爲人作榜署書，每懸看輒不佳。」爲什麽呢？因爲大字小字的特點、要求是不同的。大字宜放中有斂，小字宜斂中有放。大字本身易於恣肆縱放，但如一味縱放，則會流於輕率脱易，而無深刻沉着之趣。小字本身是收斂的，但如果一味收斂，則形拘筆滯，也會失於輕靡。蘇東坡曾説：「世之所貴，必貴其難，大字難於結密而無間，小字難於寬綽而有餘。」大字的結密無間比之放中有斂，小字的寬綽有餘比之斂中有放，這樣，從外形到内涵均能有所領會了。

米元章論書有這樣的話：「吾書小字有如大字，唯家藏真跡跋尾，間或有之，不以與求書者。」又說：「凡小字要如大字，大字要如小字。褚遂良小字如大字，大字如小字未之見也。寫大字要須如小字，鋒勢備全，都無刻意做作乃佳。自古及今，余不敏，實得之。」這裏姑不論米元章是否做到了「大字如小字，小字如大字」，但這樣的要求却是值得玩味的。寫大字要須如小字，就是說，寫大字時要做到筆鋒體勢，無毫髮之失。而且難能可貴的是無刻意做作，一切純出自然，如非學養功力俱臻佳境是辦不到的。刻意做作，明眼人一看就知道是學養淺薄者，裝腔作勢而已。「小字要如大字」，則是小字要有大氣象，這却不是「寬綽有餘」四個字所能概括的了。著名書法家高二適先生曾說：「小字要多墨氣，此乃晉人法度。」「小楷要能筆跡使轉分明，如見毫髮，要四面八方俱著墨力。」這的確是使小字有大氣象的金針度与之論。

三、歷代小楷名跡及其書藝特色

流傳後世的小楷墨跡要算魏鍾繇的諸帖最早，其中《薦季直表》可謂極盡質直樸厚，意境幽深之妙。而《戎路表》雖不若《薦季直表》古拙蒼勁，却於樸茂之中別具秀潤嫻雅之致。在這之後的《孝女曹娥碑》，或傳爲王羲之所書。雖有人認爲不一定是王氏手筆，但与王書《樂毅論》《黄庭經》實爲同一機杼，筆致由厚重轉而趨向纖細，結字體勢趨向方整停匀。總的説來，王羲之的小楷雖少鍾繇欹側跌宕錯落的意趣，但遒勁朗潤蘊藉内含實有過之。且筆致的規整，結體的規範化，與隸書的分野更爲鮮明了。小楷之趨向纖細之風，亦從此始。子敬《洛神賦十三行》用筆悉承父風，然體勢跌宕，極盡奇逸之氣。

到了唐代，褚遂良所臨王書《樂毅論》可稱臨書的典範，冲融大雅深得其中三昧。唐代流傳下來的小楷墨跡，特别值得一提的是唐人寫經，雖是無名經手所書，其書法藝術價值却是不容抹煞的。

顔真卿的字，不論大字、小字、行草都是書藝鼎盛的唐代的傑出代表，蘊涵深厚，體勢雄偉，宛如冠劍大夫議於廟堂之上，凛凛然不可端倪。這種渾樸沉厚的風格，真可説獨超衆類。北宋雖有人非議説：「魯公書殊少媚態」，當時有人駁斥説：「公於柔媚圓熟非不能也，耻不爲也。求合流俗，非公志也……自秦行篆籀，漢用分隸，字有義理，法貴謹嚴，魏晉以下，惟公合篆籀義理，得分隸之謹嚴，放而不流，拘而不拙，善之至也。」這樣高的評價，亦非過譽。但是唐楷無復魏晉因字就勢而體勢跌宕恣肆之氣，這是不可不注意到的。

唐代小楷對後代影響較大的還有鍾紹京的《靈飛經》，前人有評之爲「沉着遒正」的，真是不知所云！鍾紹京的《靈飛經》可説是小楷中纖細柔媚的典型。大概是這種字特别適合科舉的需要吧，所以晚清有好幾位狀元都是刻意臨摹這個範本的，如陸潤庠、劉春霖等，俗媚而乏生氣是其共同特點，流風所被，遺害甚廣。

唐以後，五代楊凝式的《韭花帖》，米元章所臨《哀册》，范仲淹所書的《道服贊》，都是名跡。其中《道服贊》古拙幽深，別有特色。但這些都因字數有限，對後世影響不大。

元代小楷首推趙孟頫（松雪），趙不僅天賦高，且極勤奮，詩書畫篆刻皆能，而且都有很高的造詣。如以雍容嫵媚而論，則古往今來，無出其右。就功力來説，似也罕有其匹。其字總的來説是外柔内剛。傳世名跡有《汲黯傳》《陰符經》《清淨經》《洛神賦》等。其小楷的主要特色是筆致上勁健秀潤，結體上妍媚舒展，用墨停匀，布白規整，通篇氣象圓融，這是歷來無異議的。但他的字也有缺點：一是過熟而有俗韻；二是習氣重，學他的字，一旦染上他的習氣，就很難擺脱。由於趙書以妍媚見長，且傳世墨跡又多，所以對後世影響極大。

明代擅長小楷者不乏其人。宋濂的清勁，宋克的質樸，祝允明的峻拔，王寵的疏朗，文徵明的娟秀，王鐸的凝重，董其昌的敦篤，特别是黄道周的峭厲峻刻，這些都是學習者可以取法的。

清代擅小楷的有八大山人、孫星衍、劉石菴、翁方綱、何紹基等人。翁學歐體，但有習氣且失於臃腫。劉石菴以渾樸見長，他師法鍾繇，所以氣格上高於翁、何等人。何紹基功力很深，但嫌過熟，由於他是學顏的，且無板滯之病，故不失寬博蒼勁。孫星衍以學養深，精篆隸，其小楷獨饒靜謐之趣。而八大山人取法高古，意境深遠，更以恬淡出之，真可謂超塵絶俗，别樹一幟。所以，有清一代總的看來，除了館閣體之外，在小楷藝術上還是有所開拓和發展的。而晚清那些狀元字就不值一提了。

我們了解歷代小楷名跡及其書藝風格特點之後，就可以認識到：小楷這一品類也有各種各樣的風貌，學習者臨池研習時應注意取精用宏，而在取精用宏的基礎上，小楷大有創新發展的餘地。

四、小楷的臨習和創新

小楷不容易寫好，要具有獨特的風貌就更不容易了。普通的小楷只有三分至四分，一枝筆的活動範圍有限，怎樣駕馭這枝筆是寫好小楷的先決條件。寫小楷執筆不一定下攏，然腕要虚，掌要空，肘不必懸。古人有説寫小楷亦必懸肘，這是没有必要的。因爲只要腕虚掌空，對於書寫小楷的取勢需要就已足夠了。寫小楷還必須能做到凝神静氣，收視返聽。只有這樣才有可能神融筆暢，心躁氣浮是不可能寫好小楷的。

下面先講小楷的臨習

（一）入門

學寫小楷同寫大楷不一樣。寫大楷是先從點畫要求入手的，所謂起筆、行筆、收筆等。待掌握筆致要領之後，再學結體，譬如歐陽詢結體三十六法等等。而小楷的臨習，則應從結字入手。因爲小楷字徑不過三四分，要寫得疏朗停勻，寬綽有餘，確實需要大量的臨習，才能辦到。宋姜白石説：「臨書多得古人筆意，摹書易得古人位置。」既然我們先要學好間架布白，因此可以從摹寫入手。如果每天摹寫三百字，不用一年，當能掌握位置要領。如果要求高的話，最好多選些善本，半年摹寫一本。摹過幾本帖之後，就可以對小楷的結體布白有較深的體會。同時，也不會囿於一家，染上某些習氣而難以擺脱。

摹寫只是掌握小楷結體的入門，通過摹寫領悟小楷結體的主要規範法度。摹寫有一定結構基礎之後，就要進行臨寫，進而脱開範本背臨。經過這樣的臨習之後，就算奠定了良好基礎。

（二）提高

提高階段主要是在筆法、章法、墨法上下功夫。

筆法

通過摹寫，臨習掌握結體要領之後，粗看上去字已初具規模，但由於功力不深，經不住細看，究其原因就是點畫不到家，因此就需要在筆法上加深功力。第一步要做到筆筆規整停匀，在此基礎上求筆致的變化。因爲如果點畫完全規整停匀，就不免單調呆板。古人説：「所貴乎穠纖間出，血脈相連，筋骨老健，風神灑落，姿態具備。」當然，這不是單純追求筆畫的變化所能達到的。因此，必須結合字的體勢來考慮筆畫。小楷以其小，每一筆畫的走向，筆畫與筆畫之間的間距，有時真是間不容髮。在這種情況下，再要求每一筆畫都有姿態，當然更非易事。要做到筆畫有變化，最主要的注意運腕。高二適先生曾説：「小楷亦純乎運腕，一涉指功即不能成。」因此臨習時要有意識地提高運腕的功力：起伏頓挫分明，極力控制不假諸指功的機巧。筆畫的變化實際上就是筆法的變化，因此，要練習各種運筆的方法。運筆中主要掌握鋒和勢。鋒的掌握主要是起筆、收筆。起筆分逆入、順入。逆入求其質拙之趣，順入以求其妍潤。勢的掌握主要在筆的運行和走向，運行取澀，勢則求其古拙，反之以求其妍潤光潔。如果一幅字中逆入与順入并用，澀勢與平出兼通，自然就多一些變化。當然，這變化必須適當，必須統一在和諧之中，否則就是過猶不及。

章法

小楷在章法上需要考慮的問題大體上有這樣幾個方面，即行距、字距、天地留白、横直成行或直成行横不論等等。横直成行的章法雖極盡規整，但乏生氣。有的用影格，這不可取。因爲用影格雖能達到布白規整的要求，但嫌板滯而不自然，而且一用影格，也談不上什麽布白的功夫了。

在章法上下功夫的第一步，是要把一行字寫直。第二步是要把字的行距、字距的疏密掌握好。密者易，疏者難。如果行距很寬，疏疏朗朗數十行，乃至數百行，全凭目測，做到首尾如一，自然了非易事。而且所留天地要盡可能寬一些，還要齊平。俗話説：「十年平頭，二十年平脚。」要做到平頭平脚就必須有通篇考慮。每行開頭注意齊平是比較容易的，而平脚就要在每行寫到底以前好幾個字就要考慮它的疏密安排，如果等寫到最後兩三個字時再去硬擠硬湊，就會破壞和諧自然的氣氛。

章法和筆法也有關係，一般筆致纖細的不宜行距寬，筆致厚重的不宜行距密。因爲筆致既已纖細，行距再寬，通篇來看就顯得蒼白，而筆致厚重的如行距過密，就會顯得黑壓壓一片，透不過氣有壓抑感。

用墨

小楷的用墨也要求變化，因此一般用能使墨滲化的生紙，且用墨錠研墨。研墨有濃有淡，一般濃墨爲宜。初學時濃墨會拉不開筆，功力深了，自然可以掌握。如果墨的濃度是蘸墨太多時着紙略有滲化的程度，則更易「穠纖間出」，體現行筆的節奏。既可排除板滯之病，又可使書作更富意趣。當然，在未掌握好行筆的節奏疾遲之前，這種墨色變化是不容易做到的。

關於小楷的創新

小楷的創新也不外乎從結字、筆致、墨趣、章法四個方面考慮。千餘年來小楷在用筆和結字上過於恪守規範，因此大有創新的餘地。唐代孫過庭《書譜》上講的「鎔鑄蟲篆，陶均草隸」，對小楷創新也頗有啟發。小楷歷來屬帖學，如考慮參以漢分、北碑筆意體勢，可能會有蘊藉雋永之致。此外，欲小字有大氣象，必重墨氣，這就要求既要筆致沉重，又要點畫分明。由於流傳墨跡率多筆致纖細，因此如從漢分、北碑等廣泛汲取營養也會有新意。

晚晴閣詩文續集

弁言

十一年前，予以《晚晴閣詩文集》問世，今又以此《續集》付梓，蓋不欲其湮没也。韓文公嘗謂：「物不得其平則鳴。」人之所爲作，亦多抒發其胸臆塊壘。予今已八十晉一，顧已届晚歲矣，謹以此奉貽諸師友，幸勿以敝帚自珍見責。

丁亥二月晦日長洲章汝奭於海上得幾許清氣之廬

一、選録詩詞四十首

甲戌除夕即事今夜一過予六十九歲矣

廚下聲喧忙祭祀，中庭兒戲信歡哉。煙花陣陣催年去，短髮絲絲迓歲來。毋望文章拚寸進，不妨清酒寄幽懷。世情冷暖渾閑事，休對羲和空自哀。

乙亥嘉平之朔獲觀敬老圖爲賦

晚歲何須歎羈孤，不勞龜筴計乘除。還將書檢充家事，更有磨墨静功夫。莫爲兒孫添罣礙，每思頤養亦征途。他年視此當一笑，無愧留傳敬老圖。

丙子歲朝作五言二首示迎春也

歲朝交雨水，大地喜春回。甫飲屠蘇酒，兒孫喧笑歸。舉杯先敬老，行令限新規。莫負東君意，相約登翠微。

今年節序早，雨水促春耕。農事翻新譜，田疇黍稷盈。明時敦教化，疏導律言行。物阜猶思儉，風傳雅政聲。

丙子元夜作詠四時花卉絶句詩十二首託物寄興不當方家一笑

緗梅

雪裏緗梅簇簇開，冷香婣婣沁心懷。風吹雪落花不落，似遣幽人日日來。

山茶　花入藥有止血之功。故及之

映日山茶别様紅，世人端愛美姿容。寧知本性雖寒苦，却爲療傷奏膚功。

蘭

咸謂蘭爲王者香，祇緣標格不尋常。超凡絶世邀真賞，豈用傖夫論短長。

桃花

桃花不必笑春風，今古炎涼差許同。若得贖回前日月，祇依山水偏圜中。

牡丹

艷絶塵寰第一春，應知霜雪育前身。世人錯把楊妃擬，轉覺皮相略傷神。

紫藤　予祖籍姑蘇，生於北京，藤蘿餅乃京都名點，故及之

勝日梢頭見紫藤，絪緼芳霧亦多情。兒時最愛酥蘿餅，不覺鄉思兀自生。

竹

幾竿修竹映窻前，對影凝神入畫禪。數筆紛披得意態，敢追與可溯黄筌。

荷花　結句甚邀友人激賞，謂前人未能造此境也

水面清圓幾枝荷，迎風摇曳舞婆娑。亭亭不著俗脂粉，善護魚蝦避網羅。

秋海棠

迤邐行看秋光至，照艷紅雲海棠開。無語若言毋寂寞，惹人飛蝶越牆來。

桂花

桂子飄香泛金甌，不須慷慨酹沉浮。蛩鳴伴我吟哦夜，漫檢書笈好箇秋。

菊

東晉陶公愛黄花，但尊高格傲霜發。如今早已脱寒蹇，姹紫嫣紅映晚霞。

水仙

水中仙子俏生姿，香氣温馨意遲遲。一室風流他佔盡，不饒多語亦成詩。

丙子花朝後二日俚句題友人梅開雀鬧圖

梅開雀鬧若相喧，且任風人竟日閑。仰首應知天地闊，幽懷時對水潺湲。横斜枝下描新譜，鳥語聲中習悟禪。莫爲升沉徒悵望，世間合有調别彈。

丙子五月十九予七十歲生日有作

行年忽已届七十，樂事平多合有詩。檢籍臨池消永日，客來清話坐移時。苦瓜醃薤堪佐酒，倚枕添香夜讀遲。如此一天忙裏過，不暇感慨悵時馳。

丙子秋題友人梅蘭竹菊册

竹菊梅蘭四君子，何須時會方邀賞。夭桃艷李逞姿媚，流水高山終崛起。磈磊心胸可得伸，丹青彩筆風煙裏。誰云詩畫若閒雪，甘苦繫之生有幾。

丙子立冬前一日以顒望爲題賦七字一首用抒感會時事意也

問予何事最關情，玉宇澄清教化興。顧我黄童勤課業，任他白髮慣敲枰。街心小憩觀花盛，路角茶樓享啜茗。更喜廛民若鄰里，紅塵紫陌話昇平。

丙子冬月之朔作放言四首

漫笑漢高殊鄙俚，乃能擊筑大風歌。而今名士詩魔鬧，酒甕爭如廢紙多。

矻矻終年無用功，何如面壁語窮通。若嫻夏畦三分術，縱不識丁也富翁。

晨起逡逡菜市中，生涯何日得從容。忽逢天將翛然至，陡憶白詩賣炭翁。

青史從來勝者書，不妨增減近模糊。莫驚彩筆工心巧，但問朱紱入眼無。

丁丑初夏迎香港回歸

汩没漫漫百五年，豈期今歲復歸源。一國兩制孚人望，萬水千山逐笑顔。可待春風花勝錦，莫因秋雨便囂然。香江自此翻新譜，不負平公矚眷篇。

丁丑八月十九作畜蛩感賦調寄賀新郎

溽暑方挨過。問老夫，今番畜就，將軍幾箇。踏破鐵鞋無覓處，若箇真青難得。料未必、諸公如我，且待西風鏖戰約。再安排、指點分强弱。善護念，欣顏色。　兒時景象渾如昨。彈指間，年華逝矣，空餘漠漠。人世幾回躭邂逅，何用輕愁常鎖。祇有金秋促迫，寒蛩不知拚命義，但長鳴，伴我憑高卧。安歲晚，同歡樂。

丁丑菊月哈瓊文贈祖國萬歲有限複製手繪首日封按此圖原爲歌頌國慶十年所作豈料「文革」動亂中横遭責難今雖時過境遷然回首前塵仍不禁感歎歔欷爲作破陣子小令以寄意

國慶十年勝事，禍臨頃刻天崩，羅織罪緣莫須有。亂枝條本節外生，人世忒無情。　最苦解脱乏計，那堪魑魅横行。千載浩劫歎觀止，萬民悲泣憤填膺，傷痕何日平。

丁丑小春月之十九黄君寔抵滬殷殷相邀用韻作賀新郎一闋時君寔遇事不順要亦有以慰之

勝意慇懃約。看冥鴻，昨夜飛來，明朝飛去。頓覺乾坤忽變小，咫尺居然萬里。燈下見君顔如昔，把酒細説別後況。莫歔欷、相共前瞻，意指日價鯤鵬舉。世間難得無憂地。歎平生、偏多坎壈，毋勞聒絮。不如意事常八九，自古徒傷戚戚。快斟清醇佳醽，一杯且酹江海志，任誰何笑我殊辟易。休自苦，長相憶。

一九八八年歲次戊寅四月值税專九十年校慶有作

何盡滄桑九紀中，迎來送往各西東。不妨點染成圖畫，樂在崎嶇豈道窮。人世一生隨去就，知交千里夢魂通。會當記取傳佳話，舊雨雖多未許同。往昔税專學制爲時甚短，然校友間情誼深厚，非一般大專院校可比，故及之。

一九九九年四月二十四日梅山創建三十周年賦長句爲賀是歲己卯

九四二四猶在耳，倏忽歡慶卅周年。昔日草創揮鍬鎬，壯歲脱胎譜續篇。廚下寸心託日月，短几矮紙寄恬然。滄桑未改凌雲志，鵲起高歌震九天。

憶自一九四九年五月參加革命工作迄今五十年矣雖克盡綿薄仍不免歲月蹉跎之歎爰賦八聲甘州一闋用勖後生　己卯四月

看江山幾次度蒼黄，迄五紀春秋。幸莘莘學子，牢牢記取，歲月難留。迴想當年豪誓，曹劉或比儔。可奈蹉跎過，忽已白頭。

今值黄金時會，衆急追奮起，鷹隼驊騮。更緗梅叢放，香陣遍神州。願他年，廓清寰宇，咸富足，黎庶樂優遊。深深拜，請君上座，真正風流。

庚辰十月之望夜夢出國暢遊醒來夢境如真用賦水調歌頭一闋以寄意

轉眼寒霜過，又值小陽春。何妨去國暢想，萬里忘歸人。半世交親逝水，看透塵寰冷暖，無事足貪嗔。一笑天地闊，都付了無痕。

味平生，多坎壈，賸清貧。衹今猶望，見賞一二舊王孫。且惜殘年碎月，登臨好山好水，行跡滿乾坤。此生應如是，何苦夢追尋。

辛巳二月二十四在滬港文化交流協會弘久畫廊暨文華里會所爲予舉辦之詩作書作賞讀會上作

行年七十五，每歎儒冠誤。世固無坦途，遇我偏局促。平生狷介操，況復輕攀附。憶昔起狂飈，金玉頓成土。艱難十餘載，何幸非虚度。日惟詩與書，伴我堪獨處。蘭亭四百通，始略知甘苦。旦夕躭臨池，空繞池邊樹。乃悟窺堂奥，字外有功夫。就中何者先，取捨費躊躇。今日承青眼，深愧無足述。且惜傾蓋緣，放浪遠塵俗。

辛巳七月二十七日凌晨寫經遥念丹孫賦此寄之

憶昔繈緥抱移時，已盼能吟詠絮詩。宿世有緣合遇我，此心何必路人知。權充巷口躭遥望，祇當今夜倦遊遲。漏盡寫經無住著，一香裊裊寄幽思。

我遥記得你才出生不幾天，我從南京乘夜車返滬，車站上播放《山丹丹開花紅艷艷》的曲子，這樣我就給你起個小名「丹丹」。次日晚上我抱着你在我懷中睡着了，從那時起我就決心培養你成才。儘管那時候我自己前途未卜，但我這個決心又何須別人知道呢……一下子二十多年過去了……現在你遠在萬里之遥，我是如此地思念你，就當作你學畫時我在弄口遠遠望你歸來吧！或就當作你和同學聚會而遲歸吧！現在漏盡更殘，我是如此地想念你，連經都寫不下去，只能讓這裊裊香煙寄託我深深的思念吧！怕你看不懂，就寫了這些一併寄給你。

畜蛩吟十韻并引　壬午夏

蟋蟀，予平生所好，惟自丁母憂後，輟飼凡五十年。至壬申秋，始以衡德兄歲有鬬蟲雅叙之邀，而重拾夙好。十年於兹，每以晚歲添此逸興爲樂。今者新正，德兄忽發奇想，伏案習繪蛐蛐。雖向不諳繪事，雅以情之所鍾，遂樂此不疲。冀能跡前人踵武，窮其殊相十餘紙，後竟亦偶有可觀者，笑謂予曰：「子爲我作畜蛩吟，如何？」予勉應其請，乃兼月未報。小暑後一日晨起，於譯竟《信息摘編》後，陡憶山谷「癡兒了却公家事，快閣東西倚晚晴」句，油然有興。湊得十韻，雖未就得佳句，要亦直抒所想，得勿謂我老人多稚態耶。

蛩乃予夙好，已逾六十春。箇裏新天地，摒絶世俗塵。偶得真王色，寶之若希珍。佳蟲性剛烈，惟恐穢氛侵。縱知好風采，不忍擾晨昏。飼之有定時，擇配頗分神。感我慇懃意，報我亦情真。每觀殊死鬬，抱負似同伸。感歎復歔欷，無語止逡巡。多少英雄氣，集此一蟲身。

壬午秋月之末賦畜蛩三絶句

畜蛩之樂逾千年，勝事逸聞遠近傳。我勸養家添眷念，金秋佳話續新篇。

蛩鬭原本出天性，人鬭如何若此殘。苟能退思輸半步，共此蒼穹碧落天。
杜公昔作《縛雞行》，寓意彌深不勝情。若把得失渾忘却，無人無我一身輕。

癸未七月十一卯時立秋初聞蛩鳴掇拾情景賦得長句

節序今晨交立秋，蛩鳴先我報時籌。寫經未誤吟詩筆，檢紙何忘老婦粥。洗硯失神躭遠念，短劄不必寄鄉愁。佳蟲若解蕭然意，寒暑無須悵白頭。

王漁洋秋柳詩允爲絶唱獲讀二十二年今始爲和雖不免效顰之譏然以致之胸臆亦一快也丙戌二月十九佛誕作第一首三月初三作後三首是日即所謂蘭亭脩禊日也

秋來何事最銷魂，陣陣蛩鳴促越吟。細柳輕拂寒雀影，殘荷滴雨醉黄昏。偶思故第斜陽下，夢遠燕都子玉盆。漫笑兒時太癡絶，衹今猶望世存真。六十餘年前在京都收得各色各古燕趙子玉盆二十餘箇，故及之。

序交寒露漸及霜，岸柳枝條欲見黄。蟲事正忙籌雅叙，蕪懷無緒綴詞章。那堪戚戚堆歡笑，淺把涓涓且自嚐。人世百年直一夢，不須慷慨話滄桑。歲邀飼家攜所飼聚會賞鬪，以向不博彩，故稱雅叙。

秋風蕭瑟促添衣，寒暑推移竟若飛。籬菊何曾伴楊柳，西烏聲越夜鶯啼。不妨吟詠銷餘歲，無復休咎作話題。且樂傾榼博一醉，禅心得辨是耶非。

秋風秋雨若相憐，衰柳依依不勝攀。迢遞鷗鳴驚曉夢，幾回起坐短燈前。何傷失筆悲今日，未許偷閑學少年。如此癡頑堪笑止，高山流水夕陽邊。

二、散文十一篇

黄狗來矣 一九八〇年九月十五日

記得兒時曾聽過一則譏諷科舉的笑話，説的是清朝同治年間江南某考生在一次鄉試中，故意作弄主考的事。他那篇應試文章總的説來立論嚴謹，詞意暢達，只是到結尾時忽生奇想——開一下主考的玩笑。因爲他聽説這位大人既不學無術還常要冒充博學。玩笑怎麽開法呢？很簡單，就是在文章結尾胡謅幾句，假充引用典故，且看考官如何處置。這幾句是這樣寫的：「兩杏夾道，一井通天，黄狗來矣，吾誰與歸。」這十六個字除了最後四字是范仲淹《岳陽樓記》的結句外，其餘都是臨時寫的，連他自己也説不上有甚麽寓意。結果，主考果然墮其術中，既弄不懂這十六字妙文的含義，查了不少典籍也找不到它的出處。如果持以問人，又怕被人笑話。怎麽辦，還是老辦法——不懂裝懂。索性在這幾句旁邊濃圈密點以示讚賞，「先騙自己，再騙别人，有何不可？」這樣一來放榜時這考生竟高高得中。事情也就這樣圓滿了結，這考生雖暗暗發笑卻不敢講出來，直到年老退隱才偷偷地講給兒孫們聽。

我聽説這件事距今已四十多年了。我一直把它當作笑料，可是誰知「無獨有偶」，一次奇遇，竟又使我想起了它。前些日子，我出差到一個文化古城，偶然到一家有名的書畫社去看看，據説這書畫社陳列出售的都是名家墨跡。忽然我看到一幅書寫王之涣《登鸛雀樓》絶句的行草書條幅，不禁使我瞠目。首先使我感到奇怪的是「欲窮千里目」的「千」字竟寫成「少」字上面加一小撇，照理説作爲草書的縈帶也決不會把帶下來的虚筆寫成一大撇的，而這一大撇又撇了出去，與下面的「里」字毫不相接。其目的何在，確使我不解；不僅如此，更怪的是「千里目」的「目」字，裏面的兩小横畫竟是像階梯一樣，自下而上，倒着寫上去，中國的字居然能倒着從下面往上寫……我琢磨着……難道這……這時，邊上可巧站着一人，不知是不是該社負責品評書畫的「考官」，好像看到了我的困惑，承他熱情主動向我介紹：「這是一位青年書家的作品，現在是××協會的××長，你看這個『千』字，這種寫法確是興來之筆，匠心獨運。這個『目』字，用『逆筆』從右下方倒着寫上去，是具有『時代精神』的創造……這張字的筆致、結體、章法……」他説得口沫四濺，眉飛色舞，可是我却如墮入五里霧中，越來越糊塗……後來也不知是怎樣結束這場談話的。我終於推開了高大明亮的玻璃彈簧門來到大街上，腦子裏反覆地品味着「時代精神」四字，茫然躑躅於歸途中。驀然間我想會不會再碰到「黄狗來矣」呢？

談陸儼少的字　一九九四年一月

去歲重陽，一顆藝術之星隕落了！撫今追昔，人琴之痛，不能自已！陸老畫的是傳統的國畫，但却是創新的典範。我這裏秉筆直書的只是他的字。這是因爲陸老生前曾不止一次和我論藝及此。

「他們説我的字是畫家的字。」陸老生前曾不止一次苦笑着對我説過這樣的話。儘管我確實感到他對此不無耿耿，但也無可奈何。現在人已西去，我想總可以自由地探討一番，并給他的書藝一個公正的評價了。

那麽究竟應怎樣評價陸老的字呢？事實上二十年來，他在臨池上所下的功夫絶不下於繪畫。少小時，他有個守則是四分讀書，三分寫字，三分畫畫，事實上他也確實是身體力行的。他有幾個信條，即：一、轉益多師是我師，他寫過魏碑、漢碑、臨過蘭亭，甚至每日兩遍，不可謂不勤奮，同時還旁參蘇米，後來又耽習楊風子；二、他認爲字切忌熟面孔，要有獨特風貌，因爲須集衆家之長而加以化，化爲自己的風貌；三、勤於思考，注意字外功夫的積纍，正由於半世坎坷，故筆墨多鬱勃之氣。

幾十年下來，陸老的書藝到底達到怎樣的境界？我個人以爲大體上可作這樣的歸納：險而不失、質而不怪、厚而不滯、自然而不粗率、當變化而不做作，確屬上品。

《書譜》云：「既能平正，務追險絶」，然而要做到履險如夷，並非易事，尤以行草最易失之繚繞或脱易，而陸老的行草既無繚繞之病，更無脱易之失。

就其結體來看，我以爲質而不怪。在他的行草書中，人們仍然可隱約地領會到魏碑漢分的體勢，就其用筆來説則沈著厚重。千數百年來行草書多奉二王爲圭臬，幾乎後世善書者無不研習《蘭亭》《聖教》。儘管如此，但各人在領會上參差不一，大體上可分兩種類型：即或以飛靈妍媚出之，或以沉雄遒逸出之。前者以趙、董爲代表，後者以顔平原、楊景度爲代表，如果撇開《蘭亭》《聖教》，反覆玩味《行穰》《姨母》《寒切》《奉橘》諸帖，我們就會覺得還是康有爲判斷得對，即只有顔楊兩家書與二王神理相通。陸老取法乎上，而且他深深懂得要善學古人必變其面目，始能得其神理。於是他又在對前人各有取捨的基礎上自立面目，形成一種點畫沉著而間之濃纖，體勢倔偉寬博而不傲舉怒張，行筆流逸自然而不粗率，通篇富變化而不做作，這樣一種自然瀟灑與嚴謹質拙糅合在一起的獨特書風，使人在諦觀之後感到韻味雋永，視久愈無窮盡。

就通篇的布白來看，要做到富變化而無做作是很不容易的。事實上恣肆縱放和任意塗抹或故意做作是截然不同的。要做到縱斂自然，氣象圓融，實在不是紙上功夫所能達到的，更需要依靠自己多年纍積的文學文字修養和特定情境下的感情抒發。

我的老年心態——爲中華老年報作

一九九八年五月十八日刊出

現在人的壽命是延長了。過去説七十古來稀，現在七十小弟弟，儘管如此，但七十以上的畢竟老了。客觀上對老年人的要求有了很大的變化，主觀上個人的追求也逐漸有所改變。這似乎也是一種規律性的反映。

我數十年來凡事認真，現在感到有的事要認真，有的事却不可認真。

我是個教書的，現在雖已退休，但外面還不時邀我講課，幸虧我在一個大公司任顧問，訂有不少國外期刊，而且在日常業務中，時時了解到一些實際情況，這樣經過綜合分析和思考，還敢于在公衆前一抒管見。這是因爲我想人家絶不會因我年老而原諒我的昏憒的，看來這方面還得保持認真。

前幾天有個大收藏家在家中舉辦書畫展示，邀請同好前往欣賞。其中有些藏品確可稱得上稀世之珍。但有件明代沈石田山水却是贋品。畫心上赫然有吳昌碩的題，吳縱然是名家，但却把假的説成是真的，我想後人説他走了眼還是客氣的。實際上現代也有位名人，自封權威，認假爲真，儘管有人震于其名，隨聲附和，却有人説他指鹿爲馬。我看這類事幹不得，否則日後總難辭其咎，對此當然也應認真對待。

我自幼受庭訓，習經史，深好書翰，所作嘗邀先輩嘉許，我對求書者的態度向來是「非其人不與」。且凡我送人的字，都是我自己認爲能代表個人水平的，其所以如此，是常恐貽後人之羞。我承認在這方面也向來是認真的。但我的認真決不像米芾那樣：「吾書小字行書，有如大字，唯家藏真蹟跋尾間或有之，不以與求書者。」那種溢於言表的自矜自傲，我很不贊成，我確曾多次將自己非常得意的作品送給好朋友，認爲以此來答報知己，亦平生快事。想想人生不過數十寒暑，留得墨蹟在人間，不很好嗎？

至於現在認爲不得認真的方面就太多了。

首先是對於別人給予的承諾，還是不要認真爲好。因爲當面説得「花好稻好」，事後「不了自了」的事實在太多了。這方面需要的是吸取教訓。往往有這樣的情況：某君託你辦件事，千叮萬囑，十分鄭重，於是你就奉命進行，經過種種努力，總算有眉目了，可是某君却早已將其置諸腦後，於是你陷入窘境……你能從這類事件中吸取點甚麽教訓呢？也許當初就不應太認真吧。

此外如會議的不守時，辦事的低效率，年輕人的傲慢與缺少對人的足夠尊重與禮貌，乃至市場上的假冒僞劣，却都常常是很難計較的。倒不是因爲我上了年紀，缺少鋭氣，而是覺得冰凍三尺非一日之寒，要想每事求得公平合理，實不容易。這不由得使我想起小時候讀過的一篇胡適之的文章《差不多先生傳》：「凡事只要差不多就好了，何必太認真呢？」現在則有時連「差不多」都難辦到，那就只有退而求諸己，以示雅量——且讓我珍惜這有限的時光吧！

前些日子忽發奇想——趁活着的時候爲自己作副自輓聯有何不可？文曰：「任老子婆娑風月，看兒曹整頓乾坤。」就此打住。

讀東坡詩雜感

一九九八年十月十六日凌晨

早歲讀東坡詩有這樣幾句：「人生到處知何似，應似飛鴻踏雪泥，泥上偶然留指爪，鴻飛那復計東西。」當時但覺其自然流麗，後遭蹭蹬，幾經坎坷，再讀之覺寄情感慨，歎息滄桑。現值晚歲偶然遘此，則感悟坡公意在闡述人生哲理，這幾句看似平易，實含義深沉，彌足玩味。

人的一生遭遇際會，雖有一定的因果關係，如治學成就，謀事有成……除了個人努力之外，其中還摻雜了很多不定因素——道路會扭曲，物象會變形等等。到了晚年，回顧走過的路，碰到過的人，交友往來，動靜得失，真是五花八門，一言難盡，然而這恰恰就是社會，就是人生。

「物競天擇，適者生存。」但人究竟與動物不同，有的在各種因素面前，爲了提高自己的「適應性」，變得外忠内詐，蛇蠍爲心，精於算計，縱橫捭闔；而有的則處亂不驚，臨難不苟，愛有甚於生，惡有甚於死。當然，人并不總是要面對生死抉擇的。清張問陶有兩句詩：「閑中立品無人覺，淡處逢時自古難。」日常生活所碰到的常常是小事，然而處小事也有品，也有格。人與人的相遇，總是有緣，處事順逆，總有機遇，如何對待却是每個人都不一樣的。人的感情淨化很不容易，有時連自己的親人子女也難理解，這也是没有辦法的事。

人每天都要吃飯，不進食，要餓死。但究竟爲什麼要吃飯，古往今來，特别是我們這裏很多人把它本末倒置了。西方人士説：吃飯是爲了活着，活着却不是爲了吃飯，而是爲了很多别的什麽……高的如爲國爲民，爲了事業，爲了某項畢生的探索和追求……低的甚至只是爲了宿願得償，承諾兑現，克盡自己的義務、天職等等。但高也罷，低也罷，似乎總比「爲了吃飯」好。或云「吃了飯」這一目標也有高低之分，低的是填飽肚皮，高的也不過是山珍海味，大快朵頤，其實所有聲色犬馬之好，類不出於填得慾壑而已。人生不過數十寒暑，果真爲了填得慾壑，有朝一日了悟平生，難道不會失悔？如果想到「人生到處知何似，應似飛鴻踏雪泥」，那就會一方面考慮每年怎麽過，每個月怎麽過，每一天怎麽過，每一步怎麽走，另一方面也會跳開去看苦樂，看得失，則苦也是樂，失也是得。我在近作中有這樣兩句：「不妨點染成圖畫，樂在崎嶇豈道窮。」如此則數十年蹭蹬、坎坷都不在話下了。這樣，既能坦坦蕩蕩地朝最終目標走去，也會謹慎地對待足下的每一步。鴻飛是不計東西的，可是人走的每一步路難道是自己無法左右的嗎？如果真是這樣，我們還談什麽「做人」？

他給世上留下一個「清」字——紀念沈子丞先生逝世三周年　一九九九年六月

一代書畫大師沈子丞先生去世已經三年了。追憶昔年往來，人琴之思不能自已。

那是一九八六年吧，我應海隅書屋主人之請，在一把製作精良的桃水竹骨墨面折扇上用佛赤金粉細楷書寫《滕王閣序》。當主人高興地接過這把扇子之後，笑着對我説：「你等等，我給你看一把珍藏的扇子。」啊！原來是一把保存得完好如新的明代成扇，從扇骨到絹絲製作的扇面没有絲毫損傷，真是難得。畫面是周東邨的花卉，確是精品。翻過來是沈老的小楷，一派清峻儒雅之氣，真使我心降氣下，諦觀良久，愛不忍釋。遂懇請主人爲我紹介。數日後，我即往謁，坐談移時，相見恨晚。在這以後兩年多的時間裏，承他愛重，使我能獲讀不少他的詩作和書畫作品。他的詩每寫人生哲理，然多以恬淡出之。他的字不論大小，均極古樸自然，逸趣横生，了無俗韻。至於他的畫，山水每造奇景，人物不論仕女、幼童、佛像，開相造型、衣紋神態均極細膩，刻畫入微，謂超越古人，洵非過譽。他的墨竹更是與衆不同，獨辟蹊徑，有時三筆兩筆，有時鬱鬱蔥蔥，疏者使人感到摇曳生風，密者使人覺得身處叢翠。我每次觀賞這些作品時都會沉浸在如癡如醉的境界之中，由衷地感到滿足和傾倒。

八七年我選録自己的詩詞舊作十餘首，作一手卷請他指正。此外我還以一幅蠅頭《離騷》

贈他，同時求他爲我所寫的《楚辭漢賦卷》畫引首，他爲我畫了《屈子行吟》和《楚太子對吳客》，均極工緻。我拿到之後，頓時覺得這個手卷成了寶貝。

次年清明之後，一天下午由他的女弟子張倩華畫師陪同賁臨寒舍，除了給我看我送他的詩卷已裝裱成卷外，還送我一大横幅——《晚晴閣吟詩圖》，滿幅竹枝，層層竹葉，中立老者，背手吟詩，筆墨之沈著，構圖之嚴謹，人物神態之栩栩如生，實不多見。八九年重陽，我作了三首贈沈子丞七律，書寫成大横幅，刊登在香港《收藏天地》上。後來詩作在《廈門日報》上發表。九一年春節期間，我去給沈老拜年，他取出爲我蠅頭《赤壁賦》補畫的《赤壁圖》給我，是年沈老已是八十八歲的高齡。這幅畫與陸儼少爲我畫的《赤壁圖》真是各有千秋，但就我個人的愛好來説，我更喜歡沈老所作，這是因爲以如此高齡，竟有如此精心之作，真令人難以想像，更何況這幅畫經營之妙，皴法之精微，設色之淡雅，任何人看了都會歎爲工絶。我那天晚上爲此久久不能入睡，遂於燈下題絶句一首：「咫尺清氛萬里雲，淳翁神筆世無倫。從今早晚慇懃對，洗淨塵寰罣礙心。」在這之後，九四年春節，我卧病在牀，年初四沈老遣其孫女來給我拜年，在我病榻前展示沈老在新正爲我畫的《秋山雨霽圖》。睹此仁丈手澤，真使我感激涕零，我頓時覺得病好了許多，那年沈老已是九十晉一的高齡了。九五年春節，沈老在蘇州過年，却讓他孫女把他的一幅名作《青蛙圖》送來給我，在這兩年中我也曾兩次去蘇州看他。這些年常常縈迴腦際的是「長者恩遇，不可忘也。」然而我與沈老的友誼豈止是這些翰墨因緣而已？每次晤談，他的氣質，他的恬淡，他的超然物外的情懷，都深深打動了我。他數十年坎坷蹭蹬，好像都不在話下，人世間的毀譽炎涼，也都不值計較。唯一能抓住他，使他始終不渝認真對待的只有藝術，他是如此執着而虔誠，在這十年的交往之中，他給予我的是無比的隆情高誼。現在儘管他已西去，但這份友情却沉淀下來一個大字，那就是一個「清」字——我贈他詩作的結句是「夢裏清芬滌宿埃」。我題他所畫《赤壁》的首句是：「咫尺清氛萬里雲」。直至九六年六月在悼念他的輓聯中，起首就是「身清如水」四個字。是的，正是這個「清」字，使我一直以崇敬的心情在懷念他。也正是這個「清」字，使我在展視他的遺作時，有一種不能自已的哀思而泫然涕下。一個在藝術上有極高成就的人，給世上留下的这个「清」字，是多麼的不容易啊！

談談書畫題跋

什麼叫題跋？古人有云：「題者標其前，跋者系其後也。」一般指書畫題識之辭。現在熱衷於收藏者日衆，對這方面的識見，似不可或缺。

題跋是怎麼產生的？大體是觀者抒發自己的見解，形諸文字，與所題跋的書畫件連成一體。題跋有的書寫在畫件本身上，有的書寫在裱邊上，有的書寫在另紙上。配在立幀上面的稱作詩塘，配在横幅、手卷後面的稱作跋尾。

題跋的作用是：幫助欣賞，幫助鑒別，增加書畫件的價值。此外，上好的題跋本身也具有獨立的藝術價值，因此題跋往往與所題的書畫件融爲一體，相得益彰。這些作用自然應與收藏要求結合起來考慮。人們都知道對藏品的要求首先是真，然後是精，再次是新。（即保存良好）

首先是真假問題。書畫作品的真假本是與生俱來的，而且本與題跋無關。但後人的題跋往往涉及這個方面。不管怎麼説，在客觀上題識確有幫助鑒别的作用。良以書畫鑒别真僞是個非常複雜的問題，其複雜性大體上有這樣幾難：第一難是大家之作，其早年、中年、晚年面貌風格往往會有很大的變化。如八大山人之書，早年學董，幾可亂真，而到晚年則變成精藴内含，不露鋒芒，筆質圓渾。體勢則融合鍾蔡，古拙幽深，與早年判若兩人。但仔細看來，仍可看出端倪。其畫更是意匠獨運，耐人尋味，往往在冷峭之中見精神。不僅如此，作爲大家，即使是同一時期的作品，也往往有多種風貌，而這正是一般人無法望其項背之處。在這多種變化之中，辨别真僞自然就更難一些，這往往不是從表面的像與不像求之，而是從内在神理上辨别。要做到這一點，辨别者的學養是個根本條件。

此外，有的大家在當時已有仿冒，如趙松雪的《雙松平遠圖》，在美國就有兩本，其圖像筆墨完全相同，迄今不知何者爲真。但其中畢竟有假，甚或兩幅都不真也是可能的。又如董其昌，不但身居高位，且富甲一方，收藏既富，寓目更多。更由於天賦高，善於總結前人之長，又勤於藝事，因此書畫成就都達到很高的境界，開晚明一代之先，譽滿海内。當時踵門求書畫者極多，董遂養有很多書畫代筆，如趙左即爲他代畫，代書者當更多。這些僞作，從紙質墨色印章上是無法辨别的，且大多十分精美，要辨别出其爲僞作，除從風格和内在神理上辨識外，還須從其本人的個性和習慣上考察。譬如董自己也承認并多次表示，其於書畫向少用敬之意。所以凡布白或位置經營過於嚴謹整飭者，或所書偏於妍媚而少爽辣之氣者，多出自代筆者之手。

書畫藏品一假，便令人覺得興味索然。而實際上古往今來不僅有很多人刻意作假，更有一些題識者不負責任地妄作斷語，這也會增加干擾和混亂。我這裏舉一個實實在在的例子以説明鑒別之難。

八六年冬，我去北京開會，假日去故宫，正巧舉辦明代人物畫藏品展。我猛然看到其中有張六尺大幅白描觀音像，原是家父藏品，裱邊上赫然有家父題識，文曰：「金子澂，名建，别號紅鵝生，善寫真，尤長白描。書法二王，工詩文。清初絶意仕進，徜徉於吴山越水間。書畫頗自矜貴，一縑半素士大夫爭寶之。此幀仿宋白良玉，前年曾見白良玉有此一幀，尤爲精妙。題簽者大書曰『魏塘金紅鵝女史易弁而釵』，可笑也！壬申（筆者注：一九三二年）冬月十五日，長洲章保世記。」我看後頗覺納悶，題簽者何以會把男説成女呢？一九九六年十一月，香港佳士得公司中國書畫拍品圖録上，有金子澂《紈扇仕女圖》立幀，自作《千秋歲詞》一首，其後之題識文爲：「立齋先生用秦淮海《千秋歲詞》元韻，《美人獨立圖》有『秋風吹影成佳對』之句。倘使少遊此日爲之，當無過此。今余學步邯鄲，豈免詞家所笑。時丙申秋八月，紅鵝金子澂并畫。」可謂詞文書畫俱佳，其書峭勁凝重，絶無脂粉氣。吴湖帆詩塘題識文爲：「金子澂，名建，别署紅鵝女史。女史吴江人，《墨林今話》作吴縣人，相國文通公之後五世孫女。其母丁孺人，名素心，號蘋宅，著有《蘋宅雜詠》。女史幼承庭訓，早耽吟詠，尤善寫真，山水花鳥，無所不工。嘗仿唐六如《秋漁圖》，自題云：『鱸又堪餐蓴又肥，眼前事事可忘機。漁舟一枕悠然去，夢逐輕鷗踏水飛。』馮墨香《畫識》，蔣子延《今話》俱著其名。此圖寫和秦淮海《千秋歲詞》意，秀美絶俗，堪與改七薌仿佛，洵爐青工到之作也。又得其母蘋宅爲之題，可謂珠璧之美云。丙子得於華亭故家，重付潢治，什襲之。吳湖帆識於梅景書屋。」按照吳説，則作者所題丙申當爲道光十六年（一八三六）。如此，前説金子澂爲晚明入清時人，而後者則稱中晚清時，前後相距一百七八十年。前者斷金子澂爲男，後者斷爲女。歧義如此之大，不知哪個説法對。

就我個人看到過的題識來説，我確實知道，過去有些書畫名人，儘管他在藝術上有很高的造詣和成就，但在書畫鑒定上，却每有妄斷杜撰之類的過失，甚至自己也參加作假行列，這就不免受到後人指斥。正因爲人們認爲題識幫助鑒别，所以有的收藏者，每以自己所藏請名家題識，以求見重於人。或者有的藏品在真僞上存有疑義，藏者不是弄清底裏，而是也請名家題識，甚至許以重酬，請其在題識中力主其真，以求取信於人，於是就出現了不少以假作真的題識。有的名家面對此類要求，一方面礙於主人情面，另一方面又想保持自己的名節，就在跋尾上不置可否地加個觀款，即「某年月日某某觀」，以應付了事。由此可見，要做到鑒定精審，洵非易事。

其次，題識有助於對作品的賞析。這裏我願舉黄山谷題東坡《黄州寒食詩》爲範例。人們知道，前人曾推許其爲天下第三行書（第一爲《蘭亭》，第二爲《祭姪稿》），這是因爲東坡這篇傑作，不僅詩好字好，且兩者水乳交融，達到渾然天成的境界，稱其極詣，絶非過許。試看黄的題識是這樣寫的：「東坡此詩似李太白，猶恐太白有未到處。此書兼顔魯公楊少師李西臺筆意，試使東坡復爲之，未必及此。它日東坡或見此書，應笑我於無佛處稱尊也。」這則題識寥寥數語，高度概括了這篇名作的藝術特徵和題識者的崇仰之情，又把個人對自己所作的自鳴得意，無意而又真實地展示出來。很客觀地説，山谷這篇題識從文到字也都是傑作，言簡意賅，恰到好處，戛然而止，餘音不盡，彌足玩味，即在「有佛處」也稱得尊的。正可謂「真名士自風流」。這就向讀者提供了一種啟示，好的題識除向「後之攬者」提供有益的指導性意見之外，絶無妄自賣弄之病。我所以稱它作典範，也就是説不妨把其他書畫中的題識與這個題識作個比較，自能得出結論。當然，我這也絶不是説所有後人的題識都要達到這個水準，但我以爲作題識的人，總應以較高的標準嚴格要求自己，而不應學某些人的狂狷自大，或一些名人的自我賣弄或妄加斷語。

由此可見，上好的書畫作品難得，上好的題識也是難得的。有的絶好的作品，可説是某個書畫家的平生傑作，儘管流傳有緒，卻綿亘數百年没有或很少題跋，這往往是收藏者惟恐題得不好，反而不美的緣故。

書畫題識本來是件雅事，可是也能變得很粗俗。記得幼小時隨同父親看字畫，一天某個琉璃廠老板指著某件畫件説：「這是個好東西，只是少了『披掛』。」人走了之後，我問什麽叫「披掛」，父親説，就是指題跋。但「披掛」兩字的確有辱斯文，我想這就是現在的所謂「包裝」。我以爲真正從藝的人對這兩個字會感到不舒服的。清代《書畫説鈴》中有這樣幾句話很精辟：「有著意而精者，心思到而師法正也；有著意而反不佳者，過於矜持而執滯也；有不著意而不佳者，草草也；有不著意而精者，神化也。」我記得曾在劉靖基藏畫展上看到一幅董其昌的六尺大幅水墨山水，極精，畫上自題寥寥十六個大字，十分精彩：「王洽潑墨，李成惜墨。兩家合之，乃成畫訣」。從文到字，都當得上神來之筆。我以爲，凡應人對藏品作題識，也因從内容到形式都作深入細密的思考。只有這樣才或許能不辱使命。總之要做到實則十分著意而看來若不經意，十分瀟灑而又無絲毫逾規矩，這當然是很不容易的。

至於所作題跋的位置，最好在另紙上。如在作品本身上，則需慎之又慎，倘處置不善難免「畫虎類犬」之譏，甚至成爲無法消除的贅疣。黃子久的《富春山居圖》上塞滿了乾隆帝的題跋，這雖然顯示了乾隆對這幅畫的心愛和激賞，但仍免不了令人覺得討厭，即使貴爲天子，又豈能塞後世之口?!

書畫題跋宜用文言，這是因爲文言簡練雋永，善用之能收咀嚼不盡之功，然要做到合乎規範，了非易事，有人以爲湊些之乎者也的語助就行，實屬誤解。

我雖曾應人之請爲諸名跡題識，然實未能掌握個中三昧，敢陳管見，願就教於識者。

二〇〇〇年三月三日凌晨完稿於燈下

首届蟲具展序

公元二〇〇一年，歲次辛巳白露前一日

花鳥蟲魚，蟲而與花鳥魚并列，何自矜重也如此。謂蟲者何，促織、蟈蟈、金鈴子也。何名促織？以織女聞蛩聲而促其織也。是皆能鳴，惟促織俗稱蛐蛐者善鬪，故餘者不若蛐蛐之盛。自唐始逢秋捕捉飼畜以賞鬪，蔚爲民俗，故謂蟲事。主謂蛐蛐之種種，如捕捉、辨識、飼畜及賞鬪等節，蟲具即與之相關之用具也。至宋賈似道始以格物之知，撰《促織經》，自兹以降，著述代不乏人。八年前，京師王世襄老纂輯前人著述爲《蟋蟀譜集成》，旋於滬上出版，誠屬總其大成者。據悉邇年滬上嗜蟋蟀者，不下十數萬人，每值蟲季，不啻佳節。何則？蛩有奮不顧身之忠，爭先搏敵之勇，委曲誘敵之智，威武雄偉之姿，敗走知恥之品。具此五德，宜其爲養家所傾倒不置。予自髫齡即喜蟋蟀，後以事羈，輟飼凡四十餘年。庚午歲始重拾夙好。壬申起，由張衡德氏主事，得王紅玲女史襄助，歲邀鬪蟲雅叙。然向不博彩，用保此一方淨土也。及鬪勝者不驕，敗亦坦然，甚有以勝蛩相贈者，既示雅量，更見性情。計之歲月，已十年矣。今夏友人钱振峰、張國輝、湯兆基等倡議籌組蟲具展，旨在光紹民族文化，陶冶高尚情操，乃至回歸自然之趣。既應民俗樂事之需，亦展示圜中祥和之象。儕輩聞之，咸稱盛事。彼等復專程赴京，叩謁王世襄氏。乃承不棄，慨允題耑。兹值其成，属予撰序。爰述覼縷，甚望能見知於同好云。

我與王一平的一段翰墨緣

二〇〇三年四月

這要從七十年代初，我因「文革」受到衝擊下放梅山勞動時説起。勞動之暇，日惟讀書習字，聊以寄託。宿舍中每人只有一個方凳、一個矮凳，方凳上鋪一塊木板，就是桌子，坐在矮凳上也就能臨池寫字。一兩年下來，在工地上出了名，很多人都知道後勤食堂有個炊事員能寫字，於是就有了不少人到宿舍來看我，當時從市委辦公廳下放的幹部梅益聲也來，交談之下，覺得這個小夥子很耿直坦率有正義感，善於獨立思考問題，從不人云亦云説假話。這在當時那個非常時代，是十分難能可貴的。我們在年齡上相差近二十歲，但一見如故，彼此交心。在「四人幫」粉碎之前，身處逆境能有這樣的知友實覺不易。某日他要我隨便寫些字給他，説要帶到上海去請一位老幹部，一位真正的鑒賞家看，看他對我的評價如何。我順手拿了兩張給他，也并不爲意。不久，他從上海回到梅山又來看我，説你的字請一平同志看過了，他説一看就是讀書人寫的字，好，很好，不俗。聽了這話，我真是由衷地高興。儘管在這之前，不少人説我字好，但却聽過算了，而這次却深深地使我有一種知遇之感，油然想起了《李白與韓荊州書》中「生不用封萬户侯，但願一識韓荊州」的名句。我深深地感念這位德高望重的長者對我的器重和關愛。

粉碎「四人幫」之後，又過了兩年多，一直到一九七九年初，我才被調回上海，當時我曾寫過一首七律：「轉眼梅山十度春，重臨非復舊時人。壯心未泯惟多病，書劍歲存滿垢塵。每歎報國來日短，何期汨没一朝伸，拚將餘歲涓微獻，抹去傷痕化墨痕。」當我登上外貿學院講壇開始從教的時候，我已經五十三歲了。

從此，我開始了焚膏繼晷備課教學及譯著的生涯。儘管一九八一年，我生了場大病，胸腔腫瘤手術以後在蘇州療養了三個月，就又繼續拼搏了。一九八二年初冬一個下午，小梅陪同一位敦敦實實的人到學院來找我。見面後小梅作了介紹：「這位是李庸夫同志，市委辦公廳主任」。李開門見山，「章老師，一平同志讓我來看看你，向你問好。他知道你不僅字寫得好，而且家學淵源，舊學造詣很深，擅長古典詩詞，又能鑒賞。寒假中想約你談談，特此先容。」我不遑遜謝，同時覺得受到前所未有的尊重。一九八三年二月的一天，小梅來電説第二天下午王老請我們夫婦去吃晚飯。我們應邀赴約，王老命人取出兩巨幅八大山人畫軸，一幅《楊柳息禽》，一幅《崖桃啼鳥》。據告原爲四聯屏，另有《叢蘭鶺鴒》和《竹石》二幅，但已散失。各幅均鈐大小三印，僅末聯《崖桃啼鳥》具名款。如此精彩的八大巨幅可説是極爲罕見的珍品。我記得當初我父親最喜歡八大，三四十年代，八大的書畫在北京、上海都時時可以見到。那時我父親也確經仔細篩選收藏不少，但像這樣的巨幅實爲平生僅見。使我感到十分惶恐的却是，王老要我在首幅《楊柳息禽圖》的右下方作題。我對王老説：「我還是在裱邊上作題吧。」王老説：「不，就題在這個地方。」我不便峻拒，只好答應，但把畫帶回家以後，久久惴惴不安。當我把題識的文字草擬好之後，就寫信給他，一方面徵求他的修改意見，同時再度提出可否就書寫在裱邊上。當即得到回電説，題識文字極好，不須任何改動，書寫的位置仍要在畫作本身的右下方。我也只好答應，總算幸不辱命，他非常高興。後來還請我去一起賞畫，并告訴我説：孫大光（原地質部長，也愛收藏古書畫，後將全部藏品捐給國家博物館）也來看過這兩幅畫及你的題識，非常讚賞。

一個多月以後，某日晨，王老親臨寒舍帶來一幅高翔的竹石斗方。其上詩堂爲某當代名家題識，王老不喜歡，説已和裝裱師説好將它揭去，另裱上我的題識，同時帶來一張同尺寸的乾隆紙。這幅畫尺寸雖小，却極精到，清秀雋逸，雅韻欲流。我當然樂於從命，爲此我做了詠竹四絶句，另用紙反復書寫，直到布白安排好後，才把這張詩堂寫好（此詩作後在《解放日報·朝花》上刊出）。其後，又陸續爲他所藏的明代無款雙鉤蘭花長卷、明王雅宜小楷《南華經》手卷和清李復堂《蘭花斗方》作題。這期間也有些小故事可以看到王老怎樣對待鑒賞和收藏的。如明代無款《蘭花卷》，王老告訴我，此卷原有薛素素款，但是假的。大概原作者没有名氣，换上薛款冀以售得重金。所以我在重裝時要裝裱師把僞款截去，索性以無款作品收藏。我説，這才是珍所足珍，貴所足貴。又如李復堂《蘭花斗方》上詩堂是鄭板橋寫的。王老説：「板橋字雖真，但是後配，若不相屬，所以還是要揭去，你爲它作個題識吧！」我爲作七律一首（後在《廈門日報》刊出），他特親筆致我一信，稱我「奭公閣下」，具名是「王一平頓首」。想我一介寒士竟得這樣一位身居高位的人如此尊重厚愛，内心自然十分感激。由於王老有很深的學養，爲人清正，又平易近人，和這樣的人交往，可以敞開心扉，也不必委屈自己的狷介之操，十分舒暢。曾經看到某鄉賢筆記中，有「數十年做學問，不習人事」之句，我也曾有兩句詩：「癡頑或可偷日月，世路常苦費功夫」，每念及此，頗多感觸。可是遇到王老，他對我的關愛、推重和維護，不由使我對這位長者産生深深的景仰之情，而他那平静如水的氣質，是我永世都難以學到的。

記得那是我題王雅宜手卷後不久，他來看我，説他剛從安徽回來，曾到績溪，在胡開文墨廠買了錠墨，特來送我。我説：「你花這麼多錢買這種東西幹什麼，現在墨廠都在適應日本人的需要，墨色灰暗。」他非但没有怪我乖戾無禮，還笑着對我説：「墨廠的人對我説這是最好的。」不幾天，他又來看我，這次送我一大錠道光油煙墨，一錠朱墨，一小錠松煙舊墨，對我説：「這錠油煙墨雖已用過一點，但看來品質不錯，特拿來送你。」我喜不自勝，鄭重向他道謝，他笑了。

一九八三年暑假，我去杭州講學，在王星記買了把桃水竹黑面折扇，回來後用鈦白粉以細楷寫了多首唐人絶句，自覺不惡，就拿去送給王老。他看後很喜歡，但隨後説：「另一面也没有辦法作畫，這樣，我還有點金粉，這另一面你就金粉給我寫了吧。」後來我爲他寫了《滕王閣序》，取文中「楊意不逢，撫凌雲而自惜；鍾期既遇，奏流水以何慚」的含義，略表我感念受知之情。他看後説：「這要配個紅木盒子才好」。接着他説，「你等一下，我拿把扇子給你看。」原來是一把明代成扇，保存得十分完好，幾乎和新的一樣。一面是周東村畫的花卉，一面是沈子丞的小楷。周東村是唐寅的老師，手筆不凡，而這扇上所畫又是十分著意之作，難能可貴。沈老的小楷古極幽深，清峻絶俗。我讚歎説：「只有這字才能配得這畫。」我諦觀良久，羡艷不已，對王老説：「見到沈老的小楷，我自慚形穢。」王老笑對我説：「你也不必過謙，你們是各有千秋嘛。」接着問我是否認識沈老，我説不認識。王老説，我爲你介紹。隨即寫了個短札，并把沈老的地址、電話給了我，還對我説：「他家離開你家很近，你可以常去看看他……」我平生結交的最要好的書畫家，一位是陸儼少，一位就是沈子丞，而沈老就是王老介紹的。

一九九六年，我自己的詩文集出版，送一套書到他家，却没有見到他本人，但得知他健康狀況還好，也就安心。前年春節，我去向他賀歲，他告訴我，那些我曾作題識的書畫卷和他收藏大都捐給博物館了。他説這話時如此平靜，就像是叙述别人的事。後來我還聽説王老在捐獻一批珍貴文物後，聽博物館的同志説起館藏現代國畫大師的作品較少，就又欣然挑選捐贈了齊白石、潘天壽、李可染、黄冑等一批大師的精品，并讓博物館同志來家中任意挑選適合館藏的作品。對於所有捐贈品，王老提出的幾點要求是不要證書、不要奬金、不要登報、不要收條，并囑咐博物館如展示他的捐贈品，不要出現捐贈人的名字。建國以來有關收藏家將收藏品捐贈給國家博物館的屢有報道，但像王老這樣捐贈後不留名、不留痕跡的可能鮮有第二人。

王老的小兒子時駟耳濡目染也雅好收藏，其他子女也很希望能保存一些父親的藏品作爲紀念。王老對這些當然了解的，也留了一小部分藏品準備分給子女。當時湘贛洪災大作，王老在電視上了解到洪災和救災的場景，心急如焚，決心要捐一筆鉅款。爲遂父願，其子賣掉股票變現，并向他所服務的金海馬集團和以前在外貿工作時的協作廠家多方借貸，籌集成萬巨款交王老捐作抗洪救災款。捐款時王老仍然要求不署名，不宣傳，本來準備留給子女的少量藏品，王老也以他特有的處事方式捐獻給了人民。

我聽到這些情况後絲毫不覺得奇怪，因爲這就是我所認識的王一平。本文寫好後我也十分躊躇：文章如發表會不會有違王老不要宣傳的本意……我衷心祝願他老健康長壽，也希望我們的祖國能多一些這樣廉明清正的好幹部。

刊二〇〇三年五月二十六日《新民晚報》

十至文論　二〇〇三年，歲次癸未五月二十三日撰

十至文者，司馬遷《報任安書》，賈誼《過秦論上》，諸葛亮《前出師表》，李密《陳情表》，陶淵明《歸去來兮辭》，杜牧《阿房宫賦》，柳宗元《捕蛇者説》，范仲淹《岳陽樓記》及蘇軾《前後赤壁賦》也。予髫齡時由王君珮先生授經史，後讀楚辭、漢賦，再後選讀兩漢、唐宋文。上述十篇，曾反覆研讀，迄已六十餘年，除《報任安書》外，多能背誦。自問此生歷經坎壈蹭蹬而能不汙行止者，實有得於此。用撰是文，願吾之後人能繼我志，熟讀之而弗輟。概而言之，此十篇可歸之三類：一曰親親仁民，二曰曉喻人生，三曰教忠教孝。愚以爲讀書在於明理，若能解此三端，當能立身行世而託於君子之林。首論親親仁民。過秦者，數秦之過也。自孝公至始皇積六世之强，統一天下後竟以民爲敵，焚書坑儒，收天下之兵，鑄金人十二，以緘萬民之口。詎料種種愚民弱民，適足以自愚自弱，乃祚不遞三世，蓋仁義不施，遂攻守勢異。《阿房宫賦》寥寥五百餘字，盡描述對比之能，極寫暴秦之驕奢淫逸，全無存恤之心，終至天怨人怒，輝煌蓋世之阿房毁之一炬，秦之覆亡有如摧枯拉朽，苟能愛民，何至於斯。至《捕蛇者説》，則以小民歲甘冒犯死者而捕劇毒之蛇，以抵悍吏旦旦有是之横征暴斂，酷吏之虐甚爲劇毒之蛇，洵可歎也。以上三文，歸之爲親親仁民，蓋愛民爲立國之本，未有捨本逐末而能期事之有成。次論曉諭人生，善於處窮。

愚以爲《報任安書》《歸去來兮辭》《岳陽樓記》及《赤壁》二賦似可歸之。是類世事多變，時有順逆，尺有所短，寸有所長，貴能處變不驚，臨難不苟，達則兼濟，窮則獨善，有所爲有所不爲，若真有刀斧加身而不爲者，必終能有所爲也。司馬遷身被李陵之禍，刀鋸之餘而作《史記》；陶淵明不願違己，賦《歸去來兮》而樂夫天命；至《岳陽樓記》則謂「不以物喜，不以己悲」，始稱仁者之心。東坡《赤壁》乃喻人之一生，如水東逝，月之圓缺，苟領此意，則得時蟻行，失時鵠起，善處順逆而無往不適。至《出師》《陳情》二表則教忠教孝。諸葛一生，忠藎足當與日月同輝，《出師》一表，根極至誠，溢於言表。李密《陳情》辭官而奉祖母，至情至性。古人嘗謂求忠臣於孝子之門，良有以也。予每讀此二文，未嘗不泫然涕下。今雖已屆遲暮之年，觸目所及，物華猶擾，第初衷未泯，故不揣進退，秉筆直書，拳拳此心，深望兒孫鑒之。《詩》云：「無念爾祖，聿修厥德。」其是之謂乎！

臨池心解

二〇〇四年九月

執筆作書，迄已七十餘年。儘管我從小就喜歡寫字，少年時也每得長輩嘉許，十三歲時即應人書扇。嗣後雖每年寫幾把扇子，但時斷時續没有當回事。實在説來，耽於書藝還是「文革」動亂下放梅山後開始的，屈指算來也已三十幾年了。三年前，弘久畫廊暨文華里會所爲我舉辦一次詩作書作展。當時我作了一首五言詩，其中有這樣幾句：「日惟詩與書，伴我堪獨處。《蘭亭》四百通，始略知甘苦。旦夕耽臨池，空繞池邊樹。乃悟窺堂奥，字外有功夫。就中何者先，取捨費躊躇。」這大體上能概括我臨池習書相當一段時間思考和實踐的過程。《書譜》中有這樣兩句：「思則老而逾妙，學乃少而可勉。」我今年七十有八，但我筆耕不輟，勉勵自己努力學習的心情，不減少時。所以我有方閑章，文爲：「臨池當如種田。」另一方面，我也可以説天天在思考探索，不知能否「老而逾妙」，有所悟得。下面就個人領會，言無次第地寫一些，請就正於師友。

首先我以爲字要寫得好，（這個好也有多種標準，人們不妨自己想像擬定一些可以衡量的評判標準）和自己的文學、文化積澱密不可分，同時又和自己的閲歷、道德修養密不可分。只有後者不斷進步，前者才會不斷提高。大凡寫字的人都有這樣的領會：一時之書，有件作品，非常得意，但過了一段時間以後，這種得意感就減退了。什麽緣故？因爲自己的評判標準提高了。

這裏的提高也分幾個層次，譬如説：點畫結體的提高，墨韻布白的提高，這當然還屬於低層次的。而更高層次的提高則是格調的提高，内蘊意趣的提高，這就不是常人可以領會的，只有經年纍月之功，深自揣摩，才能略知個中甘苦。清代劉熙載《藝概》中的《書概》要論精審，其中很多見解高於前人著述：「論書者曰蒼、雄、秀，予謂更當益一『深』字，凡蒼涉於老秃，雄而疏於粗疏，秀而入於輕靡者，不深故也。」如何才得精深，那就得從格調意趣中求索，比較取捨中領會。如劉在文中提到孫過庭云：「古質而今妍」，劉説：「孫之書却是妍之分數居多，試以旭、素之質比之自見。」從這句話中領會「深淺」，我以爲着實「差相近之」。

無可否認的是，我國歷代留存的翰墨名跡，實在是取之不盡的寶藏，我一直以爲這是汲取營養不可或缺的源泉。然而要真能有所汲取，還要細心揣摩。譬如幾乎習書的人没有不臨過《蘭亭》的。然而《蘭亭》有很多種。《定武》相傳是歐陽詢的摹本，《天曆》是虞世南的，還有褚摹本等。其中值得特别注意的是馮承素摹的神龍《蘭亭》，通篇看來點畫、字形、章法起伏變化最大。而就《蘭亭》的文字來看，感歎人世無常是貫串首尾的核心思想。而晋史中有記載的是，王羲之首先是個有政治識見的人，而且是文人領袖，江左士人奉爲泰斗。而東晋當時的形勢恰如山雨欲來風滿樓，在這種情況下，蘭亭集會推他作序，王的思緒可説是感會多方。正是這樣，才出現了這一波三折的奇文。而這一《蘭亭》手稿，又是能集中反映王羲之書藝最傑出的代表作。上面提到的歐、虞、褚範本，雖都是《蘭亭》，却或多或少有他們自身的痕跡。我以爲這就是後人臨《蘭亭》，多以馮摹本爲基礎的緣故。從元以後諸家所臨《蘭亭》來看，趙孟頫臨《蘭亭》仍然是趙孟頫，何紹基臨《蘭亭》仍然是何紹基。要説這樣的書家，他們對《蘭亭》究竟有多少深的領會，就難説了。然而八大之臨《蘭亭》，雖也仍然是八大，但所書却浸透了一種淡泊蕭散的氣息，遠是餘子所不能比擬的。顔真卿的《祭姪稿》，世稱「第二行書」，可説正氣凜然，滿紙悲憤。這篇手稿顯然能在文字之外使人加深領略到它的感染力。再看「第三行書」的東坡《寒食詩》，可説淒涼慘淡，悲苦已極，但豪放灑脱衝破了遭際蹇舛的羈絆，達到了物我兩忘之境。從這些似可以體會出，賞析也應包括在臨池實踐之内，其功用往往不是淪精翰墨所能達到的。

從劉熙載提出的「深」字，使我聯想到一些問題，一些想法。往往一幅字，乍一看很好，但經不起多想多看。反覆審視，就覺得興味索然。我以爲這就是不深，缺乏内涵所致。趙孟頫的字，就有這個問題。我小時候最愛趙松雪，及長，就覺得美則美矣，缺少内涵。再後來就覺得，他的字使人覺得甜得發膩，後世認爲俗書自趙始，不無道理。但應承認，無論如何，趙不失爲一代大家。他除了留下大量書帖之外，無論篆、隸、楷、今草、章草，無一不能。他的書風對後世産生極大的影響，特別是清代康、雍、乾三帝，都和趙相近。因此在近百年的時間内，這種書風幾乎佔據着統治地位。説到這裏不能不提到一個問題，即人的社會地位和他的書藝，不應該混爲一談，以爲地位高了，字也就好了，這不對。這種社會現象，應該説古往今來所在都有，從維護藝術的純潔性和追求書藝的健康發展來説，就不能不戳穿這種怪現象。

至於上面提到的「取捨費躊躇」的問題，我以爲「取捨」既反映習書者的見地，也反映他的藝術追求。如米書亢爽挺拔，有如高視闊步，但怒張之氣不可取；黄山谷謹飭峻峭，但其寒瘦之氣不可取。此外古人的臨池習書也有經驗教訓，我以爲專學某人書其結果往往不理想。如吴琚學米，直可亂真，但總讓人覺得他在偷竊；吴寬學蘇，得其樸厚，可謂具體而微，但却没有蘇的豪放；沈周學黄，似僅得其寒瘦而已。由此可見，如要求得較高造詣，只有走「取精用宏」這條路。顔真卿可説是在唐代諸大家中獨超衆類的人物，但他的「大字促令小，小令展令大」，恰恰是館閣體的來源。所以如何能做到「學古而不泥古」，使所作體現出學養深，功力厚，内涵豐富，達到不激不厲而風規自遠的境地。我相信也只有這樣的書作才會使人覺得饒有餘韻，視久愈無窮盡，我想這是習書者畢其一生矻矻以求所應走的路。

謹摛悃悃之誠，略抒己見，願與同道共勉。

淺談舊體詩詞的賞析和創作

一九九九年九月四日凌晨

何謂詩？大概可以給這種特定的文學樣式很多桂冠。但我以爲古往今來給詩下的最確切的定義是白居易的八個字，即：根情，苗言，華聲，實義。根情，植根於情，詩正是這樣發自内心深處的感情流露。儘管不一定是率直表達，可以是迂回的，也可以是含蓄的，但飽含情感的内涵則是詩的第一要素。這裏要的是真情實感，而不是無病呻吟。昔人曾説：「歡愉之詞難工，愁苦之言易巧」，這話不一定對。試看少陵《聞官軍收河南河北》：「劍外忽傳收薊北，初聞涕淚滿衣裳。却看妻子愁何在，漫卷詩書喜欲狂。」詩人的歡快心情溢於言表，那種手舞足蹈的神態躍然紙上。總之要有真情，要有深情，真是這樣就能感人，就能引起共鳴。説到底，詩人寫詩并不是首先要給别人看的，或是要影響别人的。韓愈《送孟東野序》的第一句就是「大凡物不得其平則鳴。」所以説詩詞創作大多是首先爲抒發自己的情緒和感觸。

苗言，是詩的第二要素。苗言就是説詩的語言應該是最樸素而又最凝練的。即言樸素，那就絶不是詞藻堆砌，反過來説凡是逞詞藻之華麗者，就絶非好詩。既云凝練，那就是高度概括的。所以前人有云：「詩有如寓大千世界於一粟之中。」確是極有見地的比喻。這樣，詩就常有言外之音，弦外之響，這就是耐人咀嚼的詩意所在。詩人託物寄興往往以此喻彼。即有一種特殊的本事，就是「善於捕捉典型現象」，如人們都熟悉的少陵《春夜喜雨》頷聯「隨風潛入夜，潤物細無聲」，粗看起來只不過是春夜的雨淅淅瀝瀝，在農事上正需水灌溉的時候，下了這場恰逢其時的好雨。詩人關心農民，然而詩人的情懷又豈止於此？這裏「潛」字、「細」字寓有深意。我們有時也會碰到這樣的人和事，就有這樣的人——幫了人家的忙，却不讓人知道，這真是一種了不起的情操，而杜甫一生潦倒，賫志不伸，又有着一身傲骨，他是多麼希望有這樣的人能幫他一把啊！而古人在詮釋這兩句時只說「格物入微」，豈不是太淺薄了？

華聲，即須佐以美麗和諧的音調，格律詩不僅在音韻上有嚴格的要求，還有嚴格的平仄要求。何謂律？如取律呂之義則取其音調合諧也。如取律令之義則意在嚴也。「攻城不怕堅，攻書莫畏難」，第一句前兩字平聲，第二句前兩字又是平聲，這就犯了「平頭」之病。不僅如此，這兩句末尾兩字都是「仄平」，這就又有「平脚」之病。所謂一三五不論，二四六分明，很嚴格。這不是說古人說作品中没有「拗韻」的情況，但「拗」也要「拗」在可以從權的地方。在這方面，詞的音韻要求就更嚴，每個字都有平仄要求，譬如人們大都熟悉《菩薩蠻》，開頭兩句七言，都是平平仄仄平平仄。後面六句五言三轉韻，并且規定結尾一句必須是「仄平平仄平」。現在看到人們填這個牌子的詞，韻律、平仄大都不對，只是按詞牌湊字數，不禁使人啼笑皆非。其實，

「華聲」在詩的四大要素中按其重要性排列，應該是排在最後一位的，然而它却賦予了作品以藝術魅力。此外律詩中頷頸聯的對仗也是如此。特别是數對，運用巧妙，常令人歎爲工絶。然而如果片面追求形式的美，那就會陷於内容貧乏。古往今來傳誦人口的佳作，大多宛若天成，所謂「天籟」，這些格律的要求在詩人的筆下直如遊戲其間，遊刃有餘。從韻律不嚴的古詩到十分嚴格的近體，再發展到音韻變化非常豐富的詞，都説明音韻在詩歌的創作生涯中，只是作爲一種手段，一種工具，任憑作者的駕馭驅使。這裏附帶説明一下，詩、詞的區别，兩者都屬詩歌，其區别大體上可以八個字加以概括，即：詩之意闊，詞之言長。即詩是高度概括，詞則是由一點引申開去，娓娓道來。古人中有的既能詩又能詞，如李白不僅詩好，他的詞如《菩薩蠻》《憶秦娥》都是不朽傑作，而杜甫則没有詞。蘇東坡、陸放翁則既能詩也能詞，而辛棄疾則只能詞，不能詩。

實義，就是説詩應有深刻而永恒的含義。我猶記少年時偶在書橱中翻到一函《雙白燕堂集》，都是集句，十分工巧，我一下子被迷住了。後來我父親曾寫信告誡我説，「爲文若不經世，必涉浮華，尤以詩詞爲甚。兒深誡之！」數十年來，我一直恪守父訓：既不寫應景文章，也不作應酬文字。總之：根情，苗言，華聲，實義。作爲詩歌的四大要素確是很精練的概括。這就是説，能將這四大要素有機融合在一起的文字就是詩，反之就不是。質言之，這四大要素不僅是構成詩的條件，而且也是可以掌握的衡量標準。經過這樣一衡量，我們可以看出，有些所謂「詩」的文字，不過是押韻之文，有些甚至只是口號而已。夠得上這些規範要求，真是談何容易？上面我說過，這四大要素比較下來，似乎音韻格律的重要性相對說來小一點，請看初唐陳子昂《登幽州臺所歌》：「前不見古人，後不見來者，念天地之悠悠，獨愴然而涕下」，寥寥二十二個字，恰是最好的詩，深深的感歎表述了所有懷才不遇者的情懷，但它并没有着意於音律的美。

談詩，似不可不談及詩之「六義」，即「風雅頌，賦比興」。「風雅頌」是指詩的題材内容，而「賦比興」則指詩作的表現手法。「風」，大體是三代民謠作品，「雅」則是貴族以及爲官者的作品，「頌」則是歌頌帝王美德的作品。這樣，《詩三百》我們應特别重視的是「風」，而如果從賞析和創作研究的角度來説，自應着重探討「賦比興」的問題，即詩的賞析和創作問題。

首先談「賦」。「賦」就其字義來講是直陳其事，所以説所謂「賦詩一首」，其中有自謙的含義。然而「直陳」也并非直截了當地陳述而已，作爲詩就必須有深沉雋永的含義，即使叙述一件事，也須具有典型性。這裏試以杜甫《羌村》第一首爲例：「崢嶸赤雲西，日脚下平地。柴門鳥雀噪，歸客千里至。世亂遭飄蕩，生還偶然遂。鄰人滿墻頭，感歎亦歔欷。夜闌更秉燭，相對如夢寐。」通首平白如話，但亂離之景使人如身臨其境，不忍卒讀。尤以結尾兩句「夜闌更秉燭，相對如夢寐」，不妨設想一下這是一種什麼境界？真可謂迷離愴楚，無限淒涼。老天待人是不公平的，即使生活在一個時代，有幾個人會有這樣的遭遇？這首詩從景象的描述到情感的抒發，都具有十分突出的典型性。就這個意義上説來，詩也可稱之爲典型化的藝術。

下面來談談「比興」的運用。仍請以杜甫《水檻遣心》爲例，前後兩首，前首「去郭軒楹敞，無村眺望賒。澄江平少岸，幽樹晚多花。細雨魚兒出，微風燕子斜。城中十萬户，此地兩三家。」《唐詩鑒賞辭典》對這首詩的解釋是這樣寫的：「杜甫定居草堂後，經過一番經營，草堂擴展了，樹木栽多了，水亭旁還添了專供垂釣眺望的水檻。詩人經過了長期顛沛流離的生活以後，現在得到安身的處所，面對綺麗的風光，情不自禁地寫下了一些歌詠自然景物的『小詩』……這首寫出了詩人離開塵囂的閑適心情。」我以爲這個解釋根本錯了。其實如果了解杜甫平生追求，就會看到這兩首《水檻遣心》有着深深的委曲哀怨。顯然，這兩首在《杜工部集》中佔有重要的位置，也絶不是什麼歌詠自然景物的「小詩」！詩的一開頭就是有弦外之音的：之所以「軒楹敞」是因爲離開城市遠了，我只有退居鄉間，才可能「軒楹敞」。不是我主觀上要遠離塵囂，而是不爲權貴所容，就只能在鄉下求得棲止。「無村眺望賒」，正因爲沒有村落，地處荒野，所以才能遠眺，把這種身處淒涼説成是「閑適」，也虧得注釋人想得出！接下去「澄江平少岸，幽樹晚多花」，春水上漲，快要漫上岸了。堤岸也不能抑制其上漲。幽僻的地點，且已值春晚時節，頑强生長的樹木仍以多花報之。魚兒、燕子都是脆弱的小生命，却也有細雨和微風的自然條件，使魚兒能跳出水面换氣，使燕子能自由飛翔。自然地理也好，草木植物也好，弱小的動物也好，都能憑藉客觀賦予的條件頑强地表現自己，只有我不行。這些生氣勃勃的事物似乎都是對我的嘲弄！成都這樣的通都大邑可容得十萬户，却容不得我，而我只有和未全貧的種植芋栗的野叟爲鄰了。《水檻遣心》一共兩首，同一機軸，第一首只有這樣解釋才能首尾連貫，聯成一氣，也才能和第二首串起來。

第二首是「蜀天常夜雨，江檻已朝晴。葉潤林塘密，衣乾枕席清。不堪祇老病，何得尚浮名。淺把涓涓酒，深憑送此生。」王嗣奭在《杜臆》中是這樣寫的：「前首止詠水檻所見，次首始見遣心。選者止收前首，失作者之意矣。蓋公有意用世，今老病不堪，即酒亦不能如意，可憐！」據上所述，則這種説法簡直可説根本不了解這首詩的真正含義！這第二首更是沈鬱。我曾在成都住過近三年，這種晚上下雨，晨間放晴可説是這個盆地的特徵性的氣候現象。這首前四句寫的是氣候，寫的是見到的景象，寫的是身邊的瑣事，顯得有些婆婆媽媽。其實這正是一種無以排遣、百無聊賴的心情寫照。具體地説，詩人想的是什麽？想的是「窮年憂黎元」，想的是「致君堯舜上，再使風俗淳」。這裏面的潛台詞就是：「我之百無聊賴無所事事，恰恰成了人家把我看成『不堪祇老病』的依據，而我却還想置身仕途，爲國爲民。這豈不正是人家説我的『尚浮名』嗎？」最後「淺把涓涓酒，深憑送此生」，淺而涓涓，量少也。何以量少？貧也！深憑，完全靠它——只有這點酒是僅有的知己，僅有的安慰。這一淺一深蘊含着多少悲苦哀怨！而可歎的是注家們輕率地大筆一揮，説什麽「閑適」，説什麽「歌詠自然的小詩」，真可謂不知所云！其所以有這樣的曲解，只能是出於注釋者只知從字面去理解，既没有能抓住字面後面隱含的深意，也没有能從「賦比興」的角度去咀嚼，去分析，更没有結合作者的遭遇際會去考察，去體味，這怎麽能做到「知解」？王國維發出的「知解人不易得」的感喟，真是千百年來的歷史總結！

下面談點詩詞的創作。首先是寫作態度問題，不爲寫詩而寫，不爲應酬應景而寫，要有真情實感，而且要感受很深才可以迸發出詩的創作激情，這是作詩的先決條件。其次要尋找表述的方法，捕捉典型形象，其所以用「尋找」和「捕捉」這樣的字眼，是因爲寫詩實在還得逼逼自己的。逼自己弄清楚自己的感受，要挖得深一些，想得深一些，要逼自己尋找適當的表現方法，捕捉典型形象，所有這些都非易事。儘管有「七步成詩」的曹子建和八叉手的温庭筠，但杜甫却有「語不驚人死不休」的自白，李賀有「尋章摘句老雕蟲」的慨歎（老是動詞，意爲耽作詩而年華流逝）。「逼自己」只是我個人的一種感受，另一方面，當然要有生活的積纍，我想這就是陸放翁教育他兒作詩要有「詩外功夫」的道理。

除了上述這些之外，我以爲要作得好詩，也還是必須有些靈氣的。歷史上有些佳句得之於詩人的大膽想像，有的則是出於詩人的巧思。這裏也舉幾個例子：如「無可奈何花落去，似曾相識燕歸來」。「無可奈何」和「似曾相識」都是口語，「花落去」和「燕歸來」則都是自然現象，而前後這兩個銜接就成了詩意盎然的佳句。又和「清風明月不用一錢買」上四字共知，下五字獨得。再如「試妾與君淚，兩處滴池水。看取池中花，明年爲誰死？」作者的誇張且又突兀奇特的想像，把相思之深，相思之苦，把自己的多情和怨對方的無情都在這二十字中表達無遺。不僅如此，字裏行間還賦予了一種女性特有的柔情，真可謂匪夷所思。説到「靈氣」，也并非我的創見，古往今來提到「性靈」者不知凡幾：「陶冶性靈存底物，新詩改罷自長吟」，我以爲提出這種要求很自然，但要做到，甚至向這方面有意識地有所追求，也非易事。往往只能是「偶然得之」吧。

中國古典詩詞真可説是個浩如煙海的寶庫，各種風格，各種流派都有出類拔萃的代表，永垂不朽的篇章。而從創作要求來説，劉熙載在《藝概》中有幾句很有深度的論述：「律詩要處處打得通，又要處處跳得起，草蛇灰綫，生龍活虎兩般能事當以一手兼之。」又説：「律詩聲偕而語儷，故往往易工而難化。」還説：「律詩不難於凝重，也不難於流動，難在又凝重又流動。」這幾句雖然講的只是律詩，但我以爲却有廣泛的指導意義，故録於此。我曾遇到過幾位老先生，他們都有自己的集子，據告都沉浸箇中數十年，不能説没下過功夫，但我讀來大都是「羔雁之具」，什麽時候能多一點「此中有真意」的作品呢？

也許我是杞人憂天吧，我總覺得我們祖宗留下的這份文化遺産，應該永放光芒。我們的屈原、杜甫、李白、蘇軾、辛棄疾的名篇在狄更斯、海涅、莎士比亞、托爾斯泰、巴爾扎克的皇皇巨製面前毫不遜色。可是如今，在全世界的範圍而言，西方文學的研究者可説代不乏人，而對屈原、李白、杜甫、蘇軾、辛棄疾的研究則寥若晨星。也許，今後人們對《離騷》也只能解得「路漫漫其修遠兮，吾將上下而求索」而已……也許這也是歷史的規律吧。但不管怎麽説，我總不想這些成爲失傳的《廣陵散》，於是就不自揣度地寫下了這篇文字，就算是「嚶其鳴矣，求其友聲」吧。

三、書畫題識

題所書蘇步青教授詩軸　一九八一年　辛酉夏

此蘇步青教授詩，嘗於報端見之，頗有所觸。世間本有鬼狐，惜每不能識。如躭於色，或惑於利，固爲所祟，然亦時有正直之士，而不免受其害者，此其所以爲鬼狐也。鬼狐多妬人能，幸人失。故欲防之，必不求顯露，慎於言行。世之君子，其有取於此乎。

題自書哀江南賦小楷卷　一九九三年　癸酉閏三月

坡公有云，天下之患最不可爲者，名爲治平，無事而其實有不測之憂。縱觀史籍，禍起蕭牆者，每甚於外患之擾，故用人不可不深察之也。若於得志之後，縱情傲物，不思虛心納下，則尤易爲外忠内詐、虺蜴爲心之徒所乘，可不懼哉？庚子山《哀江南賦》直陳侯景亂梁故事，讀之慨歎不已，用檢紙書之，是亦哀而鑑之之義。後之攬者其爲鑒諸。

題自書小楷秋聲賦　丙子夏五月初九

右歐陽修《秋聲賦》，入秋處暑以後，暑氣漸脱，至白露秋分，金秋乃始。於時天高氣爽，菊盛蟹肥，況有蓄蛩之樂乎？夜則聞其鳴，日則賞其壯。至其報以力鬭，苦戰克勝，非所希冀也。以此乃無復計及。秋聲之悲，雖然秋去冬來，迤邐歲逝，年復一年，周而復始，倏倏乎予已七十矣。噫，人生苦短，難得歡娛，偶獲賞心之樂，大可足慰平生，又何須慮及秋聲之悲哉。丙子夏五月初九，批閲舊籍，讀《秋聲賦》，雖歎服其爲文之工，然頗覺戚戚，若有觸於心者，爰識數語，用迎蛩季之來。

題所書千字文小楷　庚辰秋七月

此梁武帝命周興嗣所撰之啟蒙讀物也。浩浩千言，無一字同，四字一句，諧韻首尾，實首創之别調。兼之言簡意賅，舉凡自然社會、歷史倫理，無所不覘。嘗謂代有傑作，此其一也。庚辰七月二十七日，霪雨終日，録此一過，聊用自遣。

題自書小楷滕王閣序　庚辰七月

右唐王勃《滕王閣序》，駢儷文之傑作也，以弱冠而能作此，洵曠世奇才。是文雖沿襲魏晉遺風，然雅調高亢，旨意淵遠，實非但逞詞藻華美者所能望其項背，宜其永垂不朽。故史傳閻公命得句即報，至「落霞秋水」一聯，而歎服其工，固屬佳話，然似猶囿於重文采、輕旨趣也。噫，世之真賞，能有幾人。庚辰七月十八日，溽暑未退，索居無聊，書此自遣。陡憶東坡老人「聊發少年狂」句，曷禁莞爾。

石進旺畫集行將付梓用賦短歌爲贊

石子進旺潛心繪事，矻矻以求，時逾兼紀，其志可嘉，其成可喜。所以者何？貴善取捨。或問何捨？逐逐市朝，趨時佻巧。更問何取？近取石僧，遠追范李，取法乎上，遂能遠俗。尤可貴者，自感不足，願更勉勵，修遠求索。恢恢傳統，光紹有繼，其在斯人乎！辛巳嘉平初七，扶病作此。

題陸儼少爲予所作煙江疊嶂圖卷　壬午清明後一日

宛翁爲予作是卷時，予年甫周甲，畫就後嘗以短札告予，謂畫已竣事，惟不便付郵，容緩託知友走送，方爲穩妥。旋王一平氏旅浙，遂懇其帶至敝寓。平公笑謂予曰：「此件至精，其善藏之。」予展視之，曷禁懽喜讚歎。然題識名款後在左上方有一押花，乃悟此爲宛翁平生得意之作，其所以故作押花者，即昭鄭重，復恐遭物忌也。其雅有深意者如此，付裝池時，裝裱師問予，是否剔去，予謂不可，并以此意告之，彼乃唯唯稱美。壬午清明後一日，晴窻展觀，往昔情景恍如昨日。爰筆記之，以遺後之攬者。

題陸儼少畫赤壁圖卷　壬午四月初八

此宛翁與予締交兩年後，爲予所作也。初，予應報人許寅兄之請，以細楷書赤壁之賦，拖尾餘紙近三尺，嘗語之曰：「若得高手繪赤壁夜遊圖，庶成手卷。」後寅兄懇申老石伽先生賜墨，春月未報，蓋申老雅自謙抑，謂是紙必得宛翁補圖，可稱雙璧。後寅兄因事訪浙，叩得宛翁寶繢。宛翁復請寅兄告予，若得我書此二賦，亦願爲我補圖。予遂復書二紙，一贈宛翁，一請爲予製圖。此即是卷紙之所由作也。爾後與宛翁相交日深，每論藝事，亦多契合。予所作之《談陸儼少詩書畫》一文得其愛重，選爲其《書畫精品集》之序。今宛翁辭世已九年，覩此遺墨，復憶昔年相與之情。爰爲之記，或亦後之視今，亦猶今之視昔乎。

壬午嘉平爲復旦大學百年校慶書贈小楷離騷後之題識

復旦大學創建於公元一九〇五年，即光緒三十一年乙巳。其時迄今，辦學任教者之嘔心瀝血，莘莘學子之英才輩出，非片言所能覼縷。然縱滄桑屢易，百年俄頃，而我民族精神亘古以來揆其首要，乃愛國也。用書此篇，既以追維先賢，抑亦黽勉來者。區區微忱，幸垂鑒焉。

癸未正月題楊家潤山水卷五言四韻

此稱無聲詩，嘗謂或不傳。楊子善取捨，脈息接虞山。
一尺方壺圖，水墨呈五色。筆端見黃王，枝葉出點朵。
不爲名利纍，不涉野狐禪。纍年甘寂寞，爲珠探驪頷。
老朽何爲者，不敢妄言知。失喜觀妙跡，豈畏人笑癡。

題自書楚辭漢賦卷　癸未四月

右屈子《離騷》、枚乘《七發》爲予五十六歲所書，後曾數次審視，自問擬之趙、文、董諸家，未必謝之。蓋以紙素筆墨均極佳選，衆美俱臻，洵爲難得。壬戌迄今，雖臨池作書，無日或輟，終未有勝此者。故謂此爲壓卷，亦不爲過。乃知從藝者，畢其一生，刻骨銘心之作，不過一二。《蘭亭》繭紙，平原《祭姪》，坡公《寒食》，寥若晨星。是卷裝竣後，乃邀蘇淵老爲之題識，其詩旋見刊於《新民晚報》。自此予遂以「小麻姑」見稱於世。後子丞仁丈，復爲作引首畫，益爲增色，時光若追風之駒，書時至今，恰二十年，蘇沈二公已先後歸道山。予偶一展視，追維此翰墨緣，曷勝歔欷慨嘆。爰爲之記，至願後世得是卷者，幸善藏之。

題吳下尋秋圖　甲申二月之朔

《吳下尋秋圖》卷，爲黃秋士鞠、孟玉笙毓森應符葆森南樵先生之請作圖，後邀十餘友人賦詩題識而成。符葆森初名燦，後名葆森，字南樵，江蘇江都（今揚州）人。幼工詩賦，豪於酒，著有《寄鷗館詩稿》《寄鷗館賦鈔》，又於坊間得見其手稿《駢枝贅憶》一卷，記咸豐朝野軼聞，多揚州鹽商奢侈囂煩及官僚縉紳競奔之狀，足證其生性耿介。總其一生，窮愁潦倒，轉徙於齊楚吳越間，嘗師事顔夫人學琴，得廣陵派法乳。雖於咸豐元年舉鄉試，乃以太平軍興，不遑燹避，然終未脱鮒涸，旋卒於咸豐四年，僅得年五十。事見《清史》列傳、《揚州府志》。是卷成於道光二十六年丙午，先生年已四十有二，以一介書生，偏得名士青眼，乃知古人交契多重意氣投分，非如時下世味之薄，但以利害決取捨也。若劉熙載足稱大學問家，自六經子史至天文算法、釋道家言，靡不通曉，於文於賦，於詩詞於書法，無所不覘，著述既夥，且立論精審。除是卷有其題詩外，在劉氏《昨非集》中更有贈符樵一律，句云：「自古詩人誤，多由名早傳。衆皆誇繡帨，君合守冰絃。杜老窮愁日，陶公乞食年。知希良可貴，肯破世情牽。」具見愛重之殷。又如阮亨乃大學士阮元之弟，然無貴介習，品學端方，耽吟詠，詩文精敏。幼隨宦京師，作《蕉花曲》，傳誦輦下，人稱「阮蕉花」。然絶意仕進，與符交厚，益以居處甚邇，遂往來無間。十餘年間，有倡必和，兹於南樵《寄鷗館集》中録得其贈阮亨五律一首，文爲：「我苦飄零久，重逢況白門，板橋收落葉，秋雨又殘樽。舊夢頻生感，新詩好細論。梁園諸寓客，須讓馬卿尊。」亦可見交誼之篤。至蘇惇元所題詩，則收入其所著《欽齋詩稿》卷四，題曰：「爲符南樵題《吴下尋秋圖》。」按，惇元私淑方苞，謂爲文純正動人有心得之實者惟望溪。《清史》有其列傳。秦巘爲秦恩復子，字綺園，道光元年順天鄉試舉人，亦不樂仕進，嘗壯遊萬里，以親老歸養，爲人任俠好義，能急人之難，事見光緒版《江都縣續志》。邵廷烈，太倉人，字子顯，時官揚州教諭，輯太倉先哲遺著成《婁東雜著》，自宋迄清凡五十六部，大抵爲《四庫全書》所未收，藏書家所未見。道光十九年夏，龔自珍抵揚州，文士爭趨謁之。時邵氏方輯此書，龔樂爲之序。文中有云：「如有人愛其鄉先輩而樂以其言餉天下者，何居乎不效？子顯之所爲，江左百數州縣耳，使一州有一邵子顯，各纂其州，予限七年，此事何患不成？邵君爲我渡河所見第一士，邵君餉書，爲渡河後之第一樂。」其見重於龔氏者如此。至甘泉經濟，亦慷慨性情中人，著有《半園詩録》，中有《飢民歎》《當票僱工紙》諸詠，俱託物諷時之作。其餘作題諸子，亦皆一時奇士，《清史》大多各有傳記。以上諸端，不過掇其要者，至作圖之松江黄秋士鞠，《墨林今話》稱其所作，迥出時畦，獨標勝韻，寓整秀於荒率之中，彌有神趣。且爲人淡泊，以詩酒自適。維揚孟玉笙毓森，則工鐵筆，山水尤妙。今觀此二圖，筆墨超逸，洵非虚譽。據此則爲是卷之畫家及賦詩作題者，皆當時煊赫士也。計時迄今，亦不過一百五十餘年，何以沉淪汩没，一至於斯？蓋世事多變，滄桑屢易，抑或藏者遭際蹇舛，遂使文物蕭然，人琴俱杳？壬午秋月，予獲購此卷於鹽城某教師家，以其索值不昂故也。其時但覺筆墨清越，猶未知此乃清代廣陵諸賢之劇跡也。乃事有巧合者，去冬瀏陽李明哲詞兄，於闊别十餘載後，賁臨寒舍，以其考證所藏《龍樹寺宴集圖卷》後所著《龍樹寺與宣南詩社》一書見貽。

予以其深諳清史，遂懇其查證《吳下尋秋卷》中諸賢生平及與斯卷主人南樵先生往來史料。承其慨允，奔走多方，遍閲典籍，可謂篳路藍縷，無棄孑遺，終得疏清底裏。予行文至此，深有感焉。司馬遷有云：「古者富貴而名磨滅，不可勝記，唯倜儻非常之人稱焉。」修清史者，可無愧於此矣。蓋是卷諸公，無一顯宦，然俱是有史籍列傳，一以事實爲據，足資稽考，如是修史至可敬佩。且是卷之遭，亦誠可稱幸，以遇我好事，而不致湮没。我復何幸於衰朽之年，護此希珍。更何幸者，得哲兄之助，終使璞玉出塵，此真若冥冥之中有以呵護者。乃慨然備述覼縷，識者當不以我爲妄。是爲記。

題陸儼少書劄十二通册　乙酉秋八月二十五日

予自癸亥與宛翁締交，至癸酉先生歸道山，凡十有一年。此册收宛翁致予書信十二通，時當在甲子、壬申間。乙酉秋七月，久病初痊，檢點書笈，覩此遺翰，往昔情景恍如昨日。宛翁謝世，忽忽十二年矣，睹物思人，何勝感歎歔欷。爰付裝池，并以細楷書釋文於側，以遺後之攬者，庶幾見陸我交情之風義云。

題所藏初拓三體石經册　乙酉冬月既望

據《晉書》載，《三體石經》乃後漢熹平四年，靈帝召諸儒正定五經，以古文、篆、隸三體書法相參，檢刊於石碑，樹之於學門。而今所見《三體石經》爲北魏正始中所立。《王國維全集》書信專輯中有《民國十二年五月十一日即癸亥三月二十六日致日本神田喜一郎函》，其最後一段稱：「洛陽近出魏《三體石經》一石，有一千八百餘字，即黄縣丁氏所藏殘石之上半。此事於經學小學關係至大，現拓本當不易得，謹以奉聞此册拓片。」即其時出土後之初拓，予先師王公君珮於甲子歲獲購於京師廠肆，五十年後「文革」動亂時，知予流放在南京梅山，勞動之暇惟以詩酒臨池自遣，遂以寄贈。先師謝世迄已二十六年，今歲秋月，予久病初痊，檢點舊篋，覩此尤物，遂以重金敦請巨匠精裱以利庋藏。雖然此烏金拓本距今不過八十餘年，然即在八十年前，王國維言之鑿鑿，謂已不易得，況經此滄桑劇變之八十年哉。予今作此題記，不惟昭示是本之足珍，更追念師恩之重云。

再題三體石經　丙戌五月十九日

此《三體石經》初拓本，傳世極少，即偶有得之者，多爲十餘字，或數十字之殘片，即上海圖書館所藏單片亦不過數百字，而藏者俱視若拱璧，以其不易得也。此册四十八頁，凡一千七百三十二字，未計入字跡漫漶者。按此即王國維所述民國十三年洛陽出土殘石所拓之全部。予何幸獲此希世之珍，真瑰寶也。丙戌五月十九日反覆審看摩挲，曷勝歡喜讚歎。爰記之，以爲鑑賞之誌。

題楊家潤浙東山水圖　乙酉冬至

黄王倪吴多逸趣，平淡天真是擅長。若問畫家藏密處，筆端毫末見光芒。

題韓愈書白鸚鵡賦碑拓片　丙戌八月初二秋分

韓愈於唐憲宗朝以諫迎佛骨而左遷潮州刺史，雖爲時不及一年，然以忠諫而遭貶斥，深自鬱結。其時所作《祭鱷魚文》《柳子厚墓志銘》等在在昭示愛民之心，忠志之氣。此碑以大行草書「王右丞《白鸚鵡賦》」，既深有寄託，復極盡跌宕，或亦以之有所抒發耳。韓愈雖一代文宗，要之不以書名世，故墨跡傳世極少，雖此作雄强勁健，深具唐代書風，以是千二百餘年來爲潮州之勝，亦唐碑之煊赫者。覺懷道兄先尊施公仲陽府君於民國十八年至民國二十年間，任廣東省電報局長，以博雅好古，於到任次年，斥重金覓得良匠拓得此本。乃近悉原碑已在「文革」動亂中被燬，故此拓片殆爲絶拓。良以此碑尺幅之大，非一般碑帖可比。高可二尺，長一丈五尺有奇，不惟不易捶拓，亦不易展觀，故鮮有拓片傳世。仲陽公可謂別具隻眼，乃能造此希珍，覺懷道兄宜深領箇中真趣，其善藏之。

題未竟金剛經　丙戌菊月

予自庚申起書寫《金剛經》，歲書五至十餘通不等，迄已二十有六年矣，總計足在百通以上。然近五年來，精力大不如前，每不克終篇而廢，甚有連書十餘紙而不能終篇者，曷禁嗒然。職是之故，每值停筆時，則誦讀檢視當日所書，除書寫時即發現舛誤，即加旁點作衍文，藉以修正者外，如有脱字則只得廢棄是紙。雖書已過半，然其舛誤即屬無法修正者。以是予有感焉，凡事均可預定標的，惟寫經不可以，書寫時宜全神貫注，不可絲毫旁騖。鳩本《金剛經》凡五千一百餘字，只可日書少許，務求其正，不求其多，假以時日，自然水到渠成，當無功虧一簣之憾。子曰：「欲速則不達」，於此似亦可以鑑之。

題自書十至文册　丙戌十月初八

予嘗書十至文，卷後又作《十至文論》，今又書此《十至文册》，蓋欲其廣爲流傳也。或譏我此亦癡頑之徵，信矣。夫予寧受此病詬，而不欲與世沉浮而隨俗俛仰。乃不知吾之後，視我爲何如耶。

題邵琦松林望遠圖　丙戌冬月下浣

山水畫法至宋已大備，而「元四家」益以意匠經營，運之於氣韻上之抒發，故後世稱之爲「無聲詩」者，良有以也。邵君此幀，能於盡現其思景筆墨之外，展現其胸中丘壑，頗得山樵蒼莽鬱勃之致，可謂著意而精者。

題蔡毅强懷玉堂印存　丙戌嘉平之朔

治印之藝，始自秦漢，迨至明清，始以地域而分流派，中以浙、皖为盛。固俱謂以秦漢爲宗，惟識者自能辨得皖之樸厚，浙之婉麗。然而秦漢鉨印之所以不難辨識者，以其多以銅爲材質故也。要之，漢印多方正平直，秦則每有鑿痕。後世汲取秦漢古意者，甚有以《吳天發碑》意入印，蓋善刻者既能用刀如筆，亦能攝取刀劈斧斫之痕也。蔡君毅强躭之斯藝已逾兼紀，寤寐思考，矻矻以求，尋師問難，不遺餘力。而今已至既能婉麗，復能樸厚，得心應手，游刃有餘之境，夫復何求。必也能自樹面目，而别饒風致，溶平實於奇巧，體古拙於雄强，極變化之能而不逾規矩，以臻於化境。請假以時日，馳騁於箇裏乾坤者，蔡君其能可當。謹致數語，贅於《懷玉堂印存》之後。

題清王芑孫翰札小楷卷

鄉先賢王芑孫，字念豐，一字漚波，號惕甫，又號鐵夫，乾隆五十三年召試舉人，官華亭教諭。工詩文，著有《淵雅堂編年詩稿》二十卷，《惕甫未定稿》二十六卷，及《詩外集》《文外集》各四卷。居京師時，嘗與法式善、張問陶遊，詩酒唱和，甚爲南北時望所重。其詩崢嶸傲岸，兼之沉鬱頓挫，深得少陵風骨。亦工書傳，與劉石菴埒，蓋俱以遒厚渾古見長。是卷收其致其子家書兩通，及臨文衡山《四山詩》小楷一紙，俱爲王氏後裔所集，用示珍惜先人手澤也。其付子信劄，教以出仕應對進退及臨危處變之道，均極悃款懇切，具見矚望之殷。其書亦盡顯敦樸質拙風致。自宋以降，書作收藏每重簡帖者，自有其義理在也。至其轉臨徵明小楷，雖未脱前人窠臼，然頗有文書風貌，自亦清朗可喜。予雖久慕芑孫先生高格，乃以其墨跡傳世極少，今始獲覯此先

賢遺翰，深幸有此眼福。爰爲之記，以應建邦先生雅命。丙戌嘉平月之十二日，長洲章汝奭於海上，時年八十

清鮑樹堂集《乾嘉十子翰札》卷跋

此清代鮑樹堂氏所集乾嘉十子之翰札卷也。鮑氏，歙縣人，爲徽省鹽商巨富鮑志道次子，乾隆间举鄉試，纍擢内閣中書，并曾入軍機處。平生慷慨好義，能急人之難。是卷所收袁枚及吴鼒書，即叩謝其周濟者，足證所傳不虚，此其可資者一也。紀昀享年八十有二，而其書云時年已晉八，梁同書享年九十有三，而其書言及九秩之宴，故二札俱爲極晚年之手筆。吴鼒書稱，鮑氏較其年少十歲，而鼒得年僅六十有七，則作此函時，應亦届暮年。況紀昀及吴鼒墨跡傳世極少，此其難能可貴者二也。紀昀書中述及其爲鮑氏太老先生撰家傳，鮑氏則先後贈紀昀硯兩方，而鐵保爲其書此傳記，則獲贈宋版書畫譜，足見鮑氏遇人至厚。要之，是卷各書在在昭示鮑氏家人父子立身行世、孝悌仁愛之心，是則若非版牒翰札，則必無所述及，此固翰札之所以爲人所重也。丁亥正月，章暉女史以此卷示予，留置蕭齋匝月，乃得諦觀審視，今將歸送其主人也。用識數語如右。是歲二月之朔，長洲章汝奭記於海上得幾許清氣之廬，時年八十有一

晚晴閣詩文集補編

卷上

詩詞

絶句

總角臨池夏日長，蛩鳴秋夜數支香。冬來墨凍十餘紙，三載依然對廟堂。

歲在戊辰六月謙慎仁棣自海外歸以所著論傅山書法見示立論精審發我深思謂勝於藍洵非過也爰賦此誌喜

昔年立雪到程門，愧我無鍼度爾身。廿載欣見垂天翼，五車書卷泰山雲。多聞後浪推前浪，豈薄今人愛古人。晚歲看君揮史筆，一清寰宇淨俗塵。

辛未嘉平朔病起賦俚句自嘲檢紙命書寄謙慎棣亦聊慰遠念也

無端多日病糊涂，病起驚覺近歲除。堆案來鴻催作覆，一函書稿繕編初。癡頑或可偷日月，世路常苦費功夫。自計生涯衹如此，不遑屈鬱即浮屠。

丁亥新正值祖怡我兄八秩雙慶賦俚句爲賀

締交三十載，忙裏度晨昏。所遇或相欺，不聞有恚瞋。漫漫多所好，落落若行雲。此叟合長壽，善哉熱心人。

丁亥六月十九觀音成道日賦此十韻示文淵

早年結得神仙侶，歲月翚飛不知惜。數紀艱難朝慮夕，婉孌燕好成追憶。兩女早過耳順年，孫輩行看將自立。行端履正日日規，何須事事咸稱意。三度罹疾幾不治，賴君扶持總能繼。把臂滄浪萬里行，豈懼溯游湍流急。青衫聊以示襟懷，苦瓜淡虀甘如飴。耄耋偶發少年狂，丈幅一揮懸素壁。仰此薄技持示君，嘆息無由報知己。孟光隨我六十年，伴我吟哦清夜寂。

公元二〇〇八年歲次戊子值上海師範大學附屬中學建校五十周年謹賦五言三首爲賀

既經春翫華，乃望秋登實。從知育英樂，莘莘衆學子。

崎嶇千里行，固知足下始。求索路漫漫，退寸猶進尺。

艱難九層臺，今已五十載。回看壘土人，薪傳何慷慨。

絶句四首贈威妹　附短札

威妹如見：六十年暌違，得通音問，幸何如之！惟縈念之思不能自已。今日凌晨作得絶句四首，即以録贈。容後書成横幅裝池後，連同所書《金剛經》一併寄上。四絶句録後如左。詩作雖非佳構，要以情之所繫，聊以爲寄託耳。

一别姑蘇六十年，其間消息竟茫然。幸得晚歲通款曲，天教安排證夙緣。

中年喪偶至堪悲，況須扶老復將雛。賢哉吾妹真稀有，愧殺囂囂大丈夫。

塵世紛繁信逶迤，陰晴曲折任推移。因緣有自雖天定，人事修爲亦有之。

存世無非數紀年，祇今日日戒瞋貪。了猶未了終悟了，乃得恬然自在天。

題王品康劍門關山水卷

癸未秋予年甫十七，經皖豫陜赴川求學，迄已六十五年矣。今歲二月，品康先生持劍門關山水之卷屬題，回首前塵，何勝慨嘆。爲賦長句勉應，蕪懷憒憒，尚望諒我惘誠耳。戊子三月之朔。

早歲負笈過劍門，秦峰霧裏是乾坤。萍踪無處堪棲止，國破何曾想陸沉。六十五年彈指過，而今墨瀋度晨昏。殘年且自安閒適，尤畏塵氛染素襟。

戊子三月賦小詩奉題家潤先生仿元人山水圖

嘗見鷗波水村圖，祇今印象漸模糊。不知一尺煙波裏，覓得仙踪跡也無。

題楊家潤山靜日長圖

家潤道兄爲吾作《山靜日長圖》，喜之不勝，爲賦小詩。戊子七月初六立秋前一日也，長洲章汝奭年八十有二。

對景務求夏日長，似來消息送清凉。離披大筆何瀟灑，始信風神今信楊。

戊子秋月賦小詩題楊家潤秋嵐浮玉圖

身處塵囂鬧市中，紛紛擾擾嘆時窮。何當對此雲山景，彩鳳隨心玉玲瓏。

戊子冬月望前歲晚閒居有作

予與文淵結縭六十年矣，所歷種種艱辛俱成往事，今得優遊偕老，作此誌之。

此生端賴内扶持，乃可徜徉信所之。一紙麝煤評甲乙，幾行吟句待成詩。小園掃淨添佳趣，斗室焚香自在詩。六秩相依雖一瞬，偕游總得趨芳時。

戊子冬月上浣予病住院既望之夜夏峰仁棣自京都飛來探省曷勝感慰詩以記之

淩煙閣上有冥鴻，一夕飛降探衰翁。衰翁執手殷殷囑，但將謹慎記心中。

予與内子陳文淵總角相識也己丑夏五月二十三日即公元一九四九年六月十九日結婚迄今正六十年此日期更與吾二人年歲相合正所謂天作之合也寄之以詩以示深感上蒼呵護

彈指結縭六十春，兒時嬉戲記猶新。詎知歷盡艱難後，始知而今自在身。且喜黔婁終偕老，漫誇五柳傲清貧。相知相伴託餘歲，做得無憂無慮人。

己丑三月三日夜口占於市六醫院

倚枕何慵懶，懵懂若夢中。且領漆園意，不用妄書空。有興託紙筆，無煩悟窮通。願逢狂狷客，心迹與吾同。

蝶戀花

予與陳文淵結縭六十年矣，回首前塵，低徊不已，賦得《蝶戀花》一闋，以爲雪泥鴻爪之誌。己丑五月二十三日晨。

猶憶卿家後庭院，圍坐一圈，笑語歡無限。掃地風雷忽吹散，世情冷暖真堪嘆。幸有天公來牽綫。六十年前，結得神仙眷。歷盡艱難回首看，星星點點何須算。

予致力於蠅頭書之新境探求已逾兼紀今雖已屆衰年仍矻矻不輟今作此覺筆勢恣肆不讓往昔興之所至率成一律一并録之

八十猶日課蠅頭，個裏乾坤盡探求。點畫毫釐爭勁健，相間濃纖自然遒。每思孝女多逸韻，不羡黄庭整飭流。末世或能邀真賞，定分妍媸辨雜糅。

窗前山麻杆絶句

每年清明時節，予窗前灌木紅葉綴枝，明艷無比。乃衡德詞兄告我此山麻杆也。今歲尤盛，詩以記之。庚寅二月。

臨窗紅葉山麻杆，艷比桃花别有姿。歲歲一度芳菲勝，付我幽懷更幾時。

自壽詩

庚寅五月十九，予八十四歲生日，勉成俚句。杜少陵有「淺把涓涓酒，深憑送此生」句，知我者當不笑我癡妄。

八十三年前此日，我來塵世走一回。炎涼榮辱皆嘗遍，恩怨得失早若灰。旦暮寫經稱大事，捧茗閒話亦悠哉。知交解頤衰翁樂，且盡涓涓酒一杯。

庚寅秋月家雄樹瑛世講結婚三十年賦得俚句爲賀

家有雄鷹立，扶摇九萬里。嘉樹藴瑛輝，光芒藏根柢。人羡曠世緣，天教結連理。把臂三十年，滄桑證佳侣。育得賢孝兒，馳騁驕寰宇。

贈海泉醫師

余患疾數瀕不治，幸得海泉醫師妙手施術，今五年矣，爰賦俚句，聊示感念之忱於萬一。庚寅九月長洲章汝奭年八十有四。

涓滴歸大海，泉涌若奔流。每念頻添歲，麻德上心頭。

辛卯元日以歲值辛亥革命百年追念前賢謹賦二十八字用誌仰止之思云

辛亥旌旗萬丈高，中華從此帝王消。百年不盡滄桑感，心底豐碑未覺遥。

辛卯題姪女慶蘋繪歲朝清供圖

頤養無復計長途，寫經讀易自修福。屠蘇飲罷無眠意，更賞歲朝清供圖。

偶書絶句一首

世上悠悠不識真，使君不必嘆昇沉。書中自有真吾在，淘盡黄沙始見金。

爲光榮吾弟孫女周歲賦俚句

去年嬌兒降我家，天祐奇葩勝瑞華。連陌南北經寰宇，一生平順樂無涯。

龍年迎春

龍年將届，賦此迎春。老杜有「花飛有底急，老去願春遲」句，予反其意，當不謂唐突古人。又奉持乃佛經語，或亦略示用意也。辛卯歲末，長洲章汝奭於海上，年八十有五。

迎年豈可負芳期，不負芳期合有詩。若許事繁應早計，何須老去願春遲?! 不妨瀟灑揮椽筆，更把潑墨寄神思。攜手奉持崢嶸歲，龍騰虎躍正當時。

壬辰人日予病住院元夜後一日於申吾棣匆匆來院探省後返京深用感紉是夕口占俚句即寄

衆木殊難出梔子，諸難最貴氣沖和。將軍向來不好武，治事偏依妙算多。山谷谿岈無佳卉，英雄揮斥斬梟魔。乾坤整頓黎元喜，若個衰翁笑爾何?!

病中得句

其一

人生苦樂更迭乃常理也，内子文淵每誡我切勿褒貶時人是非，蓋多事多患，安樂必戒。乃予則以爲，求進者必探驪始得珠，致每置其言於罔顧，以致過勞而病，病中沉思，遂有是作，文爲:

無端衰朽惡疾纏，病裏沉思欲破禪。苦樂更迭緣有數，得失不計自恬然。餘年勉勵彌珍惜，片紙耕耘别有天。最幸此生得佳侣，扶摇萬里亦連翩。

其二

數月來有好事者，數度來訪叩問予數十年臨池體會，感其悃悃之誠，遂就管見所及，坦陳旨要，乃未及終，予病住院，病中念及此未了事，殊覺惴惴，九月二十六日凌晨口占一絶，恍如得赦，蓋以此聊充結尾語耳，詩云：

老朽癡頑妄説禪，未諳人生巧機關。他年偶話迂翁事，只當臨風聽暮蟬。

刊二〇一三年一月三日《新民晚報》

壬辰除夕寫經守歲憶及少陵守歲詩乃步其韻作此不數刻予八十七歲矣

七紀前此夜，守歲在京華。幾度滄桑易，渾如霧裏花。壽添慚蠟淚，文采愧煙霞。爆竹聲震耳，數行經未斜。

刊二〇一三年二月二十五日《東方早報》

癸巳小春月賦俚句賀東方早報藝術評論刊出百期

半世交親管城子，難得東評一語真。即從單百迎雙百，何患他年少解人。

題懿冰臨溥儒仕女圖二首

其一

丹孫自幼喜繪事，雖於國内外兩度榮膺美術學位，然時運不濟，志不得伸。近發宏願將閉門自習書畫，期十年當有所成。昨夜臨得溥心畬仕女圖一紙，此其平生首次作國畫，居然可觀。予固知其非池中物也，爲賦二十八字以勉之，丹孫丹孫其勿負我。甲午三月廿六日，汝奭年八十又八。

新硎發刃試牛刀，千里神駒藐路遥。十載征伐煩紙筆，丹青馳譽霍嫖姚。

其二

一九六一年辛丑，上海人民出版社曾寄贈葛傳槼《英語慣用法詞典》一書，予於扉頁上題放翁絶句：「古人學問無遺力，少壯功夫老始成。紙上得來終覺淺，絶知此事要躬行。」今觀丹孫此作，陡憶前塵，曷禁慨然，更題詩一首以勖勉其惜時自勵也。前題後一日，汝奭并記。

五紀前讀放翁詩，曾經矢志誠猶移。而今白髮蒼然叟，空嘆時光付闕如。

七七事變國耻紀念日抒懷

「七七事變」七十七週年，揮淚慨然，或亦一抒胸中憤懣耳。是日甲午六月十一，適值小暑，追憶七十七年前，在京都北總布胡同十四號舊居門前，挖戰壕、堆沙袋，似擬巷戰，後以保護舊都而撤退。越三日，北平淪陷，是年予年甫十一，其時種種景象歷歷猶在目前，斑斑國耻，無時或忘。

盧溝曉月照忠魂，豈敵權奸弄史箴。白首堆山何足恤，最難明主倒思恩。

悼亡詩 并序

亡妻陳文淵與予結縭六十五載，一朝永訣，悲痛不能自已。先後作悼亡詩五首，其謝世迄今忽已六百餘日，古人有謂「睹陳根而絶哭」，乃予不能斷此裊裊哀思，奈何！爰録此五首拙作如左。

悼亡妻文淵

妻於癸巳七月十七日申時謝世，是年小春月之十一，凌晨不寐，憶及種種往事，悲愴不能自已，揮涕作此。

昔年戲言身後事，眼前情景竟如之。長望平居三五載，倏然忽到永訣時。耳邊告誡音猶在，心底悽惶我自知。從此無復家滋味，九泉相待莫嫌遲。

癸巳小春月之二十八文淵謝世百日晨起枯坐伏案窗前悽然有作

君我訣别今百日，此間無日不思君。案頭手迹西湖詠，猶憶湖邊憩柳群。世事豈能咸稱意，此生唯幸獲知音。若膺來世香屏選，好續前緣舊夢痕。文淵平生最愛西湖，故及之。

甲午人日遣心

人日詩人日，無緒亦成詩。長日恒枯坐，朦朧晤對時。分茶聊自遣，假寐或棲遲。此境君能解，乾坤何用知。

甲午二月之望整理舊作陡憶持稿與文淵商榷情景詩以記之

手稿初成把示君，向來總有建言陳。真知卓識直醍醐，醒我迷途要路津。往日弄文真一樂，而今空剩苦呻吟。江郎才盡何爲者，只爲失去并頭人。

甲午四月初七立夏檢衣有作

節序交立夏，春寒未退何。檢出裌襖着，曷禁淚如梭。念卿在世時，每嗔我渾脱。而今惟自儆，無用嘆嗟哦。衣食瑣屑事，常覺費時多。沉思此更迭，悽楚耐消磨。前人有云，逝者已矣，而生者何尤。予自有不了情在，發之於詩，似亦理所必然。

右五首爲癸巳甲午間所作今歲以撰作臨風聽蟬一書不暇旁騖冬月之望子夜夢覺追念内子文淵恍惚夢中得報答平生未展眉句遂披衣起坐聯得長句如左

總角嬉游若夢飛，深情早鑄啓天闈。三生石上鐫名姓，一世休咎仰定揮。幾度沉疴延斷續，殘年孤鶴尚低徊。浚毫聊示兒孫輩，或報平生未展眉。詩成自哂，或亦癡人行徑耶。乙未冬月二十長洲適讀生章汝奭録未是稿於海上得幾許清氣之廬，年八十有九。

刊二〇一五年十二月三十日《東方早報》

題懿冰愛孫所購古畫

懿冰愛孫今春於坊間購得是幀，喜不自勝。予審視之，絹素應及南宋構圖，深具意匠，筆墨清勁簡約，雅有馬遠神韻。爲侫小詩或亦不違珍重意也。丙申三月初十，長洲章汝奭。

一縑半素千百載，幾筆勾勒寓方壺。領此上蒼殷勤意，得來全不費功夫。

致李天揚詩

丙申三月二十一日，天揚老棣來舍啜茗閒話，臨别索我九十後書。翌晨朦朧中占得五言八句，遂展紙爲書，不知塞得所請否？長洲章汝奭。

老去無牽掛，心空無纖塵。如何報知己，遺翰不足珍。浚毫雖瀟灑，僅取性情真。問我何爲者，徜徉對古人。

無題

是卷題記後百感交集，吟得五字一首，命曰無題，不知能有知解人否。

癡頑九秩翁，常畏墮俗同。檢韻恒惶恐，僻典寧從空。妙句天然出，心裁得夢中。長揖得時者，趨避若冥鴻。

丙申七月初三日凌晨不寐率爾得絶句四首默然誦之頗似平生寫照遂命筆爲書方家幸勿笑我

朝暾馬上揮長鎩，夤夜燈前快著書。俱任男兒抒壯志，一壺天地小於珠。
堪嘆中年盡葛藤，夜闌時伴短禁明。且耽藝事安狷介，誰解黔婁鵲起情。
榜書氣勢衝霄漢，蠅頭毫髮見鋒芒。個裏乾坤憑探索，蕭齋斗室樂洋洋。
衰朽生涯自在閑，晨昏怡悦筆耕田。工拙不計真瀟灑，脱盡俗塵待自然。

刊二〇一六年八月十七日《東方早報》

晚歲行

丁酉正月十九，凌晨不寐，伏案窗前，率爾作此，命曰《晚歲行》，不當方家一笑。長洲章汝奭於海上得幾許清氣之廬，年九十有一。

老去詩思竭，不復傲長吟。茫然對紙筆，聊慰靖節琴。枯坐常入睡，碌碌度晨昏。聯句雖自遺，誠樸務情真。友契高推許，愧我答報心。掇拾此拙作，權作孑遺存。

刊二〇一七年二月二十三日《新民晚報》

誄辭一則爲汪洋世講作

嗟爾汪洋，年未二紀。志存高遠，何讓耄耋。生爲明理，死爲取義。遂得永生，百世不替。爾名汪洋，彌之六合，聚之涓滴。退藏於密，清澈見底。誠如琉璃，普受霞光，而深蘊禪機。迴思汪洋，淵源有自。賢哉爾母，深明哺育。拒惡於微，善小不遺。日積月纍，終成大器。大哉汪洋，汝何來者。天賦使命，唯汝之能承！

注：二〇〇六年十一月二十六日，大學生汪洋勇鬥歹徒，不幸犧牲。其母係章先生梅山同事，因有是作。

聯語

楹聯

浮雲上下古今意，流水東西南北情。

每惜鳥語花香日，難得促膝清話時。

此中有娑婆世界，何處尋無上法門？

予臨池遇疑難嘗苦思不得其解，乃至數夜不寐，用此聯以記之，兼寓自勉之意

無我無人無罣礙，其至樂乎；有因有果有莊嚴，真佛地也。

戊子十月，八十二歲佛弟子長洲章汝奭撰

偶得佳句堤橋上，明當必集語石廬。

建邦先生雅屬，庚寅四月，長洲章汝奭年八十有四

胸中自有閑丘壑，筆下無塵妙入神。

仄炯先生畫室補壁。壬辰嘉平，長洲章汝奭，年八十有六

春聯

庚寅歲朝春聯

奉仁孝終膺祥瑞，順所然自享期頤。
獻歲發春勝利在望，自勉自勵應無竟時。
花雪開年慶，草露散清氛。
爲善恒多福，和順自豐盈。
澡身浴德振衣稱爽，修容整飭彈冠迎新。
十分恭敬，深沐佛恩；一心聽法，皆大歡喜。

甲午歲末，八十八歲佛弟子長洲章汝奭撰并書宇内春回，陽光鋪地；人間樂事，福壽滿門。

乙未歲末，長洲章汝奭撰并書

大地春回，陽光鋪地；一家和順，福壽全家。

丁酉歲朝，九十一歲佛弟子長洲章汝奭撰并書

輓聯

輓亡妻陳文淵

愛妻陳氏文淵靈右

六十五年相隨，深念卿仁孝淑敏；三生石上永刻，咸羨我福德極天。

癸巳七月拙夫章汝奭泣血哀輓

自輓聯

任老子婆娑風月，看兒曹整頓乾坤。

無愧我心（横披）

癸巳霜降，長洲章汝奭自輓

文章隨筆

我的父親、我的童少年、我與書法藝術

我生於一九二七年即民國十六年丁卯。我父親章保世字佩乙，後以字行，别號適生。生於一八八六年清光緒十二年丙戌。一八九八年戊戌應童子試，榮膺蘇州府長洲縣案首（第一名秀才），年僅十三歲。其後以丁母憂，不能應試，不久科舉廢。後畢業於江蘇省立法政學堂。我父親在二十歲之前即以文名享譽大江南北，有江南才子之稱。其實我祖上是歷代行醫的。我曾祖雖然在廣東曾任觀察使，咸豐年間告老在蘇州安家。我祖父眉庭公曾任清廷太醫，後回到蘇州行醫，是蘇州四大名醫之一。我父親在少年時即隨同祖父出診，由祖父口述，我父親寫處方，所以我父親也是精於醫學的。晚年在蘇州以義醫周濟鄉里甚有美譽，并有文章糾正太炎先生所著《猝病新論》中的一些錯誤論點，這是因爲醫學關係人民的生命和健康，所以不得不以負責的態度提出自己的看法。這裏還要提到一件事，即：我祖父留下的唯一遺物即一萬張醫藥處方。這是他一生的心血結晶，親筆書寫成一百册，每册一百個方子都有墨案，這一百册書後由我父親定

制一個楠木盒子，裝在裏面。盒子外面由我父親寫「萬方總匯長洲自在鄉館」十個字鎸刻在側面蓋子上，并以緑粉填充，格外醒目。一九六四年我父應中央邀請到北京開特邀政協代表會議，因爲是章士釗推薦的，所以事先也約好住在章士釗家，我父親就特爲帶上這套書請章士釗設法出版，這是因爲我父親一貫認爲這種醫藥成果應該公之於世以爲人民造福，誰知這一箱子《萬方總匯》交給章士釗後，旋章物故。不久「文革」動亂，從此竟無下落。使人不禁嗟然！

我父二十歲前後在上海任《申報》及《時事新報》主筆，與陳英士友善，在清末和陳英士、王一亭等人組織中國國民總會併當選爲評議員（後該會與同盟會合併）。記得我父親曾説過他的辮髮就是陳英士給他剪的。

在段祺瑞任内閣總理時，他任財次兼泉幣司長，李思浩是財政總長，他和李是結拜兄弟。在民國六、七年，張勛在北京要復辟，傳言要殺李思浩和徐樹錚（時任陸軍次長）。徐也是我父的好友，我父向張説情，甚至給張下跪。張説：李思浩是你盟兄，看你面子，算了，但徐不行。我父回到家後（徐當時藏身在我家），就給徐化了裝，陪他坐自己的汽車，護送他到天津（當時北京小汽車没有幾輛，而我父親有一輛，并有特别通行證，我父親對西方的有些東西是最早的接受者，如汽車、立頓紅茶、小吕宋雪茄 HAMBRA MANILA 等等，而且對吃西菜也十分内行）。當將徐送到天津地處租界的六國飯店時，徐送我父親五十萬大洋銀行本票説：「老弟，謝謝你的救命之恩，送給你少打兩把麻將吧！」李思浩當然也爲此非常感激我父，曾有一首詩贈我父，其最後兩句是：「梁汾風儀君能及，凄絶秋茄舊夢痕」！

這一大筆錢，使我父親發了財，但他從不置房地產，而是大量收進書畫文玩。并特爲從琉璃廠物色了一位鑒定專家名劉森玉來家總管書畫文物，一直跟隨着他，甚至隨他南來北往，只是在我父六十歲（一九四六年）以後遷回故里蘇州時才離去，在這一段相當長的時間裏，就我的記憶中在北京收進的名迹有：

一、北宋王晉卿煙江疊嶂圖、蘇東坡題長歌（現藏上海博物館）。這是我父親一生收藏中最最刻骨銘心的寶物，是在我出生之前羅進的，我少小時曾幾次觀賞過，我仍記得最後的題跋是康熙時人的，其中有「予以杞菊山莊易得此卷」等語。此件見《清河書畫坊》及《周公謹雲煙過眼録》等著録，乃開門見山之物，乃五九年拿到上海擬出售時竟有某權威硬説是贋品，最後竟以低價買去，命運捉弄人，到處會碰到魑魅魍魎，可嘆可嘆。

二、北宋石曼卿大字籌筆驛長卷

三、元張渥臨李龍眠九歌圖卷

四、米友仁靈山得意圖卷

五、郭熙秋山行旅立幀

六、南宋夏圭蜀江晚泊圖長卷（宋緙絲包首，玉插簽，外乾隆錦包，紫檀盒裝）

七、宋李綱草書卷

八、元錢舜舉猫卷

九、元倪瓚晴嵐暖翠立幀（淺絳，至精）

十、元方方壺高高亭圖立幀

我十歲生日時，父親送我趙孟頫《奉敕書玉臺新咏序》小楷手卷，我以爲平生所見松雪書此爲最佳。還有給我印象很深的是一九三七年全面抗日戰爭爆發前不久羅進的黄道周倪元璐書畫會璧卷，黄道周草書在前，倪元璐仿小米雨景山水在後。差不多與此同時，還羅進王石谷赤壁圖卷，後有董邦達小楷前後赤壁賦。

一九四三年我去四川讀書前在上海小住期間，我父親買到唐寅爲華補庵所做《溪山秀遠圖卷》，長約一丈六尺，其畫之精，題字之秀美實爲平生僅見。後有華補庵題，其字大類鍾繇，起首句爲：「六如居士爲予作是卷往返半年始就。」還有唐寅十美圖册頁，設色十分艷麗，對開祝枝山詩題，明代原裝裱，也是精美絶倫之物。還有一本宋王晉卿的大册頁（八開），其中兩開下角殘缺，後由劉定之裝裱，不但把殘缺補好，且所用絹素與原本相同，完全看不出補綴之痕，不僅如此，補好的畫其皴法筆墨也和原畫一樣，真是神乎其技。

也在這前後，父親還買到一些稀世珍品：一爲明嘉靖御窑粉定印色盒一套十二只（都是青花，但款式有差别），另一件是宋刻象牙如來佛像。這是一整塊象牙雕的，重七斤半，人物造型開相、手、衣飾雕刻得如此精美。幾十年來，我没有見過能與此相比者。在佛像的下脚有小楷書「蕭服製」三個字。我父親查到蕭服是北宋寺丞，所以這尊佛像當屬皇宫的供奉之物，由於時間久遠，通體呈紫絳紅色，然無一裂痕，完整無絲毫損傷，而在佛龕底座仍在凹處可以看到微小金塊，因此當初可能是通體包金的。

我在北京讀初高中時，我曾聽父親説起過，他曾一度非常醉心於對聯的收藏。在民國十三年前後，他在北京有對聯大王的稱號，曾收得明朝對聯二百副之多，甚至有嚴嵩、嚴世蕃的對聯，清代甚至有年羹堯的。我記得在北京住北總布胡同時，客廳中懸掛着明代杜瓊的對聯，文爲「致仕杜門是謂相國，散金娱志淵哉若人」。我那時約十一二歲，就知道父親已經立意不再做官了。其實，我還看到史可法的狂草對聯有五六副之多，其中一副五言聯文爲「樹影中流見，鐘聲兩岸聞」，其中上聯的中字及下聯的聞字，最後一筆都拉得很長，既有參差又有對應，相映成趣。我父親爲勉勵我讀書，在我書房中選掛一副宋犖的行書對聯，極爲秀潤精美，文爲「靜以尋孔顔樂處，復其見天地心乎」。我曾向我父親説，「這聯對仗似不甚工」，父親説：「你知道嗎？只有靜下心來，才能尋得孔顔的樂處，只有尋得孔顔之樂，才能領略天地之心。」一般對聯都是絹裱成軸，而這副對聯却是裱成鏡片外佩一對紫檀鏡框，就掛在我書桌背面的墻上。父親對我的勉勵和期望由此可見。

現在想來，我八歲到十二歲這四五年的歲月對我一生影響是很大的。一方面，我就讀的育英是北京最出名的學府，英文進度與日加速，一方面家館已由王君珮老先生授完四書、孝經、并選讀詩經、禮記、左傳，進而選讀楚辭漢賦及兩漢唐宋文，而我的幾位兄長都是紈絝習氣在身不思進取，以是父親對我的期望格外殷切。

説起我的書房，可稱得上極爲高雅華貴。這房子是老式花園洋房，我的書房是二樓朝南當中最大的一間，有五十多平方米，兩端樓梯上來，一個大長走廊，整個一排朝南窗，書房是兩扇落地玻璃窗門，書房内東面北面各放兩把紅木官帽椅，北面靠東墻上掛的是桂未谷的隸書直幅，紅木鏡框，文爲「坐上有華兼有酒，客來能畫亦能詩」。北面有兩個窗，前面放一個高長紫檀大條案，靠東放一塊乾隆官窑的磁屏緑釉墨彩隸書金人銘紫檀架，開頭幾句我還記得：「古之慎言人也，戒之哉，毋多言，多言多敗，無多事，多事多患，安樂必戒……」靠西則放着明嘉靖官窑青花釉裏紅梅瓶，靠西墻則有四個雙門大書橱。最裏面的宋版及稀有的元版，第二橱是手寫本，有顧炎武的詩詞手稿《一角編》，因爲是孤本，所以特别珍貴，還有柳如是手書的詩詞手稿，也是絶無僅有的，總之都是善本。即使是《六如居士集》也是明代版本。四橱書中價值最低的是改玉壺的紅樓仕女水印木刻及萬印樓的手打印譜。我最常翻閲的是一部雙白燕堂詩集，一函兩册都是集唐人句的詩，讀來竟如原唱，不禁嘆服甚工。

我曾對個别知交説過：我那時的寫字檯比探春的還要豪華：紫檀中嵌花梨木，桌下有紫檀鏤花透雕踏脚，桌上的陳設更是够人觀賞的：一個萬曆五彩的大筆筒，一方大端硯，規規整整足有兩寸厚，紫檀天地蓋，底是周敦頤題，兩側是程頤、程顥題；另一方小圓硯是清代連漆盒硯，徑五寸，是清初的羅端，其色彩的艷麗實屬罕見；乾隆胭脂水印盒；最珍貴的是乾隆御制黄玉筆架，晶瑩剔透有如蜜蠟，底面刻有乾隆御筆題字。一個小墨床也是乾隆粉彩的。此外還有幾塊明代竹刻臂擱，記得是周天球、莫雲卿、王登、邢侗的書迹所刻，都是紫檀紅色，光潔可愛，可是當時是完全不當回事的。我父親書房則在底樓走廊的東頭，東南西三面都是大玻璃窗，他的寫字檯上的陳設倒没有我的講究，只是兩方素端硯，一個康熙青花大筆筒，康熙豇豆紅印色盒，筆架墨床都很一般且没有臂擱。

在這幾年中，幾乎每個星期天上午總有琉璃廠一些文物店掌櫃到家裏送來書畫、瓷器、文物等求售。就我記憶中買得最多的是玉池山房、博古齋等。這時父親總把我叫去，讓我讀出書畫作品上的文字，如讀的句讀不對，父親就給予糾正，如讀錯或讀錯別字，父親往往用吴語説：「讀白字阿難爲情?!」以後碰到不識的字就直接説「弗識」，於是一句中往往有幾個「弗識」，父親説這就叫「知之爲知之，不知爲不知」。

另外父親還有個口頭禪，即「弗作興」，意即「不可以」或「不應該」的意思，如看字的草書寫作「」，他説：「弗作興這樣寫」，哪裏來的「乎」和「月」?「看」是會意字，手在目上曰看，讀書人不習六書怎麽可以?我記得我曾説：文徵明、董其昌都這樣寫，他説「他們都不對」，又如戌亥的戌字和戍邊的戍字不可以不加以區别，戌内中是一横，戍則是一點，不可相混，又如已、己、巳也得十分注意，又如吉祥的吉字，一定要上面一横長，士口爲吉，否則就是錯字，又如我看到某人寫放翁詩句對聯「山重水複疑無路，柳暗花明又一村」，這裏的「複」是「衣補」，而不是「復」，行草書寫成「復」顯然是錯了。複和復不是通假字。又如某名家寫副對聯：「海釀千鍾酒，山栽萬仞葱」，把「千」字寫成「干」字，把「鍾」字寫成「鐘」。一副對聯十個字寫錯了兩個字，豈非大笑話。此外寫行草書如墨滲化太過以至筆劃交待不清楚，也是不可以的。凡此種種都是禁忌。如有干犯，父親就說是「野狐禪」。

也就在抗日戰爭爆發之前，家裏又來一位書畫鑒定師，也是從琉璃廠物色來的，此人名丁文原（號笠圓），僅三十多歲，説話口音像山西人，可稱得上是個怪傑，不僅書畫皆能，而且都達到超凡脱俗的地步。其書得鍾繇之神，其畫學元明諸家仿誰像誰，山水、花卉、蘭竹、人物莫不精能，而且文采又好，不知何以潦倒至此？我父親待他爲上賓，單給他一間房，既是住房又是畫室，還特爲找裁縫來爲他做衣服。但此人身體極差，不知患什麽病，七七事變後不久突然失踪，遍尋無着，後遂不知所終。

我父親非但喜歡文物收藏，且豪爽好客，他是有名的美食家，經常留客用飯，甚至大宴賓客，記得所用餐具是嘉慶、道光官窑的，每套各數百件。不僅如此，汪大燮（曾任國務總理）故世後，他胞弟汪大經孤苦無依，我父親接他來家住了近十年，十分敬重，一直到他病故。記得在我十歲那年，有次宴請張學良，客廳中掛着明代畫中九友的九幅山水立幀。張學良激賞之餘，指着一幅李流芳山水説：我第一次看到如此之精的李長蘅。我父親説：你喜歡就送給你。張立即推却説：「佩老積多年心血的收藏，我怎麽可以拿走一張破了整體。」我父親説：「我還可以想法再去買嘛。」於是就叫劉森玉「包好給少帥帶走」。其實，我父親送人書畫是常有的事，他朋友又多，往往人家過生日，他就讓僕人拿着他的親筆信送幅所藏字畫過去作爲禮物。

我父親從一九三五年開灤煤礦督辦卸任之後即靠變賣所存書畫文物度日。一九四〇年，我父親在上海漢彌登大樓（福州路江西路口）租了一套寫字間，開辦利華貿易公司，不到一年被合伙人秦彭年將公司資金抽逃一空，而使公司陷入負債，變賣收藏又遭買主殺價，這使我父親頓時陷入窘境。一九四二年秋冬，日本人知道我父親藏有夏圭《蜀江晚泊圖》，挽人説項，我父後來避而不見來訪者，并表示寧死也不賣給日本人（在淪陷期間，原來與我父交往頗熟的一些人如王克敏、王揖唐、梁鴻志、陳公博、黄秋嶽等人都先後當了漢奸，我父毅然與他們斷了往來）。

一九四三年初，我從上海將去四川就讀之前，斯大林格勒大會戰，德軍潰敗。父親當時就對我説：德國從此將一蹶不振，而且英美將很快開闢第二戰場，德國將背腹受敵，最多不到一年半德國必投降。以後戰事的發展竟完全如他所預料，這不能不使我十分佩服。

我一九四六年一月從四川回到上海，我父親看到我寫的五言長律中有「疊嶂隱石徑，曲水送萍蹤」一句，説：「你倒有些詩才，可是你小小年紀還是以多讀書爲好，只有把書讀通，才能具有經天緯地之才，『形而上者謂之道，形而下者謂之器』，而且爲文若不經世必涉浮華，尤以詩詞爲甚，你應引以爲戒。」後來陸續給我講了些作詩的道理，如白居易的「根情、苗言、華聲、實義」，如詩「有如大千世界寓於一粟之中」，而「詞則一點引伸開去」以及「詩之意闊，詞之言長」等等。詩與詩題的關係有時是先得句後命題，「過於着題則如死蠶，過不着題則如野馬」，還論及詩的陰陽開闔，「要拉得開收得攏」以及「寓情於景」，「寓警策於平淡之中」，「詩要有言外之音弦外之響」等等，還爲我舉了大量的例證，使我有所領會。然而他更多講的是做人的道理，如「放之則彌六合，卷之則退藏於密」，「達則兼濟天下，窮則獨善其身」，「君子貴能慎獨」等。據我所知，我父親六十歲（一九四六年九月）回到蘇州一直到「文革」前（即四六年至六六年）二十年間作詩達八千餘首成爲放翁後第一人，而在「文革」時付之一炬，爲之不禁慨然嘆息！

我十三歲時即應人書扇，十四歲時我曾爲我父親的好友張仕鋆（字仲青）寫過一把扇子，這位老世伯答我一書畫扇面。他書學米很有功力，畫學元四家，在字的一面有我的上款是這樣寫的：「汝爽世兄得承家學爲予所書箑頁已見規模，若得名迹精進，行將追踪晉唐，勉之勉之。」

從我十七歲到內地讀書，後來到上海讀稅專畢業後到海關工作，從此一直忙於工作，除了每年夏天應人之請寫一兩頁扇面之外，就很少寫字，如今可以找到我早年的毛筆字只有我三十五歲時（一九六一年）在一本葛傳槼的《英語慣用法詞典》内寫的兩行放翁詩了。

只是到「文革」動亂時，我在梅山勞動，老伴又在上海養病，我於勞動之暇遂以詩酒臨池自遣。可是，我已經四十幾歲了，而就在那時已經有人説我字寫得好，我自己則一直覺得「遠未逮」，古人所謂禮、樂、射、御、書、數爲六藝，則充其量僅博其一，何況還是「遠未逮」！然而這却促使我較前更認真地思考這一問題。

書法作爲一種藝術，它本身要求賦予它以豐富的内涵。《蘭亭》所以流傳千古是由於王羲之的超逸絶倫的書法藝術依託在感嘆世事無常，極富哲理的一篇文章裏；顔真卿的《祭姪稿》則是以顔書的磅礴正氣反映其悲憤與怒斥凶頑；東坡的《黄州寒食詩》，其詩不僅描述其經歷之悲苦，并轉而成爲淒厲的嗟嘆，但這篇書作則是前小後大，前面謹飭漸而轉爲灑脱豪放，彌足翫味。一篇杰出的書作，竟孕育着如此豐富的藝術語言，這當然和一個人如何對待自己的遭際乃至其禀賦、文化積澱、學養都息息相關，密不可分。好的書作，自然有豐富的内涵，即所謂耐看。然而自古迄今，儘管毁譽基本公平，但不公的輿論所在都有，這輿論者本身的品格、學養也都有關連。有的人身居高位，他的片言只語都足以左右輿論，這也是没有辦法的事，現有的實證就是：包世臣臨寫了一輩子《書譜》，其成效實在不佳。然而，其論書專著《藝舟雙楫》成爲人們引經據典的準繩；康有爲寫了一輩子《石門銘》，實在可說走火入魔，不足爲訓。然而，由於位高名重又有一本《廣藝舟雙楫》的專著，也足以左右品評。想到這裏就覺得持論應特别慎重。

古人説：「字無百日功」，這就是説練一百天字還看不出有什麽進步，只有無間寒暑持之以恒才行，這話當然不錯，但我以爲字也不是一直寫下去就能寫得好的。這就是孔夫子説的：學而不思則罔，思而不學則殆。寫寫停停，思考一下得失，總要找出自己的毛病，經常否定自己才能有進步，當自己自滿自足的時候也就是停滯不前的時候。這就需要多看古人的佳作妙迹。這真可説是浩如煙海，但也不是都好，這就要靠自己的辨别取舍，不僅如此，有時還有觸類旁通的情況：如古人所謂擔夫爭路，如觀公孫大娘舞劍器等等。

再有就是儘管不妨學宗一家，但須轉益多師，取精用宏。我在十歲以前最喜趙孟頫，一本舊拓的《壽春堂記》幾乎翻破，後來聽父親説「一旦染上習氣，終身難以擺脱」，就改臨李北海，後來又臨虞世南《廟堂碑》，至於顔真卿的《告身》則是到梅山以後寫了幾百通《蘭亭》之後才臨的。

我之所以不贊成專學一家，是因爲看到這樣做的結果往往不理想。比如明代吴寬學蘇、沈周學黄都很像，但總使人覺得不過如此。而能衝破古人藩籬的如倪元璐、黄道周、傅青主、王覺斯等人就使人覺得他們各自有自己的高格調。放翁有句云「詩到無人愛處工」，我以爲不妨套用一下「書到無人愛處工」，我以爲晚明諸賢確實讓人刮目相看，而他們自己似乎并不求取媚於人。至於在有明一代享大名的文徵明，他的字固然稱得上流利秀美，但最明顯的缺點是「薄」，且有習氣，甚至他甚以自矜的小楷來説，固然勁健整飭，然仍未脱前人窠臼，即尖而細，在格調上遠不如王寵的幽深靜雅，也不如祝允明的質樸峻刻，甚至他的行書也不如他的兒子文彭。他之所以享大名是由於：一、他的書風能取悦於多數人；二、他長壽活到九十歲，留傳的墨迹多，門生又多，輿論的影響大。這是别人都不具備的條件。

我之所以拉拉雜雜寫了這麼多，是因爲有生以來所受的文化熏陶，個人的文化積澱、學養、機遇，乃至命運造成他的黜陟起伏對於他的性格的形成，愛好的取捨，藝術上的追求以及爲之所付出的努力都有很大的關係。

我儘管童少年時家境優越，但母訓極嚴，從不許有貴介習，所以一直到我十六歲母親去世，我一直是穿藍布長衫的（我過去有句詩：願著青袍老此生）。而且平時也没有零用錢，只有過年時有點壓歲錢也都用在逛廠甸買點文具以及平時集郵之用，甚至在我母親臨終前我還不得不跑當鋪。以後的世情冷暖遭遇的坎坷蹭蹬都使我對人生有所感悟，能澹泊地對待得失。過去家裏的文物希珍，只是過眼雲煙而已。我老伴陳文淵的遭遇和我也差不多。她家和我家是截然不同的兩種風格，我岳父曾經是開灤煤礦的財務主任，工資極高，以至生活的優裕非常人可比，我岳父既會騎馬打獵又會游泳跳舞并且喜歡旅遊。在北京時，後花園年年搞個溜冰場，他家的汽車當時是北京最豪華的。那時我和她哥哥是小學同學，我常到她家去玩。我知道她是她父母最鍾愛的。七七事變之後，她舉家遷至上海，可是在她十歲那年（一九四〇年），她父親竟暴病去世，她父親經營的生意遭到多方賴賬，於是家道中落。她從此飽嘗世態炎涼之苦，她十九歲和我結縭，五十七年來和我同甘共苦。雖然身體孱弱，有堅强的性格和過人的睿智，如果説我在治學或事業上有點滴成就的話，很大程度上是由於她的支持和鼓勵。

我今年八十歲了，古人説：强弩之末不能穿魯縞。我去年大病半年，心臟又動大手術，但我仍然希望在有生之年有所作爲。譬如説，在書法藝術的追求上，要有更爲豐富的内涵。我希望我的大字既有王的遒麗亢爽，又有鍾的古樸典雅；既有顔的雄偉端麗，又有虞的幽深蘊藉。至於我的小字，我自以爲確有突破前人之處。首先，我一改前人小楷尖細的風格而力求厚重沉雄。不僅點畫峻刻，且結體疏朗端嚴。用墨上在整體沉厚中兼以濃纖相間，使其既自然又有變化。總之小字有大氣象，即使是蠅頭書也是這樣要求。在布白上，近年所書《金剛經》有長達二百字一行的直幅，通篇五千一百多字，僅二十餘行，每行筆直，行距天地均極規整，全憑目測貫氣。這個要求是我老伴首先向我提出來的，我知道這些是古人所没有的。

此外，我還將整理近年所作文章詩詞，以及書畫題識，如有可能再出一套晚晴閣詩文續集。總之有好多事要做，要而言之，我以爲我這一生儘管顛沛流離，坎坷蹭蹬逾五十年，但總的説來，老天還是很眷顧我。我一直要求生活要有充實内容，我的幸福也就在這個過程之中，總之，我絶不想活到生活不能自理的歲月。最後就以東坡的幾句詩作結吧，「人生到處知何似，恰似鴻飛踏雪泥，泥上偶然留指爪，鴻飛那復計東西……」但願我能留些有價值的東西給後人，或亦不枉我這人生一世。

載石建邦編《章汝奭書作集》，上海書畫出版社，二〇〇六年

怎一個「翫」字了得

幾天前在《新民晚報》上看到篇報道稱：「海内第一翫家」王世襄老安然地走了，享年九十五歲。

乍驚噩耗，曷禁黯然，深深哀惋。

那是早在一九四六年的初秋，抗戰勝利後我輾轉從四川回到北京故居，不幾天，我去拜謁父執馬衡叔平先生，説起光復後在北平接收清理文物的事。他告訴我：幸有王世襄，很得力。只恨緣慳，未得識荆，旋即南旋，一晃半個多世紀過去了。

一九九二年壬申，《蟋蟀譜集成》出版，我姻姪知道養蛐蛐是我平生一癖，就立即買了本送我，這本王老編輯的巨著，使我重拾夙好之心油然而生，適張衡德先生首倡鬥蟲雅叙（即歲邀蟲友雅叙賞鬥以向不博彩，用保此一方淨土也）於是我又忝列養家之列。

一晃又是十年，二〇〇一年秋，以張衡德、錢振峰等先生爲代表的一些好事者，籌辦首届蟲具展，推我作序，後來他們拿着這篇序文進京晉謁王老，王老看了之後，欣然爲展會題耑，并親筆寫信給我，其中有這樣幾句：「秋蟲雅興，近年來已被凡夫俗子摧殘殆盡，幸有諸君子在滬上樹正祛邪，不啻清風入懷，精神爲之一爽。常州竹人范遥青先生前擬贈我《鬥蛩圖》臂擱，曾建議狀寫兩蟲厮殺，不如引而不發對壘爲佳，戲賸小詩説明愛蟲之意。」詩是這樣寫的：「白鉗蟹殼墨牙黄，一旦交鋒必俱傷，何若畫中常對壘，全須全尾兩蟲王。」

那年在舉辦蟲具展的同時，還舉辦了鬥蟲大獎賽，我的一個白牙青，一日之間，連鬥連勝，榮獲冠軍，隨後我將這個蟲王連同獎品一并送給交契的蟲友，他自然十分高興。

翌年，王老介紹某山東養家來看我，同時送我三個蛐蛐和一本養蛐蛐的專著，問我要張字，説是送人用。我説專著我留下，蛐蛐我不要，既然王老介紹你來要字，我當然可以給你，就取出最近所書近作蓄蛩三絶句直幅給他，他堅要把三個蛐蛐留下，他走之後，我一看没有一個好的，和我所養的一交口，一觸即走，我隨即把它們放了。

我那三首絶句是這樣寫的：「蓄蛩之樂逾千年，勝事逸聞遠近傳。我勸養家添眷念，金秋佳話續新篇。」「蛩鬥原本出天性，人鬥如何若此殘。苟能退思輸半步，共此蒼穹碧落天。」「杜公昔作縛鷄行，寓意彌深不勝情。若把得失混忘却，無人無我一身輕。」我當然不敢跟王老比，但愛蟲之心或亦近之。

蛐蛐的蓄、養、鬥，這就是「翫」嗎？當然也可以這樣説，但這其中關聯着多少我們的民族的民俗和文化？又孕含着多少傳統的文化情趣和思想感情?!聯想到王老在古代家具的收集研究，乃至漆器、竹雕、書畫、佛作、匠作，甚至飲食烹飪等等的傳承與探討，可以説在在都屬意於挽救，傳承中國傳統藝術和民族文化，儘管這幾十年來他也經歷了種種坎坷蹭蹬，但他的執着，矢志不移，一絲不苟都展現在凝聚着他畢生心血的成果——《錦灰堆》這一皇皇鉅制之中，從而也展現出他這位文化巨人的形象。

所有這一切使我想起白居易《與元九書》中的一段話：「大丈夫所守者道，所待者時。時之來也，爲雲龍，爲風鵬，勃然突然，陳力以出。時之不來也，爲霧豹，爲冥鴻，寂兮寥兮，奉身而退。進退出處，何往而不自得哉？」如此，王世襄真不愧爲大丈夫也！

由小見大，由近及遠，所有這一切，怎一個「翫」字了得？！

二〇〇九年十二月四日下午兩點四十分完稿

刊二〇〇九年十二月二十七日《文匯報》

書法品評淺探

很久以來，想寫篇書法鑒賞品評的文章，幾度欲行又止。想到韓愈《送孟東野序》的「物不得其平則鳴」，其實我倒不是因爲有什麽不平，而是覺得書法作爲一項傳統藝術却長期以來被一些「名人」或所謂的文人、偉人的立論干擾，使其陷於十分龐雜混亂的境地。甚至更糟的是，有的名人其片言隻語就成定論，於是謬種流傳，影響深遠。實則見怪不怪，這種現象自古以來所在多有。誰的地位高，説話就響亮。祇可惜身居高位而有自知之明且又謹言慎行的人太少太少，而趨炎附勢，參與哄抬的人又太多太多。這就使得衆多習者莫知領要，當今炒作歪風之盛且愈演愈烈者概由於此。

我早年也曾作過一些品評文章，由於當時識見淺薄，多有不當。既如此，到了晚年自然應該更加慎重。儘管如此，但由於生性梗直，有意見不説有如骨鯁在喉，何況羲和日暮（今八十有三），此而不勉或將遺恨終生。故不揣鄙陋，不畏訴病，悉抒己見，願求教於識者。

既然説品評就要有鑒定標準，這個標準應該是公允的，客觀的，言之成理持之有固的，符合中華文化藝術傳統規範的。如果不是這樣，那就只能是看誰的地位高和嗓門大了。

中國的文字從産生到演化沿革，從來就有嚴格的規範性，因而有六書之説。即指：象形、指示、會義、形聲、轉注、假借。因此有志於瞭解中國文化的人，就應該對中國的文字學（過去稱小學）有所瞭解。而有志於探討中國書法藝術的人，更應在這方面具備相當的學養，否則就會由於不識而寫錯。正因爲中國文字有六義的內含，因之就有很多界定。如自明代以來，有很多名書家把草書的「看」字寫成「」，這就錯了。因看是會義字，上面是個手字，下面是個目字。手在目上，這個動作曰看。如寫成「」，則上面是個乎字，下面是個月字，請問何來乎與月？可是很多人這樣寫，文徵明這樣寫，董其昌也這樣寫，後來很多人都跟着這樣寫，清代梁同書也這樣寫。但我以爲錯就是錯，不應該是大家都錯了就是對了。又如現在有些書家寫放翁詩句，「山重水複疑無路」，將複字邊旁的衣補寫成空挑「乚」，這就又錯了。因爲山重水複的複字是重疊的意思，而「復」是「亻」，「複」與「復」不是通假字，現在簡體把邊旁都去掉，都是「复」，那是另一回事。不管怎麽説，總還不能把「複」和「復」等同不分的。

中國文字的沿革變化都是有一定道理的，譬如「云」原來是象形字，後來因爲致雨的雲和人云亦云的云易於混淆不清，就把致雨的雲字上面加個雨字頭成爲會義字，這當然是個進步。可是後來爲簡化又把雨字頭取消了，於是上述兩種情況又混淆起來，這個簡化是進步還是倒退？也正由於簡化造成某些人的不明就裏，甚至以爲自己的姓字也是簡體，要改回繁體也造成錯誤，如將「沈」改爲「瀋」，「范」改爲「範」。這就都錯了，連自己的姓氏都鬧不清楚豈非笑話！所以書寫漢字首先要過的關是不得有舛誤。難怪最近有人撰文指出某大名家草書的多處錯誤，其實一千多年前孫過庭在《書譜》序中就告誡人們「草乖使轉，不能成字」，今草使轉大多由章草演化而來，記不清楚可以查查書，不識的字，不懂得意思可以查《辭海》或藉助《草字彙》這類工具書。當然你也可以創造，只要你有道理又不怕當那個「始作俑者」，也許你所作將來可進入新的《草字彙》。應該説歷代書作都有發展和創造，這才使得中國的書法藝術從甲骨到金文篆籀，從八分隸書到楷書，從章草到今草，各個時代有各個時代的風格，各個書家有各個書家的體勢，成爲浩如煙海的寶庫。這裏還要附帶提到的是，任何書件特别是草書，如果由於墨瀋滲化而導致筆畫不清應極力避免（或筆迹導致歧義的都不好，都不足爲訓。）因爲説到底書作是要傳遞信息的。

古往今來，很多人的書作所受到的客觀待遇，所享有的聲譽都不一定很公正，其所以如此自然有多種原因，也很難細加追究。

現舉一些實例，并談一點個人看法。

首先説王羲之、王獻之。王獻之自認爲勝過其父，但從唐太宗到後世普遍認爲大令不及右軍。但張懷瓘《書斷》中將大令草書列第三，而右軍則列第八。仔細看過大令草書如《中秋帖》、《江州帖》等，應該承認確較右軍《十七帖》、《瞻近帖》等更爲寛博恣肆。以真書來説，大令《十三行》在格調氣息上似也勝過《黄庭》、《樂毅》。説到王羲之，不能不説到他的杰出代表作《蘭亭序》。首先這是篇了不起的奇文，二十八行三百餘字竟能寫出如此動人心魄、起伏跌宕的人生詠歎，寫景叙事，寫情喻理俱造其微（有人竟説是僞作，真是匪夷所思，永和九年距唐貞觀不過二百多年）。正是這樣一篇跌宕起伏的奇文纔會有這樣極富變化的書作，其所以後世大都臨習馮承素摹本（即神龍蘭亭），大概是祇有馮摹本最富跌宕變化。其他臨摹本，如歐臨定武、虞臨天曆，大多或多或少殘留他們自己的面目，這可能由於身居盛世，對於東晉那種風雨飄摇世事無常的境遇没有足够領會之故。《蘭亭》書作最了不起之處即所書能最充分地表達作者撰文時的心情及其變化。這大概是所有杰出書作所具有的第一特徵，顏真卿《祭姪稿》、東坡《黄州寒食詩》都是如此，後世臨習者之所以大都但摹其形未得其神者，未必都是技法不逮，而是基於不具備原作者創作時的思想和情愫所致。趙孟頫所臨《蘭亭》仍是趙孟頫，完全没有《蘭亭》韻味似可視作一證。

說到父子書家就再試舉二例。如歐陽詢、歐陽通父子，歐書以險峭稱，《九成宮醴泉銘》爲其代表作，後世習歐者莫不臨此。但其子歐陽通《道因法師碑》評者認爲其險峻猶有過之，就韻味來説《道因碑》似勝過《醴泉銘》，但習歐者有幾個臨過《道因碑》？再說文徵明父子，文徵明享大名且長壽，傳世墨迹亦多。文彭之名遠不及其父，但其行草書及隸書都在文徵明之上。這就是説名不顯者未必不如煊赫者。又如元代的鮮于樞、康里子山行草書都勝過趙孟頫，但他們的書名遠不及趙，而同時代的陸居仁的行草書比他們這些人都好却名不著，世上的事往往如此不足爲怪。

再看一下歷代書作的個性彰顯與創新。我以爲人們看了顏真卿的字就能領會什麽是書作的雄偉與端嚴，看了米芾的字就能領會何謂挺拔與高視闊步，看了楊維楨的字就知道何謂體勢倔偉，看了趙松雪的字就知道什麽是妍媚如插花舞女。稱倪雲林的字蕭散疏淡，稱宋克的小楷幽深雋永，乃至近代人稱弘一法師的字是「不食人間煙火者書」，都是頗爲貼切的評價。

就草書而言，孫過庭確可作爲後世圭臬，其《千文》殘卷雖不若《書譜》放逸，然點畫凝重。劉熙載《書概》云：「草書尤重筆力，蓋草勢尚險，凡物險者易顛，非具有大力奚以固之？」仔細欣賞過庭《千文》當能領會劉論之要。

就唐代草書而言，當推懷素小草《千文》爲最佳，其疏密錯落上下銜接，自然協調絶無做作，至於《自叙》狂草，則屬首創别調。賀知章草書《孝經》，雅有晉人風貌，至於智永《千文》，似嫌拘滯，餘不足稱。

宋代草書當首推黄山谷，真可謂筆走龍蛇，結體變化多姿，點畫筋骨内含，可以説開創了草書的新天地（明祝枝山多有所取法）。蔡襄則完全依晉唐法，蘇、米草書似非其所長。這裏要特别提到的是宋徽宗趙佶的字，其草書《千文》據傳爲其四十歲時所書，竟能如此精熟流暢，飄逸秀美，這不僅要有超凡的天賦，且須有深厚的功力。至於他首創的瘦金體，雖有不少人推重，但有人認爲是病書，評價雖不一定恰當，但説它「弱」似不過份。此外，詩人陸放翁、范成大均工書，然均不以書名，墨跡留傳亦少。

明季二百七十多年，其間也湧現了不少重要書家，然而總起來説，最突出的則是開創了恣肆縱放的書風，這是前此所没有的。明初宋克的草書參有章草筆意，且一幅字中每雜有章草甚或楷書，可謂開風氣之先，其小楷淵雅幽深，後來的王雅宜遒逸清勁，學虞世南頗得其神。祝枝山則雄强峻刻，文徵明小楷雖享大名，實則僅稱得秀美，失之尖薄，以氣格論不及以上諸人。

明代大字頗有些突出的書家。文徵明的擘窠行楷大書，長可逾丈，學黃庭堅筆勢開張，氣象不凡。祝枝山大草雖曰長於取勢，然細看結體每過於欹側，點畫亦不講究，前人評其草書每多失筆。明人草書僅文彭、姜西溟、邢侗點畫整飭，應膺上選。陳淳則以凝重見長，徐渭則以豪放見長。豐坊則俗，陳白沙則粗。孫過庭《書譜》云：「真以點畫爲形質，使轉爲情性。草以使轉爲形質，點畫爲情性。」我以爲這裏所講的情性即神采的發揮，草書如點畫粗疏，自使人覺得不精彩，然草書因有多變的餘地，允許作書者爭奇鬥險，任情馳騁，因之大可研究。明代早期的草書，沈度、沈粲較平庸，解縉則過於繚繞，實不足取。到了晚明，書壇才人倍出，黃道周峭厲方勁，倪元璐則冷峻險絶。以人品言，二公都是明末死難的烈士，其所作耐人尋味，書品之高不可方物。與之可作鮮明對比的是張瑞圖，其書側鋒方筆，雖也别具面目，却不免佻巧之譏，固人品不佳，依附閹宦，代有書品隨人品之説，不無道理。

這裏不能不提到董其昌，他之獨超衆類確有其他人不可比擬的條件。他天賦高又勤奮，且家境優裕。更難得的是他能取精用宏，他早期學顔，後改學鍾、學虞、學徐浩、學米，取法多方。去熟取生，去巧取拙，而在運筆上却能恣肆縱放，瀟灑流逸，於是他的有些精品確實達到前人未造之境。但他却有很多值得非議的地方，其一，據傳他有利用自己的權勢霸佔他人書畫名迹之惡行，「君子不奪人之美」，此公非君子也；其二，當時已求其書畫者盈門，他就找人代筆。所以凡布白規整、字體娟秀者大多出自代筆；其三，他對待藝事并不認真，正如他自己所說：「余性好書而懶矜莊覺，向來肆意，非用敬之道。」這些話看似自責，實則自傲。如他的傳世名作《琵琶行》行書長卷則有多處錯誤：「曲終收撥當心畫」寫錯兩個字，曲終的「終」誤寫爲「中」，「收撥」誤寫爲「抽撥」。「曲罷常教善才伏」，將伏字誤寫成「舞」字，不通。「鈿頭銀篦擊節碎」，「擊」字誤寫成「繫」。「莫辭更坐彈一曲」，將「更」字誤寫爲「夜」字。「滿座重聞皆掩泣」，將「重聞」誤寫成「聞之」。《琵琶行》通篇六百多字竟有這麼多的錯誤！後面題識中寫道：「余以醉素筆竟，仿佛當時清狂之狀，得相似不？」這說明既輕率隨便却又很得意，題識中還提到同觀者陳仲醇即陳繼儒，這是他的老搭檔，專爲他抬轎子的，而非諍友。陳自詡善鑒定書畫，實際上却多舛誤，故書畫凡有其題識者須審慎待之。

明末書家，自然要提到王鐸和傅山。王鐸雖降清，且入仕，名節有虧，但據知并無惡迹，評者認爲他的字有雷霆萬鈞之勢，且長於布白。據知他早年在楷書上用功甚勤，說他的字氣勢過人則可當之，說他長於布白，其款識常有局促之病。但總起來看，說他在行草書方面引領一代書風，當不爲過。實際上，明朝大字的恣肆縱放自應以王鐸爲代表。

傅山的支離醜拙、返求奇特的審美觀，體現在他後期的書作中，成爲具有代表性的特徵。傅山早年在臨池上極勤勉，其所臨王、顔小楷均中規中矩。中年以後隨着明清鼎革，他在篆隸的探索上也有非凡的成就。他的大篆、草篆其洗練純熟，後世幾無人能及，他書寫的隸書饒有二爨筆意。可是現今可以看到的傅山書作，大都屬於中晚年率意揮灑之作，真鑒者自能領其妙諦。

晚明尚有位書家米萬鍾，其書有大氣，不愧米家風範。明中期唐寅雖以畫名世，但偶作字幅殊清雅可愛，爲當時名家所不及。再有明末清初的八大山人朱耷，早年學董，幾可亂真，後改學鍾，自成一體，結字冷峭，其筆畫極富特色，渾圓剛勁如柱，實爲僅見。

到了清代（清代皇帝中只有雍正字寫得最好，甚至當時的一些書家也不如他），康熙、乾隆二帝特別推崇趙、董，蔚爲風氣。有人力倡北碑，且以爲「不過正不足以矯枉」，於是研習篆隸碑版之風大興，鄧石如篆隸爲其中佼佼者，孫星衍篆書亦佳。鄭谷口以草書筆意融入隸書，則屬别創一格。有清一代隸書最佳者爲萬經，惜其墨迹傳世太少，故名不顯。依次爲桂未谷、伊墨卿、周亮工，均各有特色。何紹基雖有衆多隸書流傳，惜不見佳，以其不得隸書之主要韻味故也。清代書家中恐怕很少有人能與何紹基的勤奮相比，其行書也確實可觀，只可惜略有習氣。近代在新加坡定居的已故書家潘受就是學何紹基的，享大名，其成就與何紹基相比尚有距離，但他的近體詩却做得很好，很少有人企及。

就清中期的四大書家「翁、劉、梁、王」來説，翁方綱學歐，失之筆致臃腫，遂無歐之險峭。劉石庵學顔，參學鍾，筆勢開張，其行書可稱清代冠冕，其後可與之雁行者惟翁同龢，然劉行草運筆似嫌滯澀。而梁同書則早負盛名，且享大年，惜酬應之作太多，疲於應付，遂鮮佳作。王夢樓書，體態瀟灑，然失之弱，遂不爲人所重。我曾對人説，習書最要在得筆，果能在筆意有得，則求王得王，求顔得顔，求米得米，過去臨書者其所以貌合神離者，悉以筆意未臻所致。

清代書家中别具一格的還有鄭板橋的六分半書和金農的漆書，這是他們各自的首創别調，二百多年來自有他們的受衆，然而傚之者往往是畫虎不成反類犬的。

從明代開始就有人以書藝課徒者，文徵明就收了不少學生。清代沿襲這一風氣，包世臣是鄧石如的學生，在他的論書專著《藝舟雙楫》中，只有鄧石如的篆書被稱作神品，甚至將鄧的草書也排在高位，在王鐸之上，這就不當。而包也收了不少學生，最得意的弟子是吳熙載。包寫了大半輩子《書譜》，所遺書作其内容也多爲節録《書譜》，但實在不敢恭維。其筆用側鋒輾轉傾倒，扭捏做作，全無爽利之氣，吳熙載亦復如此。後世的康有爲也有一本論書專著名《廣藝舟雙楫》，明白表示繼承其衣鉢。其中《述學》一大段即自述學書探索之經過，稱「入京師後得漢魏唐宋碑版數百本，從容翫索，下筆頗遠於俗，於是翻然知帖學之非矣。他推重張裕釗，説其書高古渾穆，點畫轉折皆絶痕迹，而意態逋峭特甚，其神韻皆晉宋，得意處真能甄晉陶魏，孕宋梁而育齊隋，千年以來無與比。」這些聳人聽聞過譽之詞，可信度大打折扣。再去看看張裕釗外方内圓的書作，真弄不懂何以讓康有爲如此崇拜。這倒使我想起《書譜》中的兩句話：「家有南威之容，始可議於淑媛。有龍泉之利，始可議於斷割。」康自認爲自己的字下筆「頗遠於俗」，可是人們看到的是，包世臣寫《書譜》寫得不像樣，康有爲寫《石門銘》寫得走火入魔，老實説没有一筆寫得好的，看來也只有用「頗遠於俗」以解嘲。既然你們的字都寫得不好，你們的論述又有多少人信服呢？做人的言行總要力求公允，把張裕釗捧上天，説千年來無與比就過份。把趙之謙將北碑融於行草説成靡靡之音也過份，不管怎麽説後世欣賞趙之謙字的人大有人在，欣賞包世臣、張裕釗、康有爲字的人却寥寥無幾，就是明證。

到了清代末年，光緒進士李瑞清（清道人）和沈曾植（寐叟）鬻書自活，應承認他們在書藝上都下過大功夫，但其書作大都有刻意做作之病。古人云過猶不及，或差相近之。

説到僞滿洲國國務總理、大漢奸鄭孝胥，其所作書曾受到很多「行家」的追捧，還强調説不應以人廢藝，標榜其書爲「蜂肩鶴膝」，如此説來「釘頭鼠尾」也是可以的了。後來南京有位名書家自稱其學書從清道人、沈寐叟、鄭孝胥處受益良多，并首倡以澀筆作草書等，其所作雖也別具面目，但總覺不自然。古人説，取法乎上，始得乎中，取法鄭孝胥應該説不高明。

稱于右任的草書爲標準草書是不錯的，因其使轉無誤良足取法，但其書筆質少神采，奈何！

七十多年來，我還是看到過不少杰出的書作的。這裏我願意就所看到的作品説話，如梁啓超的楷書，沈衛的擘窠大書行楷，沙孟海的特大榜署書，高二適的狂草，朱東潤的行書，何雋的小楷（嘗見所書杜少陵《陪鄭廣文遊何將軍山林詩》小楷，幽雅嫻健，勝過明代諸賢，可以説平生所見無出其右），總之這些都可雜諸古人佳作中而毫不遜色。

至於享有大名的沈尹默，向以王逸少繼承者自居，實在説來，在神理上殊不相類。我倒不是因爲陳獨秀説他的字「其俗在骨」，而是覺得總起來説他的字氣格小，經不住細看。

至於現代書作我不想作任何評論，也無法作評論。我只是希望時下的書作者，能少一些急功近利的追求，多一些自我檢討和冷靜思考。少一些自我標榜，多一些自我否定。少一些奇談怪論，諸如「後書法藝術」之類，多一些靜下心來練基本功。而最要緊的是增進學養，提高鑒賞力。只有鑒賞水平提高了，才能明確自己的努力方向，最後達到心手雙暢、物我兩忘之境。

最後，我想到孟夫子的一句話，「五百年必有王者興，期間必有明事者」，就此打住。

長洲章汝奭於海上得幾許清氣之廬，年八十有三，時己丑小春月上澣

此文於二〇一〇年一月八日至二月十二日全文分四次刊《文匯報》

再論書法品評

記得三十多年前，曾有位年輕人向我提出，書法作爲一種綫條藝術應該可以獨立於文字之外而獨立存在和發展。當時猛然一聽覺得這個問題提得很怪，後來仔細想想，提這個問題的人，恰恰是代表着爲數衆多的爲書法藝術而追求書法藝術的人。或更直接地説，即非傳統文化的代表者，或者説，即那些以爲可以繞開傳統文化而逕直去追求書法藝術的書作者。因爲，要弄通中國的傳統文化，直到具有一定深度的傳統文化積澱素養，比學到甚至精通一種綫條藝術在内涵上似乎要深的多，復雜得多。可是我以爲，書法是中國特定的傳統文化的文字代表，因此，它既來自中國的傳統文化又隨着傳統文化的發展而發展。

可是有些人總想繞開道走，或許有人也有過研究某一時段中國書法史的經歷，但總的説來由於總覺得書法可以獨立於傳統文化傳承之外，所以這些書作者的字大都很「新」，或少功力或少内涵。可這些人大都自視甚高，他們既不肯下大工夫仔細揣摩歷代書家之長，又不能不計歲月地致力臨池，可又急於要彰顯個性嶄露頭角，甚至還要享大名，於是只能肆意涂抹或追逐醜怪，甚至糾集不少人成爲一股「合流」，你説「不好」，他們可以衆口一辭地説「你不懂」。這種現象恐怕有不少人見了并不陌生。

其實好與不好或不够好以及雅俗之辨都是相對的，當然這也和人的鑒賞眼光有關。有人説清代以書取士，據我所知並不如此。從康熙到光緒很多朝代的會試、鄉試乃至最低的童子試均以「策論」爲主試内容。那些以爲以書取士的人大概以爲狀元的字總是不錯的吧，但我以爲都不好，陸潤庠、劉春霖的字好嗎？我説不好。這些人的字可以一言以蔽之曰「了無生氣」，甚至還可以更苛刻地説「未能脱俗」。

應該説人的書藝追求不僅和他的學養有關，和他的情趣愛好審美觀有關，乃至和他的爲人性格都有關。

説到品評標準，《書譜序》中有些説法很有參考價值，如「凛之以風神，温之以妍潤；鼓之以枯勁，和之以嫺雅」，則風神、妍潤、枯勁、嫺雅都可以成爲品評標準。又如「不激不厲，而風規自遠」自然也可以參照品評。當然各種各樣的品評標準還大有拓展的餘地，在這方面自古以來就有爭論。杜少陵説「書貴瘦硬方通神」，可是蘇東坡却反駁他：「杜陵評書貴瘦硬，此論未公吾未憑。短長肥瘦各有態，玉環飛燕誰敢憎？」由此可見人之好惡不同完全可以有不同的意見。譬如凝重、淡遠、蕭散、冷峭、險峻等等不一而足，只要有好的内涵，只要代表中國傳統文化，自可縱任探討。

還有更抽象的品評條件，如「氣格」，有人以爲難以捉摸。兹舉一實例，清代學顏著稱的有劉石庵、錢南園、何紹基、翁同龢，以氣格論翁同龢最高，劉石庵次之，錢書過嫌板滯，何紹基雖精熟但有習氣，以氣格論自不若以上諸人。

這裏還要提到一個問題，即人的鑒賞力（在優劣取捨上）與真贋的鑒别力是截然不同的兩回事。有的人由於寓目多，日積月纍，遂具有很强的識别真僞的能力，但他自己却在書藝的追求上一直停滯不前，這恰恰是由於欣賞水平不高所致。正因爲如此，所以有的人才會有一種莫名其妙的自滿自足、自高自大，這樣怎麽會有進步？康有爲認爲自己的字「頗遠於俗」就是一例，王國維嘗對一些古代詩詞佳作嘆息「知解人不易得」，書法又何嘗不是?!

我只是希望現代追求書藝的人，在考慮賦予自己作品時代氣息的同時，更要考慮千數百年來祖國書藝優秀傳統的傳承和發展，至少在這方面不要潑髒水，否則豈不是既無自知之明又太不尊重别人了?!

庚寅正月初八，長洲章汝奭撰於海上得幾許清氣之廬，年八十有四

我與高二適的一段情緣

那是上個世紀七四、七五年的事情了。我下放在南京梅山，在食堂當炊事員，也已幹了好幾年了。老伴在上海養病，我每天上班，兩人搭班，淘八百斤米，燒兩千人的飯。空下來就看看書、寫寫字。我常想的是「貴能慎獨」，倒也恬然自適。七四年夏秋之交，在「批林批孔」之後，又掀起「注法家著作」的熱潮。我被選中參與柳文《貞符》的注釋，最終在上海會稿，終審通過之後，在七五年春節之前回梅山，規定不得在上海度歲。

七五年冬，友人卞祖怡來找我，説到南京去拜訪《新華日報》老記者倪鶴笙，請他陪我去見見名書家高二適。在這之前卞兄曾爲先容，大概他們都搞錯了，以爲我是章士釗（孤桐）的姪子，而高向以章士釗的門生自居，所以才肯接見我。

見面之後，他儼然一副長輩姿態。而那時我也已四十八九歲了。他問過我姓名之後，笑笑説：「你這個『奭』字，過去不算什麽，而現在則被人認爲冷僻字，大多不識。請問尊大人名諱？」我回答説：「家嚴章佩乙，已於兩年前謝世了。」他聽到之後急忙説：「令尊原來是佩老，我們是老朋友了。令尊在上海時我常去看他，那你到了南京，怎不來找我?!」我説我又不知道。他問我在幹什麽，我告訴他，我現在是炊事員。他問我業餘幹點什麽，我説看看書，寫寫字。隨即取出我平時的習作給他看，請他指教。他看得很認真仔細，隨後說：「大字不俗，有書卷氣，小楷尤爲出色，像你這樣在上海應該有點小名氣嘍！」我說「沒有」。他說：「那我要爲你講講話。」我說「不必」。他說：「看來你還有點小脾氣的。」我說：「我不會效窮途之哭，人總得有點骨氣吧。」

隨便聊聊，後來談起注柳文的事。我談到在上海會稿時和那位擔任主審的某名牌大學教授幹了一仗的事。即《貞符》中有一句「十聖濟厥理」，即指唐開國高祖起到德宗爲十代皇帝，而那位主審大員竟說應把武則天也算進去。我表示反對，我說如果那樣就應寫成「十一聖」，鬧得那位主審很覺無趣。高聽說我注柳文就對我說：「你既能注柳文，我現在正在整理劉禹錫的詩文，打算出全集，你能幫我做成此事否？」我說：「不行，我在勞動，至少暫時沒有這個可能。」

說到寫字，他說：「你要在章草上多下功夫，至於小楷亦純乎運腕，且要四面八方俱着墨力，一涉指功，即無成矣。」我恭恭敬敬地向他表示「敬受教」。

看來這第一次會面我給他的印象還不錯，回到梅山後我寫信給他，感謝他的接見和教導。不幾天我收到他的覆信，承他愛重，稱我爲「賢契」。信一開頭就提到與我父親的交往，接着就對我進行一番說服：「函稱兼善獨善，當屬至龍州詩語，今非可并論矣……一切順慎爲要。」又過了些日子，他煩人專程到梅山帶了些食品給我。我當即寫信道謝，信中附去我看他回來後寫的小詩：「題爲此間或妄傳予爲章士釗之姪，賦小詩以辟之：『家在吳門幼在燕，孤桐羞與漫攀援。伶俜半世安狷介，笑遺餘年似放船。』」

在這之後，我又有兩次進城去看他。其時，總有人去找他，大都是求他字的。一次我正和他交談，一位客人上樓，已經站在他房門口了。他看到以後對來人揮揮手説：「我今天有客人，改日再説。」那位來客尷尬地走了，我也感到很不自在，心裏覺得這老頭也太傲了。這樣我也就不多去打擾，而且説實在的，進一趟城也很不方便。我也從來没有向他要過一張字，而他給我的這封信竟然是我與他交往中所得到的唯一墨迹。

三十多年過去了，前些天友人送我一本《高二適書風》的小册子，使我油然想起這些星星點點的往事，現在寫下來，就讓它寄託我的一點不絶如縷的思念吧。

二〇一〇年元月

刊二〇一〇年三月二十七日《文匯報·筆會》

我與陸儼少的一段翰墨緣

陸儼少自幼師從王同愈。王爲清末進士擢翰林，後告老返里。在其熏陶下，陸在經史方面亦曾下功夫學習。惟自幼雅愛丹青，王曾將所藏王時敏手卷真迹，付其臨摹。故其文字的基礎扎實，習畫之路亦比較正。

五十年代雖曾遭際蹭蹬，但旋即反正，也曾下鄉體驗生活，其時所作農村人物生活小景，俱見造型能力之强亦頗見功力。

至二十世紀六十年代，其山水畫已臻爐火純青，可謂元明清之後集中國山水畫之大成者，其與張大千、吳湖帆諸人之不同，在於前者多逞技法之能，而陸更以韻勝。以氣格論，陸當在張、吳之上。

辛酉一九八一年，我在人民公園舉辦個人書展，旋即進入書協，半年後退出。越二年，解放日報老記者許寅要我爲他寫蠅頭書前後《赤壁》，指定後面要有三尺拖尾紙。我寫好送他，他旋即送往申石伽老先生，請他作《赤壁圖》。申留置月餘未報，後電許，稱其畫不稱其字，當代惟陸老畫相配，可稱雙璧。其後許以法制報記者身份，爲某項案件至浙省訪省委書記王芳。順道訪陸，請其作畫。陸爲其作水墨山水《赤壁圖》，瀟灑淋漓，可稱杰作。在交許畫件時，要許帶話給我說，如我願給他作書他願爲我配畫，請許代其先容。不數日，陸老來電約時見面。我當即選好兩張舊紙，寫好兩幅《赤壁》。其一紙雖舊，但拖尾較短；另一幅較精，拖尾亦長。另帶一張清代料半紙，求陸老寫一個行書小手卷。

不數日，我即往訪陸，晤談至歡洽。他果然選取一張較好的留下，并答應我在另一張畫好電我。當我將料半紙給他請他寫手卷時，他說難得你喜歡我的字，但他們說我的字是畫家的字。我說一些人看慣了庸脂俗粉，我們不去管別人的議論吧，我還退出書協呢。不數日，他電我，要我去取書畫件，那天也談得十分投契。他留我午飯，并取出兩件最得意的作品給我看。一件是杜詩《秋興八首》詩意大手卷，八首詩均以寸半行楷書分插在八幅畫作之前，高約一尺寬二尺有奇，字畫均爲着意精能之作，後有葉恭綽等名家題識，備極贊譽。我仔細觀賞之後，以爲平生所見陸老佳作此爲壓卷。他告我上海博物館曾幾度訪他，要求收購，都被他婉拒了，也從不輕易示人。在他辭世後，我也曾遍閱所刊行的書畫精品集，均未見刊載，可見其深自珍秘。另一件爲行書小手卷，高不足十公分，長可丈餘，極精。據告也是不輕易示人的（也未見刊行）。這是一九八四年的事。

八六年春，我爲籌建華東市場協會赴杭開會，隨帶着八四年寫的《阿房宮賦》小楷，幅高七點五公分、長一百公分，字占三十公分，拖尾畫占七十公分。那天下雨，晚飯後我冒雨往訪陸老，相談甚歡。那天還談及家父舊藏王晉卿《煙江疊嶂圖》卷。陸安慰我説，異日你寫好蘇題長歌，我爲你畫煙江疊嶂。臨別我取出蠅頭《阿房宫賦》，指着後面拖尾紙説，先請你畫《阿房宫圖》。他看了之後説「我畫不來界畫」。我説哪個要你畫界畫，寫意就好。不數日，他畫好後以掛號信寄了給我。我看之後以爲畫幅雖小但小中見大，極精彩，用色也極美。越二年，我請人精裱後請沈子丞爲我寫了引首。

八七年丁卯，我以兩張同樣尺寸（各約五尺）清代佳紙，其一寫好煙江疊嶂長歌，連同另一張白紙寄陸老請他畫《煙江疊嶂》。到年底，他來信説，畫已就，但不便郵寄，只好等靠得住的人託帶給你。次年正月，適王一平氏往杭州看他，他就託王氏帶來給我。他在畫後左上方作一小花押，裱工師問我要不要去掉，我説不要去掉，這是畫家有意爲之的，以防「物忌」之意。

兹值是書出版之際，回首前塵，不禁感嘆歔欷。惟望識者不以我爲妄自矜重見責。

癸巳秋月，汝奭後記

刊石建邦編《欣於所遇——陸儼少章汝奭翰墨緣》，上海書畫出版社，二〇一三年十一月。

也來談談收藏

我今年八十四歲了，從小到大，從少到老，人世滄桑、興衰冷暖都經歷了。老天爺還是很眷顧我的，從青年、中年到老年三場幾乎都是不治的大病都闖過來了。儘管現在餘日無多，可我還時時在想如何能利用這有限的時光做一點有益之事，直到這個蠟燭頭點完。

我從小受家庭和父風的熏陶，初中時起也想染指收藏，但家教甚嚴，身上很少有零用錢。只是春節時壓歲錢存下一點，平時買文具問家裏要錢存下一點，開始集郵。那時育英中學在北京燈市口，校門口往東，油房胡同口有個郵票攤。攤主是旗人姓啓，老啓很窮苦，但在郵票上卻有來路。我開始從民國的幾大套，如大元帥、統一、譚院長國葬等等，以及二版航空、殘缺不齊的頭版航空、光復、共和，乃至清代的龍票等等收集。我又從東安市場淘到一九三五年美國SCOTT原版的郵票年鑒，這樣既開拓了眼界也增進了集郵的專業知識。我也陸續收到一些古老的外國票，如英國的黑便士，美國的富蘭克林、華盛頓頭像老票，甚至有次還收集到美國華盛頓側面頭像變體疊印版票，SCOTT年鑒上估值三千美元，這當然屬於珍郵之列，後被人借去參加上海一九四二年郵展竟未歸還。

我的集郵生涯中最豐厚的一次收穫，是一九四一年春我來上海探望母病，那天父親忽然有空問起我集郵種種，說「小小年紀也想從事收藏，有乃父風」。後帶我到霞飛路一家法國郵商選購郵票。我一眼就看到展橱内陳列的清代頭二次海關龍票及慈禧萬壽票，還有清代日本版龍票。我父親一下子都爲我買下了，這真是大豐收，喜出望外。

一九四六年，我從四川回到北京舊家後，旋即就職於敵僞産業處理局。一天傍晚，下班步行回家，在米市大街聖公會門口的高臺階上遇到老啓。那時已屆嚴冬，他穿着舊棉袍，兩手抱拳，嘴哈着氣，瑟瑟作抖。看到我走到他面前和他打招呼，半晌他才認出來。幾句問答之後，他說，「您來得巧了，今天我有個寶貝給您，您一定高興」。說着他從下面的郵册中拿出一張印刷粗糙的紙片，上面貼着四小張解放區晉察冀邊區的樣票，說：「您給兩塊錢吧。」我給他四元，他再三道謝。我在回家的途中，真是百感交集。一方面是爲獲得難得的郵票高興，另一方面却爲老啓的境遇感嘆唏嘘。其後我曾幾次存心走米市大街去找他，却終未能再遇。一下子六十幾年過去了，老啓肯定早已不在人世，我這些郵票也已盪然無存，這一切，俱如雲煙過眼，人世淒涼往往如是，不足爲怪。

我二十四歲時歲尾至次年初患肺病大吐血，以搶救住進華山醫院，止住血後，診斷爲開放性肺結核，要我回家療養。妻爲救我性命，變賣家中所有值錢之物，其中最珍貴的一件是我岳父留傳下來的十八世紀英國某著名家具公司製作的古典式櫸木寫字檯書櫃，據知一九三九年購進時爲一九五三年變賣所得的十倍。

總算「物去人留」，不到半年，我就病竈鈣化痊癒上班。

當然，每天愁升斗爲稻粱謀的人遑論收藏，但那時我還是有一點點自己的小收藏的。如一九五一年我拿到第一筆稿費五元錢的時候，午休時逛朶雲軒，就用這五元錢買了一方明坑水端硯。還有一本時時翻閱的岳父傳下的一函一册宣紙精印的《澂秋館吉金圖譜》（序中説明僅印一百册）以及兩方白芙蓉石章而已。至今端硯和石章猶存，惟《澂秋館吉金圖譜》却在「文革」中散佚了。

十年動亂，我被流放梅山當炊事員。淘米燒飯之外，看書寫字，宿舍中只有一個小方凳，上面鋪一塊木板，自己做了個小矮凳，這樣就能寫字了，當然也只能寫小字。

那時工地上也有個新華書店，門可羅雀，我却是常客。除了在那裏買到翻印的教忠本唐詩別裁外，還買了一些舊籍。後來認識了書店的經理，姓「景」，人很儒雅，他代我買到一套乾隆聽雨齋刻本的《楚辭集注》，只要我四元錢。這是我用自己的工資買下的第一套綫裝古籍，想到舊家所藏古籍珍本有四大橱之多，曷禁慨然嘆息。

一九七六年粉碎「四人幫」後，我與過去教我經史子集的王君珮老師取得了聯繫，一九七八年初即那年農曆正月初四作首七律寫成横幅寄給他。不久接到他的覆信，夸奬我詩作得好，字也寫得好，同時寄給我他早在一九四一年在北京賀蓮青定製的長鋒嫩羊毫對筆，湘妃竹筆杆筆直而光潔，所刻的字極精美，文爲「氣吞五嶽」，并刻上「辛巳賀蓮青精製長鋒嫩羊毫對筆」字樣。我從來没有見過製作如此精良的毛筆，記得在北京讀初中時就知道賀蓮青、青蓮閣是京城製作毛筆的兩大名店，其標價遠高於李福壽、戴月軒、李鼎和等。此外還有極爲珍貴的《三體石經》拓片，後來我才知道這是殘石初拓本的全部，可謂十分難得的希世之珍。早在民國十三年，其時《三體石經》殘石在洛陽剛剛出土，日本神田喜一郎即寫信給王國維託他購此拓片，王國維覆信説「現已不易得」（見《王國維書信集》）。五年前，在我心臟手術後，始敦請巨匠精裱成册。

一九八八年春我去北京開會，抽時間去看望王老師。他住在西城小玉皇閣胡同一個小四合院。他老人家已九十多歲，家中也只有老夫婦兩人，女兒女婿都不在身邊。老師已不大能走動，師娘也已八十好幾，却把家整理得井井有條，窗明几淨，小院子裏種的草花，發出陣陣清香。老師讓師娘取出一套康熙版的《六書通》給我，説：「你寫字，這套書你用得着。」四年之後，老師仙逝，享年九十八歲。我每每展視老師的這些贈與，心裏總是沉甸甸的，想起老人家清癯慈藹的面容，曷禁潸焉出涕。

我是一九八三年（癸亥）認識陸儼少的，他一看到我的蠅頭書就贊不絕口地說：「簡直是鬼斧神工。」那時他正如日中天，從第一次見面後，就不再去打擾他，可巧報人許寅要我爲他寫張蠅頭書前後赤壁，而且要求後面要有三尺餘紙，以便求人作畫相配。我如所請寫了給他，他旋即求申石伽畫。過了一個多月，申老雅自謙抑電許寅說，他的畫配不上字，最好求陸畫，始稱雙璧。其後不久，許爲某案件須采訪當時浙江省委書記王芳，就去杭州，一并訪陸老求畫。陸如其所請，很快交件，畫得十分精彩。交付畫卷時問許，章現今還能寫此細楷否，許說當然行。陸老請許寅帶話給我說：「如他肯給我寫，我肯爲他配畫。我後天即去上海，請把我上海的住址和電話給他，我希望能見到他。」不幾天，我寫好兩張《赤壁賦》并帶去一張清代料半紙去看他。他非常高興，接過字幅，當即選定一張自己留存，另一張爲我補圖。其後我取出紙請他寫個字卷，他對我說，「他們說我的字是畫家的字」，意思是說，「不是書家的字」。我說：「那些人看慣了庸脂俗粉，何足計較，你只管給我寫，自當什襲藏之。」這之後很快進入談藝話題，談得非常投契，他留我午飯，飯後給我看他最得意的作品，《杜少陵秋興圖卷》。畫卷是這樣安排的，畫分八幅，每幅畫前各以另紙以七八分大小的行楷按次序書寫秋興詩。此卷精絕，我以爲平生所見陸老作品此爲第一，其後又給我看一小行草手卷也很精彩。我告别前他説，平生與友人談藝，未有如此投契者。不數日，他來電要我去取件，書畫俱佳。特别值得一提的是字卷，所書爲其自作《題雁蕩三則》，由於是舊紙，紙質極爲細密，紙墨相發，十分出色，瀟灑渾厚，奪人心魄。多年來，我看到他不少書作，像這個手卷，似無出其右。

一九八五年乙丑，我赴海外爲聯合國世界貿易中心撰寫教材，歸後不久到杭州開會。一天晚飯後冒雨往訪陸老，快談二三小時，臨别我取出所書蠅頭小楷《阿房宫賦》，其後有二尺多餘紙，求他畫阿房宫圖。他説「我畫不來界畫」，我説「哪個要你畫界畫，寫意就好」。不久，他畫好用掛號信寄我，極精，小中見大，真是「咫尺應須論萬里」，後來我求沈子丞爲是卷書「阿房宫圖」四字作引首，精裱成卷，友人見之無不稱羡。

其後，我曾書贈他小楷《離騷》及《金剛經》，并撰文《談陸儼少的詩書畫》在國内外報刊上發表。後他又爲畫《煙江疊嶂圖》卷，并贈我梅花立幀，他辭世後我寫過兩篇紀念文章，分别發表在《人民日報》及《厦門日報》上。兩年後其長子陸京來看我説，要爲其父出精品集，遵父遺命請以我的所著文爲序，我自然同意，并爲此又寫了跋語，用示朋友交情。

我結識沈子丞并成爲忘年至交是由王一平介紹的，七十年代末，我自梅山調來上海任教。王老曾請我在梅山結識的難友梅益聲（市委幹部）陪同辦公廳主任李庸夫來看我。我從不結交權貴，但對王老給予我的禮遇和尊重我一直十分感念。其後，我曾爲王老收藏的古書畫作題識。他則以道光舊墨和硃墨相贈。一九八六年初，我在桃水竹黑面成扇上以鉛粉書唐詩送他。他看了之後非常喜歡，説他還有點泥金粉，請我在另一面也寫好送他。後我取士申知己之義寫了《滕王閣序》。他拿到以後説要好好保存，并説你等一下，我再給你看把扇子。原來是把明代絲製面扇子，完好如新。一面是明周東村畫的花卉，另一面是沈子丞寫的小楷，古淡幽深，別具逸趣。我諦觀良久對王老説，看了這樣的小楷我自慚形穢。王老説：「你不必過謙，你們是各有千秋嘛！你認識沈老嗎？」我説不認識，王老説，我爲你介紹，沈老住你家很近，春節快到了，你可去賀歲。從此識荊，晤談之後，相見恨晚。不幾天，我選録所作詩詞成一手卷送他請教。他非常高興，後來我去看他，他告我特別喜歡其中「丁卯歲晚抒懷七律」，要我寫成直幅送他，我當然樂於從命。

又過了一年多吧，應該是一九八八年戊辰秋，他由女弟子張倩華陪同賁臨寒舍，給我看我送他的詩詞手卷已裱好，并帶來特爲我畫的《晚晴閣吟詩圖》大横幅相贈。這幅畫滿幅翠竹鬱鬱葱葱，前立一老者仰頭背手作吟哦狀，美極了。更巧的是我的卧室旁也種有一大叢鳳尾竹，這幅畫竟有這樣的巧合，自然喜不自勝。

在這之後，他又爲所書楚辭漢賦卷畫了《屈子行吟》及《楚太子對吳客》作爲引首，爲我所書金剛經卷畫佛像。一九八九年己巳九月，我作了三首七律贈他，後來刊載在香港出版的《收藏天地》上。在這之後，一九九一年春節後，他爲我畫《赤壁圖》，沈老所作與陸老大異其趣，構圖之妙，皴法之精微，設色之淡雅，真令人心降氣下，拍案叫絶。又過了三年，他畫了幅《秋山雨霽圖》送我，其時他已經九十一歲了。

一九九五年春節，我卧病在床，沈老在蘇州度歲，知道我病，特讓他孫女送來他的名作《青蛙圖》贈我，長者對我的恩遇，我真不知説什麼才好。次年，他即歸道山，享年九十有四。我非常喜歡這張《青蛙圖》，重裝後配上柚木鏡框懸之壁間，别有佳趣。記得幾年前，曾爲張大千收藏的八大山人《雙魚圖》在香港佳士得拍得高價數百萬港元，我以爲這幅《青蛙圖》更值得人們欣賞、珍視、寶愛。我每每想起沈老遇我之厚，總覺愧悪不置，他贈我的書畫作品，每件都能勾起我和他交往的件件往事，令我不勝低迴。

最後我要提到的，是由梅山故交卞祖怡兄介紹我認識的復旦大學檔案館主任楊家潤先生，此人真可謂謙謙君子者也。他早年曾從樊浩霖之子伯炎先生學畫，可謂取法乎上。我以爲樊浩霖在三十年代其畫名雖不若蕭謙中、鄭午昌、賀天健等，但實在説來其所作赫然有大氣，了無俗韻。家潤兄雖不以畫名世，但確實畫得很好。大前年（二〇〇七）春節，祖怡兄取出我在梅山潦潦草草寫的十多行放翁草書歌，既無款識又未記年月，但我確實知道這是梅山率意涂抹的，而他竟視同拱璧，藏之三十餘年。他找出來却是要楊畫一水墨山水小手卷贈我，我看後非常感動，就將這段故事以蠅頭書作了題識并裝幀成卷。誰知時隔僅數月卞兄竟患腦溢血溘然長逝，睹物思人，深用痛悼。最近楊兄又作一大卷持以示我，觀後十分贊賞。楊兄見我喜歡慨然相贈，我旋爲此卷以擘窠大書寫「元人遺韻」四個大字以爲引首，斥重金爲之裝池。儘管有人覺得這樣做很奇怪，而我却以爲理應如此，這樣才能表示我對這件作品的珍視。

以上這麽多的小故事説明了什麽？我以爲它們或多或少地説明了我的收藏觀念和對收藏的理解。這其中核心的内涵是什麽？是人世交往的情感交流，乃至這些情感的記載、依託，以及人們對歷史的記録、追踪和對它的反應。這樣，人們能從收藏中體驗到或仍在體驗着對藏品的欣賞、愉悦、興奮、滿足或惋惜。難道所有這一切都應物化爲金錢？難道所有收藏行爲最後都應和金錢掛鈎？我覺得真要那樣看就是對「收藏」的褻瀆。再簡言之，難道非得腰纏萬貫才能從事收藏?·反過來説，難道真的斥資億萬購買文物的人就真懂得收藏?!恐怕不一定吧！我願以個人所知，所見，所歷，質諸識者！

二〇一〇年七月五日晨完稿

按此文應二〇一〇年上海世界華人收藏家大會之邀而作

真賞爲要

「筆成塚、墨成池，不及羲之即獻之」。古人這句話從勉勵臨池用功的意義上來説，自然不能説錯，這當然也是追求藝術的人必須要走的路。但要在藝術上有高造詣、高成就，單靠淪精翰墨是不行的。那要靠什麽？要靠不斷提高自身的學養和鑒賞水平，衹有具備很高的鑒賞力，才有可能爲自己樹立高標準，高的追求目標，因此在這裏提出「真賞爲要」。

有的人在書藝上有了一點所謂「成就」之後，就躊躇滿志，停步不前，多少年就是那副老面孔，甚至日積月纍，毛病越來越多，把這些説成是習氣還是客氣的。坦率地説，應該説是「積弊」，而這種種「積弊」集中起來，竟成爲所謂「開派」的資本。儘管有人嗜痂成癖，但「痂」總是「痂」不是「花」，總不能把「惡醜」看成「真美」，把「腐朽」看作「神奇」吧。

長期以來，我們這裏就有一種怪現象，衹要有權有勢，地位高，其手筆再惡俗不堪也有人追捧。甚至還有人把釘頭鼠尾的惡書上到摩崖石刻，而把留傳千數百年的韓愈《白鸚鵡賦碑》毁棄，沉之海底。

儘管有人認爲這個實例不大有典型性，但實際的情况是領導不懂!! 衹知道跟着輿論之風跑，於是歪風越來越盛，「大師」成堆，至少多數是假冒僞劣。這些「名書人」的作品，實在太不像樣，太不爭氣，他們選出的所謂「精品」，很客觀地説，其中絶大多數是「垃圾」！正因爲如此，我才提出「真賞爲要」。

何謂真賞，首先就是要尊重我們中國書法藝術的優良傳統，這個傳統的内涵是什麽，是支持書藝的根本要求，即筆質、結體、墨韻、布白、章法，并從這些要素提煉、昇華出來的氣格、書風，也正是這些要素是書藝的基礎。如果没有這些根本要素、要求，書法藝術還留下點什麽？

既稱真賞，自然要有深度。劉熙載《書概》中有云：「論書者，曰蒼、曰雄、曰秀，余謂更當益一『深』字，凡蒼而失於老秃，雄而失於粗疏，秀而入於輕靡者，不深故也。」那麽如何理解這三方面深的要求呢？我以爲蒼就是要「蒼勁遒逸而老辣」，雄就是要「雄渾端嚴而樸厚」，秀就是要「秀挺妍潤而嫻雅」。

「書尚清而厚，清厚要必本乎心行，不然書雖幸免濁薄，亦但爲他人寫照而已」。這就是説，書要克守矩矱，不能搞野狐禪，這是清的第一要求。清厚的反面就是濁薄，濁就是不守規矩，隨意杜撰信手涂抹。本乎心行就是要有自己的獨立面目，否則衹是依樣葫蘆，爲他人寫照，遂等而下之。

此外，「書以才度相兼爲上」，這就是説既要遵循法度，又要在藝術世界中展示個人獨特的才華，自由馳騁，遊刃有餘，直到造乎自然，臻乎天人合一的化境。

綜上所述，可見，書藝的規範矩矱是如此的森嚴，而其内涵又是如此的寬廣淵深。這就要求追求書藝的人矻矻以求，不斷地探索，探索的程度有多高，鑒賞力的水平也就有可能提到多高。總之，要能從作品所表現出的表相，看到其内涵獨特的幽深，這樣書藝的追求纔可能有實質的進步。

「真賞爲要」，有志者盍興乎來?!

二〇一〇年七月

少年學子的一點小享受

記得我在北京育英上初高中時曾有一些小樂子。如在校門口郵票攤上踅摸幾張中外古舊郵票，回家拿出放大鏡對照《SCOTT年鑒》，夠我摩挲半天的。

上高中時，周六下午，如果兜裏有些錢，也會遛遛東安市場内丹桂商場的舊書攤。丹桂商場的舊書攤頗有特色，各種門類無所不包，古今中外應有盡有。一九四一年我在這裏淘到一本一九三六年倫敦原版的牛津辭典，其印刷之精、裝幀之美，令人愛之不釋。問攤主價，他説五元，這在當時的確令人咋舌。但想到英語老師説過牛津辭典是「辭書之王」，又想到「工欲善其事，必先利其器」，就決心把它買下。趕回家拿了錢再去時，攤主已把書收起來了。我問他買時他不肯讓價，衹得依他。［記得抗戰勝利後的一九四六年初，我從四川回到北京，還在那個攤上買到一本美國原版考勃森的橋牌大全（金書GOLDBOOK）］買好字典之後，興冲冲地跑到商場後面「豆汁何」的攤上喝碗豆汁。這個「豆汁何」老北京幾乎無人不知，攤位四周没有遮攔，桌面倒是擦得光亮整潔，但坐的是長條凳，用的是土糙碗。風口下面喝豆汁，土極了。外地人對此異味，大都不能接受，我的同學中喜歡它的恐怕也不多。但對我這個在北京土生土長的人來説，酸酸的豆汁配上他那裏的辣鹹菜，則是絶配的美味。喝完了豆汁往東邊一拐就是「爆肚王」，來上五六盤水爆肚，真可説大快朵頤了。

説起爆肚也頗有講究，牙口好的吃「什信兒」，要軟而嫩的是「散袋」，居中的是「肚仁兒」。每一小碟衹有兩三口的量，所以總要吃個五六碟，吃完面前就是一摞。一般人吃爆肚，總要一二兩白干。我是從來不敢喝，因爲有個家規：「出必面，入必告」，回家要見母親，不敢有酒氣。吃完原道回家，在東安市場内西門和北門通道交接處有個蜜餞攤，有温酸（即有果肉的山楂糖漿），這是我母親喜歡的甜食，帶一小罐給她，讓她高興。

除開買字典的錢之外，這些實在是所費不多，可確是我曾有過的一種真正的享受。事情過去六十多年了，現在回憶起來，還有一種甜甜的酸酸的感覺。當然，也許還有點苦澀味呢。

刊二〇一一年十二月二十二日《文匯報》

無法涵詠再三的張大千

《東方早報·藝術評論》刊出的《張大千批判》讀後，我看張大千的山水、花卉、翎毛，没有一樣不行，没有一樣不精——在技法上他都是登峰造極的，比如説他畫一張畫，位置、筆墨等等各方面都是刻意安排。他的作品給人的一個感覺首先就是漂亮——是外在的漂亮。

從技法上來講，張大千也真是「五百年來第一人」，他的技法比石濤還要過硬，因爲石濤還有粗野的一面。但有一點，他這個人的秉性比較追求外在的熱鬧——從素養、秉性來講，離人的靈魂淨化還很遠。

所以他的畫往往是看了以後覺得很好，但是不耐看，没有餘味。

就像寫詩，唐詩是要涵詠再三才是好的，但是張大千没有——而這與修養有關係的。《張大千批判》的作者對於張大千洋洋灑灑寫了那麽多確實不容易，但是我覺得還有一點没有點到根子上——就是説，藝術這個東西是和人品密切相關的，藝術與人的秉性、性情、品格息息相關的。

因爲中國畫有其特殊的審美體系，歷經宋元，文人畫大興，不能忽略整個中國這一千多年來的審美觀念發生的變化。

就書畫而言，技巧當然是很重要的，但實際上，就個人方面來説，技巧是要幫助畫者完成情感的抒發，就是抒憤懣，抒自在。所以《藝概》中說：「書者，如也。如其人，如其志。」臺灣的何懷碩先生在《東方早報·藝術評論》撰文稱：「張大千的技巧是一流的，但不是一個一流的大藝術家，張大千在藝術的傳承方面，那是千古難得的，他適合去做美術學院的老師。」這句話我覺得說得也比較到位。

本文根據訪談整理，刊二〇一二年四月十六日《東方早報》

書畫鑒賞芻議

偶爾與友人談起書畫拍賣，某件畫作創天價，某件書作創天價，動輒數億，不禁爲之瞠目。實在説來，倒不是這些天價嚇人，而是這些拍品，我總以爲尚不能排除真贋之辨，於是我不得不驚嘆這些買家的揮金如土。

記得幼小時在北京站在父親邊上看字畫，那天琉璃廠來人送來的字畫中有個明朝初年董良史行草手卷，來人極力推許這個手卷之後却説：「祇是少了披掛。」人走後我問：「什麽叫『披掛』？」父親説「披掛」這個詞鄙俗。即是指題跋。人們往往藉助題跋既介紹作品的傳承有緒，又顯示作品的身價，我後來知道有些作品藏家既不輕易示人，又不肯隨便找人題跋是有道理的。因爲藏家若對所藏珍若拱璧，必不輕易示人，甚至有時也遇不到適合題跋的人選，所以有些絶佳的妙迹却少題跋，而我本人也有過這方面的教訓。如前些年我曾收得稀有劇迹，經反復考證，我曾仔細撰寫了引首，後找某名人在卷後作題，不意此公雖富收藏且通賞鑒，却把别人的藏品不當回事，在其作的題識中竟把作品的某個作者的名字寫錯，這真使我懊惱不置！

數十年下來深知鑒賞是一門了不起的學問，很少有人是無所不知的，尤其是辨别真僞來不得半點馬虎。現在被吹捧爲鑒賞大師者比比皆是，實則祇識得一些書畫家的名氏而已，對於絶大多數的作品粗粗一瞥就説是「假」的，那副架勢令人見而生畏不敢叩問其詳。這方面也有些特例，譬如拍得天價的《研山銘》，人們或許較多地看重通篇字的形體造勢，如果仔細審看其筆致，就基本肯定與米芾運筆之不同。人們大都知道米書在當時已頗有影響，如其同時的吳琚書法就極像米書，幾可亂真，但仔細審看筆致究竟有所不同。《研山銘》之頻出天價，更加重了其爲真迹的砝碼。當然也有個别權威人士或迫於壓力或因利益驅使而轉變看法，初則説假，後則説真。這就説明有時權威也不完全可信。

真贋混淆，有時也會被某個書畫大師設計謀算，例如十多年前佳士得曾推出兩張構圖完全不一樣的仿大癡山水立軸，一幅爲王石谷所作簡單題識名款，而另一幅蓋有惲壽平章，却不落名款，裱邊有這位山水大師的長題，其内容爲王惲交誼至篤，竟同時臨摹，畫一幅大癡山水畫云云，明眼人細看就能看出惲畫即這位大師所作的一筆風流。這樣連鎖付拍，自然希獲高價，結果終至流標，可見真正購進文物收藏的人爲仔細辨别，庶不致墮入彀中。

再有一例，也是佳士得拍賣展會中看到的：一幅明代張弼草書手卷，竟未落名款，而後面有文徵明的跋，稱此爲張東海的遺墨，其子持卷索題云云，細看之後，我認爲張東海字是真迹，而文跋却是僞作，自然後來又是流標。

記得三十幾年前，海隅書屋主人持明代無款雙鈎蘭花長卷屬題，主人告我卷上原有薛素素題，他判定爲僞作遂於重裝時令裱工去之，作無款畫收藏，我對此十分敬服。

最後我願鄭重推薦清代陸時化《書畫説鈴》的一段話：「凡名迹即信而有徵，於真之中辨其着意不着意，是臨摹舊本，抑自出心裁。有着意而精者，心思到而師法古也。有着意而反不佳者，過於矜持而執滯也。有不着意而不佳者，草草也。有不着意而精者，神化也。有臨摹而妙者，若合符節也。有臨摹而拙者，畫虎不成也。有自出心裁而工者，機趣發而興會佳也。有自出心裁而無可取者，作意經營而涉杜撰也。此中意味，慧心人愈引愈長，與年俱進；扞格者畢世模糊，用心亦無益也。」

這段話我曾熟讀至再，服膺多年，今特願以引結，或能得到某些同好首肯。

刊二〇一二年六月十八日《東方早報》

略論「字外無字」與「字外有字」

病中讀臺靜農的《龍坡雜文》，其中有段引自陳獨秀給他信中的幾句話：「××字素來工力甚深，非眼前朋友所可及，然其字外無字，視三十年前無大異也。」寥寥幾句，勾起我一些想法，現寫在下面，向方家請教。

千百年來，所有不朽書作，其所以讓人感到饒有餘韻視之愈無窮盡者，說到底就是「字外有字」，也就是說在書寫的文字之外傳遞書寫者的情愫，如三大行書，《蘭亭序》則表現出作者對人世多變、世事無常的感嘆；《祭姪稿》則表現出滿腔悲憤；《黄州寒食詩》則表現出儘管遭際十分悲苦但作者還是明靜而曠達，其字前小後大，前面工整，後面恣肆瀟灑。此外，楊凝式的韭花帖則盡顯閒散之氣，米芾紫金研帖文爲「蘇子瞻攜吾紫金研去。囑其子入棺。吾今得之。不以斂。傳世之物。豈可與清淨圓明本來妙覺真常之性同去住哉?!」其文與字俱顯狂放之態，以上是字外有字的典型，後世傚之者，雖也有好的範例，但大多形似而神喪，如定武、天曆蘭亭雖都是名作，但却少錯落跌宕之致，這就難怪後人多以馮承素摹本爲基準的緣故。

幾十年來以書名世者頗不乏人，儘管有人真草隸篆，樣樣皆能，但却很少看到字外有字的作品，「數十年無大異者」比比皆是，這樣的書作，功力不可謂不深，甚至有人以「開派」自我

「標榜」，但究竟有多少人「嗜痂成癖」?! 我以爲說到底「痂」總是「痂」，不是「花」，這是没有辦法的。

所以要提倡「真賞爲要」，書作須有豐富的文化内涵，這恰恰是中國書法藝術傳統的精髓！孫過庭説「思則老而逾妙，學乃少而可勉」，我今已八十有六，老則老矣，妙思却談不上，管見如上，願以質諸識者。

刊二〇一三年二月二十五日《東方早報》

漫談詩與畫

遞傳王輞川「詩中有畫」，詩與畫之所以相連者，在於創作出一種情景互通的境界。詩人寫詩首先是自我感情或感慨的抒發，或託物寄興，或寓情於景。記得我幼小時在北京故居展閱王晉卿《煙江疊嶂圖》卷時嘗問家君：「何來煙江？」我父親說：「你仔細讀讀後面東坡的題詩，就能領會了。」「……不知人間何處有此境，逕欲往買二頃田，君不見，武昌樊口幽絶處，東坡先生留五年……」而這裏却正是東坡一生遭際最爲困頓的地方——那個在寒食時「破竈燒濕葦」的地方。而這幅堪稱中國第一山水畫卷却有着如此讀來無比豪放灑脱，内涵却又極其幽深委屈的詩跋。領會了這些自然懂得這個歌行題識，何以和這幅寶繪之密不可分了。

縱觀中國歷代大畫家之銘心巨構很少是偶然率意爲之的。這就是説他依靠的不僅是躭習多年的筆墨功夫，更重要的是他立意創作出一個什麼樣的境界，他通過這個境界的創造，抒發他個人的情致、思緒或感慨，從而通過這個境界使讀者受到特定的感染。

國畫至宋已技法大備，然而特别賦予畫作以詩的韻味的，則崛起於元。大癡的幽深，倪迂的蕭疏恬淡，王蒙的鬱勃蒼莽，都爲他們各自的作品賦予特殊的生命。

至明，沈周則以功力勝。嘗見其寫意水墨山水立幀，疏林坡石，一泓溪水，孤舟橫岸，衰翁醉臥，寥寥數筆，可謂開寫意水墨山水之先。其題識詩大意謂雖已薄醉，友人强之濡墨作畫，諦觀此作神采焕然，真可謂神來之筆。明中葉詩書畫出現的一座高峰厥爲唐六如，其山水皴法沿襲馬夏斧劈皴，而在整體構圖上則博採元代諸家重韻之長。中歲以後復得遍游名山大川，乃胸中蓄得真丘壑，加之學養厚，天賦又高，山水之外，仕女、翎毛花卉無不精能，以致獨超衆類，超逸絶倫。先尊嘗收得其爲華補庵所作《溪山秀遠》長卷，平生所見六如勝迹無出其右。我還記得後紙華補庵小楷題識之首句「六如居士爲予作是卷，往返半年始就」。華小楷絶似鍾繇薦季直。可以毫不夸張地説看到這樣的佳作，真能令人忘飢渴。至其名作《秋風紈扇圖》亦曾入藏我家，其詩與畫可謂絶配，美人手持紈扇之姿，面上約略幽怨之神，配上二十八字諷喻詩「秋來紈扇合收藏，何事佳人重感傷，請把世情詳細看，大都誰不逐炎涼。」真可説耐人尋味、餘意不盡。

後世衆多畫作在題識上往往作「倣某某筆意」，我以爲凡屬大家之作必有其獨特的格調與氣息。這類「倣某某筆意」之作往往是但模其形未得其神的。有些作品雖題曰寫某某詩意，也大都并不貼切。

晚清咸豐同治年間，趙撝叔所作書寬博横厚雅有隸意，可謂别開生面。我以爲就氣格論比板橋高，以板橋書似嫌造作，趙的寫意花卉也脱然不俗，篆刻治印不讓西泠諸家，後來的吴昌碩似其私淑弟子，稱得後勁。缶翁雖每以詩題所作畫，但率多平平。大千於繪事稱得曠世奇才無不精能，但以詩題畫者也不多，可見其難。古往今來，有幾個能像唐六如那樣畫既絶佳，寫就題詩，宛如宿構。記得我北京故居中嘗懸有另一幅唐寅仕女畫《賞梅圖》，畫上紅梅仕女稱得清艷嫻雅，其題字大寸許，行書絶句文爲：「東風吹動看梅期，簫鼓聯船發恐遲。斜日僧房怕歸去，還攜紅袖繞南枝。」字法李北海，適逸峻朗，詩書畫之佳妙，後世似無人繼武。還記得早歲曾看到一幅清初人的水墨山水直幅，畫楓橋夜泊詩意，妙在選得孫仲益的《咏楓橋》絶句作題：「白首重來一夢中，青山不改舊時容。烏啼月落橋邊寺，倚枕猶聞半夜鐘。」我是蘇州人，看到這幅畫，再讀到這樣的題詩，怎能不爲所動?!

詩書畫本有連屬關係，但要相得益彰，豈是説説了得，這既要有才思和不斷的藝術實踐，更要靠學養積澱。近年來盛稱南陸北李，南陸指的是陸儼少的黄山雲，北李指的是李可染的黑山黑水，俱稱極詣。但我個人最欣賞的是陸在六七十年代的畫杜陵詩意斗方，和我的一本美術日記本上選印的李可染早年所作《雨後漁村》。我以爲藝術上的追求最要者是要辨得雅俗，刻意求佳者往往不佳。記得前人有句名言「極端絢爛，歸於平淡」，或許是值得深思的。

我是有思即書，意無次第。在即將結束本文之際，忽然想起宋代劉敞的一首絶句：「雨映寒空半有無，重樓閑上倚城隅。淺深山色高低樹，一片江南水墨圖。」不知邀我寫此文的人能爲我作雨景圖否？

辛卯秋月廿七日凌晨，長洲章汝奭完稿於燈下，時年八十有五

刊二〇一一年十二月十二日《東方早報·藝術評論》

藝品、人品和其他

一天和朋友閒談，一人説：在書畫藝術領域，一般來説歷史的評價總是正確的。我對此却頗有些不同的想法，爲什麽？實在説來，干擾輿論的因素實在太多了：權勢、利害都在某種程度上左右着輿論。試問當今天下有幾個人能像西晉史官陳壽那樣秉筆直書：盛贊司馬懿的對頭諸葛亮？何況對藝術的評價究竟不同於撰述史實，其中自有仁者見仁智者見智的情況。其實自古迄今不公之事所在都有，用不着大驚小怪，衹是希望那些在這方面發表意見的人，應該知道一言既出，不光是抒發一己之見，也是在影響别人，是應該慎之又慎，以免造成混亂，污染視聽！先説趙孟頫，我自幼習書即喜趙孟頫，體驗書作之美每從趙書始，所以我以爲我對趙書的品評當不存偏見，我以爲最能體現書作之美的是行書，所以向來推崇的書作蘭亭、祭姪稿、黄州寒食詩悉爲行書并非偶然，而趙擅長的是小楷，其行書則遠不逮同時的鮮于樞、康里子山，但趙極有才氣，天賦又高，這正如書譜中所説「雖專工小劣而博涉多優」，趙不但工書且擅丹青，他畫的着色山水、馬、佛像獨步當時，但他的字雖極妍秀之能，卻有習氣，氣格不高，所以人們説趙書弱，絶不是没有道理。但儘管如此，他的書名遠勝鮮于、康里諸人，這自然和他的社會地位有關，一位宋代宗室竟作了降臣，且做到龍圖閣大學士，元皇帝的恩寵可想而知，正因爲如此，那位和他們同時却别具高格調的陸居仁却不爲人知也就不足爲怪了。

這裏特别要提到的是他們晚年時候的楊維楨，其書體勢倔偉勁健别創一格，或謂開明代書法創新之先似有理據。

在有明二百七十多年中，才人輩出，書法有不少創新和發展，元末明初的宋克以章草融入真草行書之中，潤雅而幽深，稍晚以草書名世的解縉失之過於繚繞，不足取法。其後的祝枝山亦以草書享大名，但結體過於矯飾，雖曰學黄山谷諸上座，但黄書筋骨内含，直如綿裏藏針，其欹側避讓也法度森嚴，而祝書過嫌矯勵而少韻味，可是他的小楷則稱得上雄强峻刻。與其同時的王雅宜小楷稱得上高出時賢，通逸俊朗。可是享大名的文徵明小楷雖極妍秀却失之尖薄，所以名之顯隱實難作準。說到行草書，晚明的倪元璐黄道周可説獨具風貌，倪書冷峭險峻，黄書峭厲方勁，這兩位殉國烈士的法書當在書法史上佔有特殊位置，與他們同時的張瑞圖則以方筆側鋒别樹一幟，但他却是閹宦魏忠賢的義子。而董其昌儘管書畫都有很高造詣，但如果考察一下他的爲人行事，輕者説他爲富不仁，重者説他是文化惡棍，大概都不過分。這些例子再次説明人們在藝術領域是不大在意作者的品格的。

有明一代中行草方面有高深造詣的書家真可說數不勝數，文彭、陳白陽、徐天池、邢侗都有上乘墨迹留傳。最近見到一幅喬一琦的草書立軸可說神定氣足，是我平生見到明代草書中極爲出色的一件。但喬不以書名世，這再一次印證了我上面所説顯隱不足爲據之説。而王鐸雖是以其首創的連綿草名世，但也是降清入仕晚節不保的。而如史所傳説他長於布白，而恰恰在他的傳世作品中幾乎所有落款題識都有局促之病，真令人覺得莫名所以。

清末康有爲因爲倡導和參與戊戌變法而名垂海内，但這不等於他的書論《廣藝舟雙楫》就立論允當。老實説他的書作實在讓人覺得無美感可言，仔細審看他的書作，再讀到他的臨池經歷和體會，大致可以斷定他一直没有能掌握好筆法要領。他推崇張裕釗説張「千年以來無與比」，譽之過高，其實張裕釗的外方内圓，過嫌矯揉造作毫不自然，而他又貶低趙之謙説趙氣體靡弱靡靡之音。這些論述都太過偏頗，趙撝叔以北碑融入行書，堂廟宏大，竟説是靡靡之音，豈非冤哉枉也?!

綜上所述，我衷心希望世人千萬不要迷信那些名人的言論，不要以爲振振有詞者必言之成理，持之有固，孟子説「盡信書，則不如無書」，這才是金針度與之論。尊王羲之是書聖，這應該是没有爭議的，但仔細比較王羲之的各種書作仍是有上下參差的。難道不是嗎?因此執着追求藝術的人，既要時時思考自己的看法想法是否正確，更要審慎自己的言論以防謬種流傳，甚而污染輿論環境。

管見如是，願就教於識者。

刊二〇一二年七月十六日《東方早報》

簡談詩詞的寫作

予年甫十六痛失母恃，十七負笈西蜀，二十歲輾轉經川北劍閣返里。嘗有詩作中有「疊嶂隱石徑，曲水送萍踪」句，先君子見後謂予有詩才，孺子可教。後考進稅專，旋在海關任職，曾作一絶句寄家尊請益，家尊對此頗重視，曾有長信復我，惜毁於「文革」動亂，然其内容仍約略記得，即：

一、古人立身行道，先有道德，然後文章，行有餘力可以治文，然爲文若不經世必涉浮華，尤以詩詞爲甚，宜深戒之，故數十年來，予雖積有詩作三數百首，亦向不敢輕作。一九九一年北京《詩刊》編委編有《中國當代百家舊體詩詞選》在貴州人民出版社出版，我也被選上且名字排在章士釗之上，嗣後我就自然更加慎重了。

二、古人作詩往往先得句，後命題，當然亦有多命題者，然過於黏著則如死蠶，過不著題，則如野馬。

三、詩之意闊，詞之言長。故詩應有寓大千世界於一粟之中之内涵，而詞往往從一點引申開去，因此詩往往有言外之意，弦外之響，詞又名長短句或詩餘，有百多曲牌，各依曲牌定句之長短，且每句甚至每調都有平仄要求，詞作既要合乎其韻律要求，又要和諧自然，自非易事。今人往往以爲字數合乎曲牌要求即可，實屬一知半解，譬如最常見的菩薩蠻，前兩句是七句，全是平起仄收，然後是六句五言三轉韻，最後一句甚至規定必須是仄平平仄平，由此可見其韻律要求之嚴（試舉一例：平林漠漠煙如織，寒山一帶傷心碧。暝色入高樓，有人樓上愁。玉階空佇立，宿鳥歸飛急［去聲］。何處是歸程？長亭更短亭。）

四、詩人要能駕馭詩思馳騁，陰陽開合，放得開收得攏，如劉夢得《西塞山懷古》：「王濬樓船下益州，金陵王氣黯然收。千尋鐵鎖沉江底，一片降幡出石頭。」戰船從西蜀直下，金陵遂亡矣，此爲放開：「人世幾回傷往事，山形依舊枕寒流。」一下又回到西塞山，此爲收得攏，詩人之詩思馳騁，由是可見。

我通過自己揣摩，逐漸體味了上述這些意思。我後來曾作過一首述懷絶句，請家尊批改，原作是這樣寫的：「拂曙聞鷄啓硯銘，豈從蝸角務虚名，曉風過處驚時隙，願著青袍老此生」，他復信對我倍加勉勵，説我有詩人性格，隨即把詩作了改動：「拂曙聞鷄劍不鳴（劍不鳴喻志不在功名），懶從蝸角務虚名（用懶字志存高遠，蔑視虚名），曉風過處哀笳急（［去聲］，我想了很久，才懂得這句是以實寫虚，爲嘆息芸芸衆生之意），轉覺閑襟足此生（旨意高遠，真是點睛之筆）。」我反復誦讀之後，由衷感動，這就使我懂得寥寥二十八字，通首通透，句句關聯，首尾照應之要義，至於古往今來，意在言外之作，可説俯拾即是，如曾鞏的名作《咏柳》：「亂條猶未變初黄，倚得東風勢便狂。解把飛花蒙日月，不知天地有清霜。」張舜民的：「紈扇本招風，曾將熱時用。秋來掛壁上，却被風吹動。」諷喻之思昭然若揭，至於林景熙的「何人一紙防秋疏，却與山窗障北風」更是催人泪下的名句。

宋人往往以白描勾勒的筆法，深刻託出詩思，有人却説讀宋詩味同嚼蠟，真是妄言。寫詩自然要託物寄興，這是如何成詩的關鍵，要有景，有情有物，詩人既要有情，更有敏鋭的觸覺，生活的積纍。

至於説到近體詩的韻律，前人多以佩文韻府作爲規範，由於南北音韻的差别，這是必須要注意到的問題，比如入聲，音長短促，有塞音韻尾，而北方普通話則無入聲，彌值注意。一九七五年秦似曾編著《現代詩韻》小册，在廣西人民出版社出版，如果能兩者參照，都能顧到，當能收工穩之效。

刊二〇一五年七月八日《東方早報》

《師友書劄册》題跋

第一開：題恩師王君珮手札

先師王公君珮，河北安次人，纍世詩禮傳家，於上世紀三四十年代任北京孔教學校教務長。家慈得友人之助始得延聘至家，自乙亥至壬午歷時八年。授我經史子集，情同父子，乃予年甫十六痛失母恃，其後負笈西蜀，抗戰勝利後返京，旋考進海關，數年後轉至外貿亘十餘年，蹉跌蹭蹬，不一而足。後值「文革」動亂，浪迹梅山，惟以詩酒臨池自遣。恩師知我不當其罪，馳書慰勉，并寄我於辛巳歲京都賀蓮青定製筆及三體石經拓片。予少時嘗聞京都賀蓮青青蓮閣製筆最佳，曾專供大内，贈我之筆選用之湘妃竹，筆管之佳，竹刻之精，不復有繼；至三體石經乃罕見珍品，蓋民國十三年出土後，故宫博物院馬衡院長即趕赴洛陽嚴禁捶拓，王國維書信集中載日本神田喜一郎嘗函觀堂懇其覓購，而王氏復函稱已難購得，聞其時羅振玉之子曾購得不足百字，亦視同拱璧，而吾師所贈乃初拓之全部，計一千七百餘字，至可寶也。

越二年，予自梅山返滬，甫領教席，竟罹胸腔腫瘤重症，内子隨侍，手術及時，終得轉危爲安。旋予之多種譯著出版，復奉派至聯合國世貿中心撰寫教材。至丙寅歲，始獲機緣赴京詣恩師於京西小玉皇閣胡同寓所，家中僅恩師及師母二人，庭院階除潔淨如洗，鳳仙脂草鮮美馨香，室内窗明几淨，恩師已九十晉三，音容笑貌一如往昔，深以爲慰，臨别又贈我乾隆版六書通一函，猶殷殷囑告臨池習書，不可不讀此著。予今記此故實，用志不忘師恩之重云。師於九十晉八歸道山，并誌之。

甲午小春月既望，汝奭記。時年八十有八。

附王君珮手札

汝奭仁棣：接來信，盡悉一切。光陰迅速，轉瞬三十多年，回憶在京東城什方院時恍如隔世，嘆人生之幾何，吾年已八十矣，未識吾弟年歲若干？

隨信寄小楷數種，閱過一遍，不勝驚異。當年在什方院見到尊大人在畫上題跋小字，俊秀異常，今見到寄來小楷，真有青出於藍之慨。工夫之純熟，字體之整潔，絶非現代人所能企及。

我不善書，又多年不寫，現在右手顫動，幾不能持筆，寫這信則用左手按右手腕，方能勉强持筆，所以對外則（稱）不能寫字。

歐陽公在《稽古録》中論書云，學書不必憊精疲神於筆硯，多閲古人遺迹，求其用意，所得宜多。東坡云，凡世之所貴，必貴其難，真書難於飄揚，草書難於嚴重，大字難於結密而無間，小字難於寬綽而有餘。大蘇以爲難，誠難矣。吾以爲，以弟之工夫才力，并加以多讀古人碑帖金石，則筆力自能高古，超妙入神。欲窮千里目，更上一層樓，真積力久則入，望弟勉之。

吾當年教學生寫字時所擬臨碑之程序一紙，今附寄，不識弟以爲然否？

汝榮常來信，每到京時必來看我，汝熙到京亦來我家，「故舊不遺」，令人感佩。汝旦弟近況如何，常在念中。

榮培來信説你在老城隍廟給買賣家寫匾額，寫大字尤宜雄偉豪放，得暇寫幾幅寄來我看看，别不叙。問閤家均好。

君珮手復　七五．二．廿六

陳豫生晤面時代我致意。

吾自手顫後均不寫信，以故疏親慢友之處過多，祈弟諒之。

第二開：題高二適手札

予自庚戌正月至梅山，初在江邊挖土石方，五月調至食堂，每日惟淘米燒飯洗碗而已。次年春，內子文淵請調來梅山，派在運輸部任廠醫，未及半年，以不勝炎熱而心疾大發，住院四十餘日未能控制，院方決定其返滬療養，由兩女來接。臨行囑我暇時讀書寫字，勿使時光空擲。數月後病稍瘥，扶病至朵雲軒購筆墨宣紙寄我。深用感喟。自是潛心書藝，不暇旁騖。難友卞祖怡兄時相過從，丁卯春注釋柳文貞符篇在滬，會稿後返寧，過我告曰，其與新華日報老報人倪鶴笙乃故交，倪與白下諸書家熟稔，可請其陪同拜謁林散之、高二適諸家，當有裨益。遂隨其前往，先謁林，亦僅泛泛論書而已；後訪二適師，竟誤以我爲章行嚴之姪。我告以家尊諱佩乙，適師忙接言，佩公吾老友，爾既來寧，曷不早來見我？我答曰不知。遂呈上書作請教，及見所書小楷《游褒禪山記》，曰：「寫得如此小楷，應有微名。」予辯稱無。適師曰：「吾當爲爾説項。」我言不必，適師曰：「爾倒有小脾氣。」答曰：「士志於道，時有順逆，達則兼濟窮則獨善。」適師稱善，又曰：「小字亦純乎運腕，一涉指功便無成矣。」又言小字要四面八方俱著墨力，始有氣象。予唯唯稱是，後數十年未嘗河漢斯言。其時適師知我嘗注柳文，即邀我助其校注劉禹錫全集，予以處境所羈不克應命。乃四十餘年後適師之女高可可克紹箕裘，卒使劉禹錫全集付梓刊行，一代賢哲有此杰出後人，誠可稱幸。今者予與適師之翰墨情緣證之此劄，追憶往事，何勝感嘆，遂爰筆記之。公書大字狂草最佳，有一印章文爲「草聖平生」，嘗謂習草必從章草入手，深有理據。汝奭。甲午小春月既望。

附高二適手札

汝奭賢契：

前承過談，回憶曩歲在滬與尊翁往還，敝返寧而尊翁趨吴，久未通問，豈意其竟成古人耶？函稱兼善獨善當屬至龍州詩語，今非可并論矣。賢契今後取捨須求念於世能得噉飯處以棲止，則滬可寧亦可也。凡人生際會有時不必以遲早爲憾事，一切順慎爲要。忽復即詢

冬祉！

高二適手啓　十二月十四日晚

離寧前有暇可再把晤也。適。

第三開：題王一平手札

予自己未初自梅山返滬任教，越二年，壬戌寒假前，梅山故交梅益聲陪同市委辦公廳主任李庸夫來訪，接談後始悉其乃爲王一平老前來致意，邀我夫婦於癸亥元夜前一日前往興國賓館相叙，特來先容。至日，予與内子應約前往，飯後取出八大山人畫幅請爲題識。是開後紙即所供有關資料，予原擬在裱邊作題，然王老固請在畫心右下之位，幸不辱命。是開右方一劄乃予在公所

藏李鱓墨蘭斗方上所題詩塘，後來書稱謝，盛贊予所作詩。按是幀原有板橋詩塘，平公審定爲後配，若不相屬，遂邀予作題，予勉應其請，不意竟得激賞。予既領其善藏之心，更感遇我之厚，予前後爲平公所藏書畫題識尚有明無款雙鈎蘭花卷、高翔竹石小幀、王雅宜小楷南華經長卷等數件。在其謝世前嘗邀上博派人來家遴選宜於館藏書畫，并堅囑不記名不宣傳，嗣後展出亦不得道及。由是可見平公雖喜收藏，然當決定將藏品上獻國家時，則如水就下，從容坦然，如此氣質自非常人企及。

再如十餘年前湘贛洪災，公決定捐巨款爲賑。商之次子問捐若干，「十萬如何？」曰：「太少，擬捐百萬！」子愕然，問：「何來此巨款？」公曰：「爾深愛我所藏明代林良鷹軸，可以此數來贖。」其子輾轉籌措，款到當日，即電慈善基金會派員來取，并由市委辦公廳來人作證，當場囑告，不記名，不宣傳。公之高風亮節，斑斑可見，因并記之。

甲午小春月，長洲章汝奭於海上得幾許清氣之廬。

附王一平手札

其一

奭公閣下：辱蒙手書咏蘭七律一紙，詩書珠聯，至佳至妙，捧覽數回，欣快無似，感佩不已。愧道人墨蘭小品乃隨意之作，多賴閣下以生花之筆題詩其上，畫境爲之廣開，意尤深邃。今古清幽之趣，盡寓個中。尊作與原畫已交付裱工師傅重裝，璧合之後當邀吾公遇目，亦是偷閒意味也。

禿筆草草，甚是不恭，拜頌

文祺

王一平頓首　六月廿八日

此楊柳息禽圖乃八大晚歲所作四聯屏幅之一，另有叢蘭鵪鶉一、竹石一，均各鈐大小三印而未具名款，惟其末聯崖桃啼鳥一圖則款印俱備，四圖筆簡形賅，無不盡得神韻清逸之妙，惜今已零飄散落，不可復全矣。

乙巳觀於海隅書屋并識　注：此係王一平手抄章氏題跋。

第四開：題陸儼少手札

癸亥初，予應報人金寶山之請往和平飯店謁陸儼少，時陸老正爲該酒店作巨幅大畫。匆匆一面，未及叙談。後報人許寅請爲其作蠅頭書《前後赤壁賦》，然須有拖尾二尺半以上餘紙，以便丐人作《赤壁圖》，予應其請。越數月，寅兄告我嘗持所書乞申石伽作圖，在彼處匝月，申老雅自謙抑，稱其所畫不稱此書，應求得陸老畫始稱雙璧。適寅兄應法制報之請赴浙省調查，將訪省委王芳，遂攜書卷順道往浙省畫院訪陸老，懇其作圖，約日往取。陸老應其所請如期以水墨畫就，是作極精，然付許時問：「此人今尚能作蠅頭書否？」許答曰：「能！」陸請其帶口信，若能爲其作書，渠願爲我配畫。不數日，陸老來滬，電邀相叙。遂書就兩紙赤壁，一幅贈陸，一幅請其作圖。另檢一清代舊紙請其爲我作一行書卷。陸老稱，難得爾能見重吾書。相與議及藝事，甚相契合，陸留我飲饌，飯後并出示杜陵秋興長卷及小行書長卷，俱精，尤以秋興卷實爲壓卷巨構，後有葉恭綽題，備極推許。陸告我上博嘗數度懇請收購，均婉拒，此作亦向不示人，足見雅自珍秘。

自是，陸引我爲知己，其平生向不爲人配畫，惟爲我畫三卷，一赤壁，二阿房宫圖，三煙江疊嶂。予亦嘗書佛經及離騷等小楷相贈，并曾撰文紹介其詩書畫藝。其晚歲曾擬在美舉辦畫展，予亦嘗爲其撰譯資料，後竟以保險事不諧而未成。其身後，予曾撰悼文數篇，在報端刊出。後三年，其長子陸京來舍，承告陸老曾囑若爲其出精品集，應以我所撰文爲序。予慨然應允，并爲此更作一跋與之。自癸亥至癸酉，予與陸老交往十年，今以此劄入册，亦以證之相與往還之情誼云。

甲午小春月之十七凌晨，汝奭記於燈下。

附陸儼少手札

汝奭我兄大鑒：頃接惠書，感慰兼併。儼不德，承撰文介紹，祇益汗顔。兹先寄奉拙著自叙一册，未悉有裨宏著否？乞收爲荷。又蒙百忙中爲拙荆細字書寫金剛經一通，仰仗宏願，消災納福，足見情好之篤，關懷我老夫婦，常在念中，此意感刻，如何可言！儼近賤軀粗健，後日將作蘇州無錫之游，然後於月之二十日去北京爲孫結婚，必須一到。十二月中旬去香港爲中文大學講課。順告鄙狀，尚阻會見，馳情千萬。初寒珍衛，不一一。

弟儼少頓首

拙荆名朱燕因，又附告。十月廿九日。

第五開：題王世襄手札

予自幼喜蟋蟀，後以丁母憂復遭兵燹輟飼，凡四十年，至庚午歲始重拾夙好。壬申秋獲王世襄老所輯蟋蟀譜集成，陡憶抗戰勝利之初，予返故都，嘗持家嚴及父執徐公超侯世伯手翰往詣故宫老院長馬衡叔平先生，詢及勝利後文物保護回歸事。承告幸得王世襄佐其治事，乃得大體保全，誠可稱幸。彼時予以事羈未能識荆。旋考取海關，倉促南旋。爾後數十年蹉跎歲月，倏倏乎皤然老矣。辛巳秋爲首届蟲具展事撰寫序言，朋輩持以赴京，晉謁王老，呈示拙作。承其耑函獎飾，復見賜其宏著《錦灰堆集》，至感愛重。乃賤軀多病，不克赴京親領謦欬，常以爲憾。五年前忽於報端得其仙逝之訊，深爲痛悼。乃檢出是函，追憶往事，不勝嘆惋。縱觀王老一生，置個人屈辱毁譽得失於不顧，竭畢生之力傾注於傳統文化之研究、整理、蒐集與傳承，小至鴿哨、蟋蟀盆罐、過籠，大至明代黄花梨家具，乃至髹漆工藝，莫不闡述精微，其愛國情愫之深，直可驚天地而泣鬼神，乃世有稱之爲海内玩家者，豈非荒謬也哉？

歲在甲午小春月大雪後一日，長洲章汝奭泚筆記於海上得幾許清氣之廬。

附王世襄手札

汝奭先生文几：

昨承白巍女士電告，始知尊址而臺甫未能詢得，今遽上書，不恭之處，乞鑒原爲幸。前者獲讀大作《首届蟲具展序》，文章書法嘆爲雙妙，唯對下走語多溢美，彌增慚恧。頃又蒙賜手書墨寶，尤爲銘感。秋蟲雅興近年來已被凡夫俗子摧殘殆盡，幸有諸君子於滬上樹正祛邪，不啻清風入懷，精神爲之一爽，惜年邁體衰，祇能引領遥祝，不克追隨爲憾耳。

常州竹人范遥青先生前擬贈我鬥蛩圖臂擱，曾建議狀寫兩蟲厮殺，不如引而不發，對壘爲佳。戲賸小詩説明愛蟲之意，今隨函郵奉照片一幀，説明一紙，聊博一哂，謹此專函拜謝，敬請道安，并頌盆蟲大吉。

王世襄頓首　二千又一年十月廿八日

附件：

曾聞趙李卿先生言某秋得黄蛐蛐，牙如焦炭。陶仲良得蟹青白麻頭，鉗比霜雪，各七釐許，三秋無敵。立冬後，津沽兩客求藉以攜滬上賭大注，均遭拒絶，恐兩蟲王相遇而兩傷也，前輩之愛蟲如此。有人告我，今之養者企冀僥幸獲勝，竟有撤水食、烤火電、飼興奮劑直至海洛因。勝負未分，六足已僵，繼以爭執，終至鬥毆，唯利是圖，駭人聽聞！不僅虐待動物，且有傷人格，世間敗類有負此蟲多矣，可嘆可嘆！

戊寅秋日，暢安王世襄記於芳草地西巷，時年八十有四。

范遥青竹刻臂擱上王題詩：

白鉗蟹殼墨牙黄，一旦交鋒必俱傷。何若畫中長對壘，全須全尾兩蟲王。戊寅秋，暢安王世襄。

第六開：題衛東晨手札

衛東晨別字瓦翁，蘇州人，精篆刻治印。其書古樸峻刻，清逸雋永，尤擅古籍裝幀，與朱子鶴交契。甲寅春予在梅山受命注釋柳文，得識胡立鶴，胡爲我紹介其舊友朱子鶴。朱固文士，亦擅治印，嘗爲我治印多方，兼擅山水，爲虞山季今嗇入室弟子，所作有四王風。己未春予過其家，見壁間新作《溪山幽居》，深爲所動，懇其署款見賜。後經子鶴兄引見得識瓦翁，從知其與予大表哥桑達章爲蘇州中學舊雨，嘗在吾家康樂邨度假，其間家尊嘗爲展示書畫藏品多件，不勝欣羨。以是在幽居圖題識中道及其與我有世誼也。庚申歲，予於胸腔腫瘤術後在吳療養，嘗過訪其家，承以其親手裝幀之萬曆綉像金瓶梅巾箱本見示，精美絕倫，洵爲僅見，乃知其治印之藝猶餘事也。是劄所用紙乃其親手製，上有衛字瓦當印亦其自刻。公享遐齡，壽至九十又九，此劄爲其九十晉一手迹，爰賦二十八字作結：人生何處不相逢，草舍華屋差許同。身世領得滄桑味，何須慷慨笑春風。

甲午小春月之十七，大雪後一日也。汝奭記。

附衛東晨手札

汝奭吾兄道席：

久違謦欬，電話叙舊，并奉惠書，快何如之。時光推移，謀面迄今二十有年，心馳可見。弟自退休家居，寫讀娱老，别無善狀，愛好文藝，服務社會，充實生活，砥礪精神，陶然自怡，同時廣交新知俱爲少年英俊，與己頗有啓發。今年虚度九十周甲，自製小印文曰「九十學步」。盛世老境，歡喜無量。足下學有專長，供獻譯作，效益社會，深佩宏才，俟得餘暇，臺駕吴門，以叙闊别，企盼企盼，無任神往。專覆順頌

時綏

弟　瓦翁手啓　二〇〇〇年六月十日

第七開：題沈子丞手札

丙寅歲尾，予以烏竹墨面摺扇施鉛白作蠅頭書録唐人絶句，自謂不惡，走送平公，用示感知遇也。平公展視後，謂另面亦無法作畫，尚存有佛赤金粉，請更書之後。爲録滕王閣序，取爲高山流水之意。平公甚喜，謂得配紅木盒善藏之，復謂予曰：「請稍候，我另有一扇相示。」乃一明

代絲面成扇，完好如新，一面爲周東邨所作花卉，另一面爲沈子丞小楷，工整古樸，饒有逸韻。我謂平公曰：「見到如是小楷，我自慚形穢。」平公回曰：「爾亦不必過謙，可謂各有千秋。」進而問我：「爾識淳翁否？」答不識，平公道，「我現寫一短箋，爲爾紹介，春節將至，可持函逕往拜謁。」不數日，依囑前往，晤談至歡洽。數日後，選録自作詩爲一小楷手卷，走送淳翁請教，其後又送呈離騷小楷，仁丈喜之不勝。我則請其爲我楚辭漢賦卷作引首畫，不數日，成屈子行吟與楚太子對吳客二圖，俱極精審，并告我將爲我作大横幅，問我喜何景物。答曰竹，以東坡嘗言「可以食無肉，不可居無竹也」。

戊辰八月某日，由其弟子張倩華女史陪同賁臨寒舍，惠我四尺大横幅《晚晴閣吟詩圖》，畫一老者仰面背手，作吟詩狀，伫立於叢竹中，其竹葉呈鈍形，迥出時流。屋宇前有嶙峋怪石，右側畫一鶴，右下角鈐一印，文爲「掩鼻人間臭腐場」。整幅畫面生動緊湊，耐人尋味，真杰作也。其後某年春節，仁丈知予病，遣其孫女持其名作青蛙圖見贈，并於九十晉一之高齡爲我作秋山雨霽圖，予嘗謂長者恩遇，不可忘也。己巳菊月，爲仁丈作七律三首，旋在香港《收藏天地》上刊出，并曾書一長卷奉贈。其移家蘇州後，曾兩次前往探省。公享年九十有四，一生清雅，直如神仙中人。

甲午大雪後一日，汝奭題記。

附沈子丞手札

汝龔先生大鑒：

屬書引首已涂就，請得便來取。因十七號後，我或須他出也。專此敬頌

大安！

弟　沈子丞頓首　四月八日

第八開：題陳新亞手札

陳新亞，壬寅歲生於湖北蘄春，癸亥畢業於湖北師範中文系，嘗任書法報主編，擅章草，喜丹青鼓琴，性狷介，以深惡世俗紛擾，竟於數年前自請去職，返鄉務農耕植自給，真奇士也。爲贈二絶句如左：

爲書早曉世塵寰，丹青常寫舊家山。耕植自給何瀟灑，不使人間造孽錢。

書畫餘暇尚鼓琴，新詩改罷自長吟。世間縱有山公選，豈若淵明順己心。

日昨與其通話，聞其近作有「飯了擦窗見勺子（喻北斗星），明兒柴米問夫人」，不無諧趣。

甲午小春月既望，汝奭記。

附陳新亞手札

汝奭先生尊鑒：

八月中旬賜下的一卷詩翰早奉讀一再，本擬於試刊（蘭亭副刊）上刊發，忽覺不可。近讀日人谷川雅夫先生所辦雜誌，大想也爲先生作多一點介紹，故擬再用《聯合時報》上潘真之文（我有複印件，此文頗有雅致），若另有文尤好，更請先生另選生活照及詩書作品三兩件以光活版面。不知先生允否？晚雖僅聆先生一面之教，却大敬佩先生之爲人、爲藝、爲學高上品格也！因近時極忙亂，未早上覆，乞鑒諒草草不備，伏惟

尊安！

晚　新亞再拜上　元年九月廿八日

按此册圖文二〇一五年初有單行本行世，并於《澎湃新聞·藝術評論》二〇一七年九月十日，十月二日、五日和十九日，分四次連載。

畜蛩瑣談

始畜

予少時奉母居京都。外則就讀於教會學校，在家則延聘王君珮先生授經、史、古文辭。日唯讀書習字，出必面，入必告，慈訓綦嚴。予自幼身無分文，母嘗謂予曰：「爾須時時以儉樸自勵，不得以有富家子氣。爾既三餐在家，何零用之需？」故雖見鄰里童子畜蛩，雅爲羨艷，猶未敢貿然言也。憶及首次欲購蟋蟀時，爲之囁嚅者久之。母知之後曰：「畜蛩之樂我豈不知?! 汝讀《聊齋》乎？爲一蟲而殃及人命，忍哉！畜蛩非不可，然不可多，躭之無度，必貽誤學業。」自是畜蛩乃始，時丙子初秋，予甫十歲也。

憶購

予熟悉之北京蛐蛐攤，計有東四隆福寺東口，東華門大街真光影院外，什刹海南口及南小街東觀音寺等處。每攤均有蛐蛐百數十之多。悉以小油陶罐裝，分數堆，即上中下，以應不同顧主之需。其中最佳者，每另置一處，或待善價而沽，或以質諸識家。惟各攤主似均對上佳之品有惜售之習，常不願輕以示人。見予年少，益不以爲意。雖懇之至再，每亦罔效。戊寅新正，於琉璃廠舊書肆獲賈秋壑《促織經》一卷，細心揣摩，略知評定甲乙。是年秋，於購蟲時褒貶允當，遂使攤主動容。辛巳中秋，於什刹海獲淡青左搭翅，重可八釐，七戰七勝，真將軍也。真光攤主王姓，有「蛐蛐王」之别號，遜清遺老，聞係鑲黄旗人，其時仍蓄辮髮，形體清癯。予每索購大者，示一，曰：「欠大。」示二，曰：「仍不够大。」彼對曰：「何者大？」「駱駝大。」爲之不禁愕然。

至畜蛩之用具。如蛐蛐罐，大鬥盆，過籠，小食盆，網罩等，則東安市場北門東側，近丹桂商場有一雙駢攤，所售皆趙子玉造。有徑大罐高五六寸者，罐壁厚四分許，甚厚重，稱「敦罐」。尚有黑陶薄胎罐，蓋中央鑲雕孔花木心，罐身兩側有雙耳之便攜罐，係供貯蟲。攜至鬥局者，鬥盆徑大可八寸有奇，各款底蓋均有「古燕趙子玉造」字樣，極工緻，遠非南盆可比。予曾購得敦罐十，便攜罐四，鬥盆一。乃數十年滄桑，故居亦已蕩然無存，是等瑣屑自不待言。

鬥蛩散記

予畜蛩歲不過十尾，雖陸續增購亦僅選存佳者。與予約鬥者數同窗而已，就中以後鄰吴生爲最。其宅與敝寓僅一墻之隔，其父早年遊學英倫，中年喪偶，鰥居在家，不知作何生理。乃其前花園占地二畝，種名種玫瑰數百株。每值盛開，輾轉紹介慕名來訪者甚衆。膝下三子皆賢孝，與予交者次子也。每有佳蟲，必持以示予。或約時邀鬥，予負多勝少，即存二三勝者，彼必另覓佳蟲約鬥，務至我全敗乃止。庚辰秋，予以母病，意緒索然，所飼皆平平。吳生來，逐一排鬥，我竟無一勝者。吳志得意滿，方欲歸，聞叩門聲，乃予乳母弟傅潤森，自海甸青龍橋來。笑謂予曰：「今爲汝帶來一琵琶翅，我伺之三夜始獲，可即與鬥。」吳正欲我全敗，且思縱一尾佳蟲，豈敵其八員勝將哉？於是戰火重開，孰料甫交口，其一牙豁，乃請連鬥，第二員亦一口被咬脱項。頃刻間，八員勝將無一幸免，而琵琶翅在大獲全勝之後，始振翅長鳴，其聲嘶啞，然予聞之，不啻中吕，如獲至寶，歡忭不置。世事之怪異也如此。

京都鬥局

北京蟋蟀鬥局在南小街牌樓館，此京都最窄之胡同，對行亦須側身。然鬥局房至寬敞，其大院可容百數十人。方磚鋪地，上搭天棚，高約兩丈，即盛暑至此亦覺涼徹心脾。牌樓館於每年白露前，發朱紅請柬至各養家，敦請於白露日攜蛩到局，共慶開盆盛典。予以好奇，曾偶隨吳生往視，但見人衆攢仄，喧囂嘈雜，惟張羅博彩而已。少間遂與之俱出。

訪余叔岩寓

辛巳秋，隨吳生往訪名養家余叔岩寓。余固京劇鬚生泰斗，以韻味論無出其右。吳告渠已約妥至其宅，始悉乃與其飼養師約。叩關，出迎者即二飼養師，京都稱「蛐蛐把式」。其宅爲三進四合院，高軒顯敞，遇影壁，正居三間即飼畜蛐蛐之地。中室會客，兩側各置矮案二，每桌二十四盆，俱佳品也。予以爲必有特上佳品置於别室者，養師云：「余先生每年畜百餘。」是日吳生與予共攜七尾與鬥，負五勝二。其勝我者率多舉重若輕。其中尤以一蟹清白蔴頭，貌至雄偉，方幅寬厚，真將軍也。鬥後侍茶，二養師告，所用之盆，俱多年前趙子玉承接定製，除自選用少量，餘皆饋諸同好。得之者俱極珍視，一時傳爲美談。室中古董橱内，有三彩瓷盆一對，紫檀座，想爲重器。經詢知，爲明萬曆官窑御府内用，世不多見。京都知名養家不少，而具此氣象者，洵爲僅見。

重拾夙好

壬午三月十六，家慈仙逝，予不勝哀毁。爾後數十年，蹉跌蹭蹬，顛沛流離。甲子以降，始漸脱涸鮒之困。庚午歲初，結識衡德兄，相交傾蓋，大慰平生。偶話及兒時畜蛩瑣事，竟有同好，不覺技癢。壬午輟畜，至壬申重拾夙好，忽忽五十年，不意垂暮猶有此樂。益以歲有鬥蟲雅叙，既賞各家所飼，又得會友。惟向不博彩，以留此一方淨土也。主其事者，張氏衡德而外，尚有張國輝氏，王紅玲女史。與會者，吳氏建民、建榮昆仲，書家吳建賢、戴小京、方傳鑫諸君，皆海上知名養家。雅叙之日，各選攜所飼與會，於是佳蟲見焉，劇鬥賞焉，軼聞傳焉，飼技彙焉。賞鬥之餘，杯觥交錯，笑語不絶，誠勝事也。既云雅叙，不可無詩，邇歲吟咏録後：

乙亥秋分鬥蟲雅叙有作

秋風不必嘆蒼黄，笑爾晨昏無事忙。掃葉堆花雖瑣屑，烹茶買菜亦周章。佳蟲數尾添逸興，妙手盤餐朶頤香。筆硯案頭渾拋却，片時清夢料無妨。

是夕席上衡德兄口占

蛐蛐聲聲又一年，蟲迷歡聚有華顛。人生易老心難老，始信情癡别有天。

附記：乙亥霜降，上海蟋蟀協會秘書長聞及雅叙嘉會，堅請攜蟲來鬥，乃兩戰俱北，我獲勝。其一即德兄所惠，得之東海農場之淡紫也。

丁丑八月十九作畜蛩感賦調寄賀新郎

溽暑方挨過，問老夫，今番畜就將軍幾箇？踏破鐵鞋無覓處，若箇真青難得！料未必諸公如我。且待西風鏖戰約，再安排指點，分强弱。善護念，欣顔色。兒時景象渾如昨，彈指間年華逝矣，空餘漠漠，人世幾回躭邂逅，何用輕愁常鎖，算祇有金秋促迫，寒蛩不知拚命義。但長鳴伴我，憑高卧。安歲晚，同歡樂。

丁丑秋分後四日鬥蛩雅叙有作

已涼天氣未寒時，雅叙蛩棚樂不支，俱謂將軍行易姓，忽來猛士復誰知。半生難得三段錦，四份天成六份持，晚歲偏躭此逸興，何妨送我一蟲癡。數年來予幸沐優渥，德公、建榮每以佳蟲及飼具惠予。友輩或聞予畜蛩，咸來探看。方保偉兄以舊藏之咸豐三年貢盆見賜，實爲難得。自是予之飼畜又復兒時舊觀矣。

飼技拾遺

自壬申重拾夙好，六年於兹，縱觀四年雅叙俱勝多負少。以是朋輩咸謂我爲善飼者。癸酉春，獲《蟋蟀譜集成》乃彙集前人著述，通讀後覺雷同者多，且重識辨輕飼畜。今予不畏唐突古人，忝爲拾遺補闕，勉撰「識辨」及「飼技述要」二章，請就正於同好。

識辨

審辨蟲之優劣，大抵有如下數端：一曰辨色。二曰辨形。三曰辨器。四曰辨神。五曰辨時。

六曰辨會。

歷來稱紫黄爲足色，然究竟何爲正紫黄，頗費斟酌。蓋有紫黄偏黄，更有紫黄偏紫者。正紫黄乃色中泛朱紅色，黄中透紅，甚而兩腿亦呈火紅色者。而偏黄優於偏紫，蓋偏紫者，每非紫黄，實爲重紫，此不可不察也。青色頗龐雜，唯真青彌足珍重。蓋真青實正色之正，其餘依次爲紫青、蟹青、蝦青、淡青諸色。按真青、紫青爲深色。蟹青、蝦青爲淡色。深色性猛，淡色性韌。青色白牙爲上，紅牙次之，最忌牙色不淨。

黄者色宜如黄蜂色，略深則近紫黄矣。黄蛩牙色至爲重要。上品爲墨牙。如爲白牙或淺黄色牙，則屬下品，不可留也。紫蟲不論重紫或淡紫、正紫，均不易得。以帶青者爲紫青，帶黄則近紫黄，非此之屬，則爲雜色，不足取也。淡紫牙色宜紅，而重紫白牙爲上品。江南盛稱「紫殼白牙」即指此也。

至辨形、辨器，前人之述已備用，此不贅。至辨神一節，譜中未見述及。蓋辨神亦識辨之要，不可不察。蟲性有二：一曰活，二曰穩。活與油别，穩與滯别。前者性，後者病。審神之要，於斯可見。

至於辨時，即指鬥時之佳選也。蛩之生命，爲時不過八十餘日。然亦有幼、旺、老三時之分。

三十日内爲幼，三十日至五十五日爲壯，五十五日以上爲老。四十日前後爲最佳鬥時，然亦有例外，如《促織經》有長衣宜早鬥之説，淡紫以遲鬥爲宜，均定論也。

至若辨會，謂指形、色、體各要素之會合搭配也。其於辨器，審視各端曰：頭、面、牙、項、足、翅、鬚、尾、腦綫、腹色，計其數爲十項，俱須合配，始爲上選。如棗核形，頭雖小牙則細長而闊，所謂出關也者。餘如搭配合宜，每屬將軍之列。若頭碩大而尾細小，通體其形如釘，則斷非上品，或宜棄之。凡此俱見辨會之要。

飼技述要

蟋蟀雖生長於陰潮之地，然性喜潔，故飼食及飲水須逐日换新。罐宜逐日清洗拭干。早秋畜養宜用陳年舊罐，取其涼也。晚秋宜用新罐，以其燒製之火氣未脱，略存暖性。

予力主飼以素食，霜降前均可飼毛豆，用時須去内皮，或胡蘿蔔略煮去生，砸碎此類食料，其優有三：一可增益牙之堅度，二不脹肚，三養份好。霜降前後可改用板栗，亦須煮熟、碾碎，略加棗泥拌和，此係温性食料，對體性大有裨益。

過浴實畜蛩不可或缺。秋分之前至少須隔一日浴，寒露前後三五日一浴。水宜適度加温。至霜降前後宜過湯，湯温應在三十三四度，湯浴可持續一二分鐘。出水後宜先置於吸水紙墊底之罐内，然後再移至敦罐。罐亦應先以熱水燙過，拭干并保温，外加棉墊鋪蓋。湯浴確有脱胎換骨之功，浴後每頓形活躍，且能增益進食，飼之佳者，每能接冬，誠具妙用。

配雌如何處置得宜，實屬至要。乃舊譜中甚少述及，僅告誡勿用黄頭雌及體量過大者，且須去其一腿使其不能彈踢，是均驗談。然如何處置分合，前人鮮有論及者，兹不揣鄙陋，略陳管見如後。

初秋收得蛩時，宜每雄至少配五雌或更多，分别置放備用。處暑、白露中如蛩鳴呼雌，可適度推遲放合，此可延緩雄蟲衰老故也。惟一旦放合，每於首次貼鈴後鈴門不閉，片時後又呼雌如此，可即將前雌取出，再放新雌。放合在三度貼鈴後，可逕絶雌。二至三日後，再放合。此法可持續至秋分前後。

秋分一過，呼雌頻仍，可於每日傍晚放合，清晨取出。貼鈴五次後，可間隔二三日。霜降後可逕絶雌，亦無礙矣。

自寒露始，應使雌能排卵，庶能續爲貼鈴，否則有嚙雄之患。此時如有新雌最好。此是養家每備多雌也。放雌後宜注意是否貼鈴，如不合，應及時换新雌，此雌應即棄却。蓋雌不貼鈴，放合一處，每能致雄之命，不若無雌之爲豫也。

結尾語

憶自始畜迄今六十餘年矣。蛩存活爲時甚短，或嘆何其促也，而人之一生要亦等耳。蓋少不更事，忽忽而過。中歲苦業之無成，焚膏繼晷。晚歲偶得優遊，亦已目翳齒豁，疾患踵至矣。是則一二知己，促膝清話，高朋雅叙，歡會片時，彌足惜也。或謂畜蛩末事也，何煩饒舌？予曰不然，庖丁解牛，且寓養生之道，畜蛩其有道乎？用樂爲之記。丁丑除夕竟此篇於燈下。長洲章汝奭於海上得幾許清氣之廬。

刊二〇一一年十一月二十七日《東方早報·上海書評》

卷下　序跋書翰

序跋

《章汝奭書作集》弁言

余自幼深好書翰，甚得父輩師長期許。然自丁母憂後，哀毁之甚，遂輟所好。爾後數十年唯思以所學報效國家，勉竭綿薄，冀有涓微之獻。乃「文革」動亂起，浪迹梅山，遂掇拾夙好，以詩酒臨池自遣。古人所謂達則兼濟，窮則獨善，自問尚能慎獨，不污行止，當不悖先賢之教。及至臨《蘭亭》逾百通，漸有悟入，知書之爲藝，欲臻博大精深，了非徒賴工力可致。故潛心探求，思慮取舍，其間幾經周折，輟而又續，計其歲月已近四十年矣！

今余年已晉八，縱有筆耕不輟之心，然究已屆暮年，難求寸進。友契石建邦先生謬賞余書，輯此專著。自忖區區所造，不足污人耳目。謹志數語，但以悃悃之誠就教於大方云。

歲在丙戌六月，長洲適讀生章汝奭於海上得幾許清氣之廬

庚寅書展序

予自幼深好書翰，所作亦每得父輩師長嘉許。惟中歲以前，時續時輟，未嘗以藝事求之。自「文革」動亂，浪迹梅山，始以詩酒臨池自遣，耽之日久，乃有悟入，蓋學然後知不足也。於是自妍潤而嫻雅，自質拙而樸厚，窮變化，求氣象，幾經周折取舍，忽忽四十餘年。予今年已八十晉五，顧已屬晚歲矣。乃承法華學問寺住持大熙上人青眼有加，勖勉慫恿，力主舉辦展事，予不忍拂其雅意，遂檢取五十幅以應，尚祈各地方家有以教我。是爲序。

《晦魄環照》集弁言

此二十幅乃選自予四十八歲至八十一歲之書作，歷時三十四年，早歲之娟秀晚歲之渾厚遒逸盡見於此，縱前後之風貌參差，猶不難察得所歷軌迹也。建邦先生於予書情有獨鍾，選印此輯，乃予久困涸鮒，坎坷半生，受此寵加恒覺忐忑，愧對知己，惟冀天假我年，以其能略申木桃之報於異日。至於此輯或能見賞於識者，則非區區所敢企望也。戊子四月長洲章汝奭謹識於海上得幾許清氣之廬年八十有二。

《祇在此山中——邵琦山水畫》弁言

予自幼深好書畫，蓋以家君富收藏，即予之書室，亦嘗懸有郭河陽《秋山行旅》、倪元鎮《晴巒暖翠》。予則朝夕晤對，課餘之暇，躑躅其間。靜尋孔顔樂，復見天地心。乃年甫十六，痛而失怙，繼遭兵燹，先則負笈西蜀，後又顛連南北。雖無饔飧不繼之憂，但亦僅保妻孥。如此蹉跎，忽忽二十餘年，至「文革」動亂，浪迹梅山，日惟讀書習字，間以詩酒自遣，擬諸達則兼濟，窮則獨善，不是過也。平復後，世事趨治，是時涉足書畫藝壇者，比比皆是。然觀所作書，率多平庸媚俗，偶見獨創，則多怪誕不經，畫亦殊怪異。前人所謂山水人物詩情畫意，了不入其義理，而奇談異説，層出不窮，令人瞠目。對此，惟自嘆孤陋寡聞，朝菌不知晦朔也。然則，予非不關注、憐惜矻矻求藝者也。三十餘年來，凡遇問難，必獎掖之，勖勉之，詳析義理，以期能收實益。予之自責，每亦甚苛，此予在暮年冀有以答報屬意於我者也。

今者，獲觀邵琦先生畫集稿本，曷禁狂喜之甚。反復審視，確知其深通六法，用功至勤，且悉傾注全心力及情愫於畫作者。讀此等畫則既可怡神，又得愉悦；既抒鬱結，又得相與情通，真有如對故人賞茗清話之樂。質言之，自觀者言，何謂佳作？即能與其心曲相通者。今值畫集行將付梓之際，辱承愛重，屬我爲作弁言，却之不可謹以悃悃之誠，以直觀所感記之。幸勿責我唐突賢者。

歲在庚寅冬月既望冬至前一日，長洲章汝奭於海上得幾許清氣之廬，年八十有四

跋秦金根著《〈藝概·書概〉疏解》

秦金根先生所著劉熙載《書概》注釋及疏解，確爲近年難能獲讀之書法專著佳作。良以劉之原作乃自孫過庭《書譜》而後論書專著之冠冕，言雖簡約，而本末閎闊，其所闡述之義理可謂探驪得珠。而秦之注釋就訓詁言，則實而正。其解説則條分縷析，探微得其幽深，疏解發其要諦。尤難得者，其於各體書之轉變傳承，乃至各體之藝術探求要領，俱詮釋允當。如能反覆通讀，於書道之心解鑒賞、臨池求進均大有裨益也。兹值是著即將付梓刊行，爲志數語於後，用示推重。

庚寅秋月之末，長洲章汝奭於海上，年八十有四

《祝竹篆刻心經印譜》序

般若波羅蜜多心經，通篇二百六十字，厥爲大乘經卷中之要著，固信衆具熟讀之也。祝竹先生浸淫治印篆刻凡五十年，今雖年逾古稀，猶日耕不輟。其所治印，既恪守六書要則，且博採明清以來浙皖各家之長，疏者顯其樸厚，密者得其靈透，真可謂巧拙兼用而臻於神化者。今先生以心經經文分刻五十一印，匯成印集，非惟琳琅滿目，殊藝動人，且句讀分明，尤利導誦，實亦奉佛之一大功德事也。兹以付梓在即，謹作題記如上。

歲在辛卯七月既望八十五歲佛弟子長洲章汝奭和南

《集·八十八——章汝奭書作展》謝啓

予潦倒半生，蹉跎歲月，「文革」動亂，浪迹梅山，始以詩酒臨池自遣。十一届三中全會後，得領教席，勞勞講學，矻矻譯著，十有餘年，薄有涓微之獻。惟四十餘年來，臨池作書，無日或輟，其間周折取舍，實難罄諸紙筆。雖每自嘆愚魯，而一管在手，樂在其中。但願天假我年，蓋硯田無惡歲也。乃國勤、君波諸先生青眼有加，多承謬許，不遺餘力促成展事，復出專集冀廣流傳。予以衰朽之年，膺此勝舉，深用感愧。謹以片言書此謝啓，或亦聊表微忱於萬一耳。

歲在甲午金秋九月之望寒露，長洲章汝奭年八十有八

題跋

題小楷《離騷》

公元一千九百七十八年元月二十七日，農曆丁巳年十二月十九日，章汝奭書於梅山，是日陰雨，入夜轉雪。此紙自晨起即書，至夜分始竟，雖甚寒冽，亦未之覺也。

余暇時喜讀《離騷》，覺古代詞賦無一過此。近數年來尚書數十本，既藉以寄託憂思，又冀吾書恃此佳章或偶一得傳也。昨夜讀青蓮詩至「古人今人若流水」之句，不禁慨然嘆息。遂覺愛書《離騷》亦不免癡人作態之譏。余固非達人，雖已年逾五十，猶未能參透生死之義，致每深自鬱結，是則徒然自苦耳。願吾之後人能於遭遇蹇舛之際，振拔自寬，庶幾不背前人之教而能見用於當世矣。丁巳十二月二十五日，汝奭識。

己未書《哀江南賦》跋

坡公有云，天下之事最不可爲者，名爲治平無事而其實有不測之憂。縱觀史籍，禍起蕭墻者每甚於外患之憂。故用人不可不深察之也。若於得志之後，縱情傲物，不思虚心納下，則尤易爲外忠内詐、虺蜴爲心之徒所乘。可不懼哉！庾子山《哀江南賦》直陳侯景亂梁故事，讀之慨嘆不已。用檢紙書之，是亦哀而鑒之之義。後之攬者其爲鑒者。

題蠅頭細書《古詩爲焦仲卿妻作》　一九八〇年

余髫齡時在京都，嘗隨母往觀北京戲曲學校首屆畢業生演出《孔雀東南飛》，一劇未竟，余泪下如雨。母撫之曰：「癡兒，固不當攜汝來。」爾後數十年，予不敢復觀是劇，以不勝酸楚故也。庚申夏六月，余來吳療養，取古詩一卷披閱及此，頓憶往事。先慈謝世已三十八年而音容宛在，雖墓木已拱猶不禁黯然神傷。用特書此，并記所感云。適讀生章汝奭於蘇州廟堂巷上海外貿療養所，時年五十有四。

題自書小楷楚辭漢賦手卷

壬戌嘉平月之朔，長洲章汝奭於海上得幾許清氣之廬。數十年臨池所得僅爾，異日或更有進益，視此當一笑。

右枚乘《七發》，蓋楚騷之餘韻也，以自出機杼而別具風骨，煒而不冗，理舉辭贍。壬戌九月之望，晴窗展紙書此竟日，長洲章汝奭於海上，時年五十有六。

右子丞仁丈爲是卷引首作屈子行吟及枚乘七發圖。時庚午正月，公高齡八十有七，長者恩遇不可忘也，汝奭。

右屈子離騷枚乘七發爲予五十六歲時所書，後曾數次審視，自問擬之趙、文、董諸家，未必謝之。益以紙素筆墨均極佳，遂衆美俱臻，洵爲難得。壬戌迄今，雖臨池作書無日或輟，終未有勝此者，故謂此爲壓卷亦不爲過。乃知從藝者畢其一生，刻骨銘心之作，不過一二。蘭亭繭紙，平原祭姪，坡公寒食，寥若晨星。是卷裝竣後，乃邀蘇淵老爲之題識，其詩旋見刊於《新民晚報》，自此予遂以小麻姑見稱於世。後子丞仁丈復爲作引首畫，益爲增色。時光若追風之駒，書時至今恰二十年，蘇沈二公已先後歸道山。予偶一展視，追維此翰墨緣，曷勝歔欷慨嘆。爰爲之記。至願後世得是卷者幸善藏之。歲在壬午三月之二十八，長洲章汝奭於海上得幾許清氣之廬，年七十有六。

題陶淵明《歸去來兮辭》

是篇雖以高逸出之，實寓士之不遇意。蓋襟抱不伸，發之於辭，所謂物不得其平而鳴者也。

劉熙載稱與屈子辭同爲獨往獨來，所論似猶皮相。歲在甲子十月二十五日，長洲章汝奭并記於燈下。

題先君子致友人翰劄

此先君子暮年致友人之翰劄，爲衛東晨瓦翁老哥輾轉收得寄贈。家君雖工詩文，所作近體詩近萬首，乃盡毁於「文革」動亂；其文辭亦僅見於存世之古書畫中。故此三紙竟爲碩果僅存。家君晚歲居故里，雖勉周衣食，猶有義醫善舉，深得鄉人美譽。此劄亦多涉及醫藥，然字裏行間俱見其遇人純厚，治事認真謹慎，足當後世楷模。是以敦請巨匠精裱成册，願吾之後能仔細研讀，深領其意，信受奉行而弗悖。是爲記。

題陸儼少畫章汝奭書阿房宫圖手卷

宛翁墨妙。甲子歲儼老爲予作是卷，忽忽近十年矣，乃今手顫不克爲書，爲之不勝歔欷。壬申蘭月章汝奭。

附陸儼少題識：汝奭我兄細字書寫杜牧之阿房宫賦，予爲製圖。丙寅三月，陸儼少并記。

題蠅頭小楷庾信《哀江南賦》手卷 一九九三年

己未歲予嘗書此一幀，旋爲好事者借閱，久而不還，忽忽十四年矣。是卷卷尾題識即原作也。時光若追風之駒，願天假我年，當日耕硯田不輟。汝奭又記於是月晦日。

附沈子丞題：汝奭先生法書，名聞遐邇，是卷尤爲精妙，誠可謂四美俱二難并矣。癸酉冬日，得觀於蘇州玉蘭堂中，記之以誇眼福。子丞是年九十又一。

題丁亥新正試王一品筆

「座上有華兼有酒，客來能畫亦能詩。」兒時書室懸掛桂未谷隸書立幀，文即此也。忽忽六十餘年過矣。舊時情景，猶在目前，誰能領得此況味耶？丁亥新正試王一品筆。長洲章汝奭，年八十有一。

題陳奕禧論書卷

陳奕禧康熙間以詩書名世，此論書卷蓋揔其平生探求所得之作。或傳其書專法晉人，今觀是卷似從懷仁聖教、智永所自出，其後張得天、包安吳用筆似亦類此，由是可考知一代書風所尚。丁亥四月獲觀并題，章汝奭於海上，年八十有一。

題自書蘇軾《前後赤壁賦》

予早歲讀此二賦，但賞其奇情逸致，後歷經坎壈蹭蹬，復讀之則感悟同生死、輕去就之義。今值晚歲，再讀之，乃能深領超然物外之理。前人有謂，讀此二賦，勝讀《南華》一部，良有以也。丁亥六月晦日，檢得乾隆佳紙，書此竟日。

題唐興福寺碑拓本

唐興福寺碑，清何紹基舊藏，今歸語石盧石氏。丁亥七月，章汝奭題記。

唐興福寺僧大雅所集王書興福寺碑，淵雅真率，流暢自然。持與懷仁聖教對堪，雖結體難分軒輊，然點畫縱放恣肆略有過之。此碑向傳久佚，至晚明萬曆始有半截碑出土，刻工精細，真可謂下真迹一等者。而此烏金本以其毫末俱顯，應斷爲明末清初所拓。曾爲大書家何紹基珍藏，鈐有其收藏三印，更有其硃筆圈定，應爲其朝夕摩挲之物。二十餘年前予嘗獲觀道州李明哲氏家傳何紹基舊藏宋拓顔書小麻姑仙壇記殘本，有其題識，固知蝯翁對所藏碑帖精審，以是此本彌足珍惜。建邦先生以偶然機緣得之，其寶之勿忽。丁亥七月汝奭識。

題張猛龍碑拓本

張猛龍碑，北魏碑刻之煊赫者，歷代奉爲楷法之祖。此蟬翼拓本清晰峻朗，應爲清初所拓，今則已不易得。嘗見王一平所藏清拓本，是本可與相埒。建邦先生其善藏之。丁亥七月，汝奭識。

題早歲自書放翁詩

右草草十餘行放翁詩，乃予早歲在梅山工地所書，時當在癸丑甲寅間。時内子甫返滬療養，予則在寧獨處，始以詩酒臨池自娱。其時亦予與祖怡兄訂交之初也，乃承其愛重，予之片紙衹字悉視同拱璧，此紙即由其保存至今，忽忽三十四五年矣。今春祖怡持此請家潤先生染翰，作山水圖貽予。是作雅淡天真，深具元人風貌，是則真可把玩寶愛也。用爲記，既記此一段交情，亦記其成圖經過以遺後之攬者。戊子三月，長洲章汝奭於海上得幾許清氣之廬，時年八十有二。

題自書金字《離騷》

余喜讀《離騷》，平生所書不下數十本。今始以佛赤金粉書此，自首次在梅山書是篇，迄今三十四五年矣。願天假我年，當耕硯田不輟。戊子春三月，長洲章汝奭并記於海上得幾許清氣之廬，時年八十有二。

題自書箑頁

予年甫十三即應人書扇，先尊子亦以同齡爲之，故頗以之驕人，忽忽近七十年矣。書竟審視，曷禁慨然。戊子四月初五，長洲章汝奭并記於海上得幾許清氣之廬。

題張倩華畫

張倩華女畫師又名銓華，别號祜，爲沈子丞先生入室弟子，師事先生數十年，得其法乳。是作尤具先生風貌。予與先生交契，覯此繪作，既喜先生絶藝得有真傳，又不禁追憶昔年與先生交往情景，縈念悠悠，不能自已。爰記之，以遺後之攬者。

題自書老子《道德經》

予早歲以遭蹭蹬而潛心書藝，晚歲優遊，尚能自適。每思餘日無多，故研讀諸子，習靜寫經，無日或輟。於書則求藴藉深厚，以期能躋攀前人未造之境。邇日讀老子頗有所觸，嘗書數紙，悉以佳紙佳墨爲之，自是一樂。太史公嘗謂，「老聃無爲自化，清靜自正」。自化吾不敢求，自正或可當之。知友嘗謂吾書頗具鬱勃之氣，蓋從中約略可見平生所歷也。古人所謂「書如其人」者，其以此乎。戊子七月，長洲章汝奭并記於海上得幾許清氣之廬。

題自書蠅頭老子《道德經》

老聃《道德經》流傳至今亘二千五百餘年，傳本有淮南子所收本以及傅奕本、王弼本等。故予書寫時每以諸本互校，擇其文義較勝者録之。是紙歷時十日始就，幸無舛錯，反復審視，曷禁慨然自惜。雖然，予非敢以之自矜也。爰記梗概，或亦略申甘苦云。

題自書《蘭亭序》

此紙《蘭亭》爲四十年前在梅山工地所書，亦苦中作樂事。雖不免優孟衣冠之譏，然又誰知鵲起之心乎。姑存之，以爲雪泥之誌。

題自書《古詩十九首》贈張衡德

《古詩十九首》國風之逸也，每讀之輒低徊不置。己丑正月十三，爲衡德詞兄書此，邇日獲讀先師張中行先生遺作《負暄續話》，其中有受友人之託，往北京榮寶齋購六吉宣而不可得。計其時迄今又復十餘年矣。此紙即衡德兄數年前所贈之民國時製汪六吉宣紙，書時覺紙墨生發，自是一樂。

跋自書蠅頭《十至文册》

《十至文册》乃予八十一歲時所書，所用紙乃先尊佩乙公七十年前得於北京琉璃廠肆者，僅十三頁，其時售者稱紙係元代故物。七一年辛亥秋，先尊辭世，乃遺予庋藏。曾經上海博物館孫仲威氏審定，係明季早年之物，最遲亦在宣德、正統之前者，故珍視之如球璧。乙酉夏，予心臟術後漸次痊可，翌年檢點舊藏，覩此佳牋，遂發宏願書此一册。所録《十至文》乃予平生服膺，書竟立請巨匠精裱，固本擬傳之子孫用保之也，乃今歸王氏福林先生，幸善存之。

佛像贊語

印光法師嘗語人曰：「欲得佛法實益須向恭敬中求。有一分恭敬，則消一分罪業，增一分福慧。有十分恭敬，則消十分罪業，增十分福慧。」今觀此莊嚴寶相，謹持十分恭敬之心，作此題識，或勝隨時禮讚也。

己丑題小楷東坡《前赤壁賦》

右東坡《前赤壁賦》，結句「造物者之無盡藏也」，脱「也」字，特補正。即此，亦三易紙始就。今距東坡作此，已九百餘年，坊間傳本多有舛誤，「吾與子之所共食」，諸本作「共識」。緣佛經有「風爲耳之所食，色爲目之所食」。「無盡藏」亦佛經語，東坡蓋用佛典云。

書杜甫《秋興八首》後

右杜少陵《秋興八首》，唐人七律，此爲壓卷。長日無聊，書此自遣，不復計其工拙。濡墨之餘，率成一律。并爲録之如下：

倚枕何慵懶，懵懂若夢中。且領漆園意，不用妄書空。有興託紙筆，無煩悟窮通。願逢狷介客，心愫與吾同。己丑小滿後一日，長洲章汝奭於海上年八十有三。

題大石金碧山水

世稱金碧山水畫乃於施石青石緑之外，更以泥金鈎斫者。故宫所藏隋展子虔《遊春圖》爲金碧山水之祖。大石此作蓋以金箋爲之，敷色除石青石緑之外佐以朱紅、赭石，更以鉛粉覆蓋鈎勒，或以留白法顯示金色，繁而不亂，艷而不俗，合稱佳構。己丑五月付予屬題，爲識數語，以志欣賞。

爲秦金根書《岳陽樓記》跋

予作蠅頭，實爲夙好，暮年尤甚，雖不若前此之工，然雄强峻刻或有過之，蓋欲求小字有大氣象也。明清以降，小楷多倣「黄庭」「樂毅」，求其整飭妍媚。予則殊異其趣，乃不知後人視此爲何如耳。己丑五月二十六日長洲章汝奭并識於海上得幾許清氣之廬，時年八十有三。

題宋院本《狸奴嬉戲圖》

此宋院本《狸奴嬉戲圖》，大石老棣十餘年前得之於陝西渭南，庋藏有年。今幸得名家精裱，始神采煥發，宛若璞玉之出塵也。余早歲嘗見先君所藏元錢舜舉《十猫卷》，嘆爲工絶。爾後數十年竟未見能與之相埒者。今觀是幀，乃悟先賢所繪之淵源有自。或病此作之無款識，此則俗子之街談巷議。彼所恃者惟識得名耳，蓋宋院本應製者大都無印無款，精鑒者自能審其真贋。己丑九月二十二日，長洲章汝奭謹識，時年八十有三。

題書贈柏平先生後

予喜作蠅頭書，老而彌篤，耽此藝近四十年。今柏平先生擅微刻，矻矻於兹亦已數十年矣。今書此以爲贈，或亦不孤「嚶其鳴矣，求其友聲」之義乎。己丑秋月初三。

題自書蠅頭《千字文》

予喜作蠅頭書，老而彌篤。己丑小春月之望，檢點舊籍，偶得此遜清之佳紙半張，薄如蟬翼，僅五寸許耳。審視良久，忽然有興。遂浚毫濡墨，書此《千文》。幸無舛誤，然老眼昏翳，幾不成字。姑存之，或猶可以之自勉耶。

題《書法品評淺探》手稿贈張衡德

予半生蹭蹬，歷盡坎坷，每以臨池自遣。然予之耽於書藝，非徒以淪精翰墨爲樂也。積之日久，漸有悟入，乃知深解筆法遴選取舍之要，幾經周折，忽忽四十餘年矣。今以拙見，撰此一篇。《書譜》有云：「思則老而愈妙，學乃少而可勉。」今雖已屆衰年，猶不敢以偶有妙思自許，惟藉以自儆自勵耳。衡德詞兄每來舍下，忍我饒舌，遂以此手稿奉貽。他年覩此，當可憶及促膝清話之景，或亦爲之拊掌一笑。己丑冬月初三，汝奭并記。

庚寅歲書《止觀明靜》匾額題識

守心住緣，離於散亂爲止；止心不亂，故復名定於法，推求簡釋名，觀達稱慧，得悟性空。止者伏妄念，妄念既伏，心自朗然，無所不照，是即觀也。止觀爲佛教天臺宗修行之無上法門。

題楊家潤仿元人山水圖卷

楊家潤，江蘇武進人，現任復旦大學檔案館主任。爲人謹抑馴謹，少小時嘗師從樊少雲之子伯炎先生習畫，得其法乳。所作清純高雅，了無俗韻。是卷則大筆紛披，恣肆縱放，深具疏曠野趣，乃知文質彬彬者亦有豪放胸次也。庚寅七月裝池甫竣，展玩至再，曷禁歡喜讚嘆，爰筆記之，以志心賞。

題自書

月前嘗以乾隆冷金蠟箋書此一幀，然殊不稱意。今復檢得此佳紙，油然有興，乃以重筆濃墨書之。寫竟審視，覺不枉我癡念。或後人視之，亦可於點畫轉折間得見此翁筆力不減壯時也。

庚寅三月二十一立夏前一日。

跋劉熙載《書概》一則

劉熙載《書概》云：「論書者曰『蒼』、曰『雄』、曰『秀』，余謂更當益一『深』字。凡蒼而涉於老秃，雄而失於粗疏，秀而入於輕靡者，不深故也。」今余以爲，蒼者宜蒼勁遒逸而老辣，雄則雄偉端嚴而樸厚，秀應挺拔妍潤而嫻雅。誠如是，自無不深之病。識者以爲何如。庚寅七月之望，處暑後一日，汝爽。

題自書舊紙蠅頭《離騷》

右拙書《離騷》，其所用紙乃七十餘年前先君子得自京都廠肆者，店主堅謂此係南宋時物，然蟲蠹過甚。店主辯稱當修復宋元書畫時，此等物或求之而不可得也。「文革」動亂後，舊家所藏書畫蕩然無存，予則偶於故紙堆中見此殘餘長物，曷勝慨嘆，敦請巨匠悉意託裱，以供書寫。惟僅得此小幅四紙，真正可謂難得孑遺也。四年前予大病初痊，勉力書此名篇，雖不若前此之工，然以此稀見紙素或可并謂二難。

觀堂老棣事佛之暇，時過蕭齋存問，深感垂愛，遂檢此奉貽，幸愛存之。

題蘇州佛赤金粉顔料

此係以蘇州華彩盛源美術用品公司製作之佛赤金粉，所書其色澤與昔日姜思序堂所産全然無異，甚以爲慰。予喜作蠅頭書，老而彌篤，乃三年前姜思序堂倒閉，曷禁嗒然。良以此類傳統工藝實應受國家之保護，近聞姜思序堂將恢復經營，誠如是，則此絶學得薪傳有繼，良可稱幸也。庚寅九月二十七日，長洲章汝奭於海上，年八十有四。

題白曉魯先生所藏八大山人雙鶉菊石圖

癸亥元夜，應王一平氏寵召，過府宴飲。後以八大山人巨幅畫屏見示，并告原爲四聯屏，今僅存首聯《楊柳息禽》及末幅《崖桃啼鳥》兩幀，其二、三幅爲鵪鶉及竹石。各幅均鈐大小印，僅末幅具名款。命予在首幅畫心右下側作題。予諦觀畫作，洵爲八大晚歲佳構，三百年前實繪歷劫幸存，誠可謂不世之珍。平公堅囑在畫心作題，深感惴惴，其時距今忽忽二十六七年矣！日昨，平公生前至交白書章氏哲嗣曉魯先生，持其先君所遺八大《雙鶉菊石》畫幅見過，謂即昔年得之於平公者。審視之，應即爲平公所謂散佚之第二幅也。今知歸之白氏，亦可謂物得其主。咄咄軼事，儵乎若風之過隙，予則皤然老矣，乃竟爲兩代人所藏珍品作題，曷勝感喟！因書覼縷以記其事，曉魯先生其善藏之。

庚寅重陽長洲章汝奭於海上得幾許清氣之廬，年八十有四

刊二〇一〇年十月三十一日《東方早報》

辛卯正月贈陸灝先生自作詩小楷

辛卯正月，以細字選録五十年來舊作詩詞二十首。年來目翳手澀，數易筆，始就。或僅此悃悃之誠堪嘉許耳。即以賫奉陸灝先生幸愛存之。長洲章汝奭於海上，年八十有五。

題錢舜舉《錦灰堆》

辛卯五月十一，君實先生賫臨寒舍，以宋末錢舜舉《錦灰堆》手卷屬題。蓋是卷曾於抗戰初爲家君所收，其所作之第二題識，時在丁丑夏六月，即戰事爆發伊始，避燹滬上。直至抗戰勝利，是卷仍存滬寓，此證諸張仕鋆之觀款。按張仕鋆字仲青，常州人，書學米，擅山水，得四王遺韻，爲家君至交，故每收得珍品必邀仲青世伯共賞。猶憶癸未春，予負笈赴川前在滬寓小住，適收得南宋夏禹玉《蜀江晚泊圖卷》。是卷見《壯陶閣書畫録》，仲青世伯曾手書著録全文并作題識於卷後。其時距今忽忽近七十年矣。世事滄桑，故第所藏蕩然無存。予今已八十又五，得見家君手澤，曷禁感嘆噓唏。得知此稀世珍今歸黄氏，可謂物得其主，深爲欣慰。至於是卷命畫之主旨，正如家君所言：退藏於密與放彌六合歸於一理，老莊榮悴、佛家色空同

一機軸，解此自能領得其中妙諦也。是爲記。是月望日，長洲章汝奭於海上得幾許清氣之廬

刊二〇一一年一月十七日《東方早報》

題先君子楷書箑頁

此先君子六十一年前之手翰也。家尊遺墨於「文革」後幾無存世，今觀此扇，漆骨爲清末物，箑頁亦保存完好，誠屬難得。建邦先生斥重金收得，幸善藏之。辛卯六月，長洲章汝奭。

題贈觀堂老弟《茶經卷》

招提未曙起梵音，每悟禪機靜裏尋。遠近布施無住法，一燈如豆見佛心。
早課初停步經堂，月光隨影照東墻。蛩鳴陣陣傳秋信，屋瓦悄悄現暗霜。
上人脱盡世俗情，天與靈心法眼青。襟抱不凡容乃大，莊嚴淨土一方平。
難得晤對悵别時，深愧蕪辭漫與之。相送虎溪期後會，還未裁定咏茶詩。

庚寅七月，觀堂老棣持拙書《茶經卷》屬題，爲賦四絶句。杜陵有「老去詩篇渾漫與」，予今借「漫與」一詞以自嘲，幸勿笑我唐突古人。又所用虎溪隸事，陶令予豈敢當。惟東林寺僧慧遠擬之觀堂，則足稱允當耳。

去歲七月，觀堂老弟持拙書《茶經卷》屬題，爲賦四絶句，并加題識。今年五月某日，觀堂以多件書畫向衆賓客展示，不意《茶經卷》竟爲人竊走。觀堂爲此曷勝嗒喪。旋予聞知，慨然告以當復書一卷奉貽。憶及清戴鹿牀亦曾爲友人失竊園林圖卷作第二圖，予今勉爲傚顰，以兩本互校録之，歷時半月始竟。迴視此七千餘字，曷禁慨嘆，予以衰朽之年成此豪舉，當亦不愧古人也。

辛卯六月贈懿冰愛孫《茶經卷》跋

月初曾爲大熙上人書此一卷，乃懿冰愛孫見後愛之不釋，懇予爲其復書一卷。予不忍拂其意，遂勉力爲之。書竟，慨然有感，猶憶壬戌冬日懿孫年甫七歲，即繞膝索書，予嘗爲書《義山嬌兒詩》與之。此情此景，恍如昨日，其時距今，忽忽二十有九年矣。異日懿孫展觀是卷，或當憶及婉孌草舍之種種耶？辛卯六月之二十九，長洲章汝奭於海上得幾許清氣之廬，年八十有五。

辛卯七月題自書放翁七律《臨安春雨初霽》

右放翁《臨安春雨初霽》。或云三四雖佳，五六則湊。然此盡出詩人百無聊賴之心境，領此方知全詩自首至尾渾然天成，知解人不易得也。長洲章汝奭年八十有五

放翁原詩録下：

世味年來薄似紗，誰令騎馬客京華。小樓一夜聽春雨，深巷明朝賣杏花。矮紙斜行閑作草，晴窗細乳戲分茶。素衣莫起風塵嘆，猶及清明可到家。

贈喬榛青蓮七古《蜀道難》横幅

辛卯五月十七日，喬昒世講爲尊公喬榛先生七秩榮壽治盛宴。席間先生爲衆賓客朗誦青蓮七古《蜀道難》，舉座咸爲動容。翌日晨以雨不能成寐，遂檢佳紙，爲書是幀，旋付裝裱，二閱月始竣。自謂不惡，即以奉貽。幸愛存之。是歲七月既望，長洲章汝奭於海上，年八十有五。

題高二適《急就章考證》手稿長卷

甲寅歲，予嘗往謁二適師。其時予見放梅山，工餘之暇，惟以讀書臨池自遣。與適師晤談

時，也曾話及各書體源流衍化。適師亦嘗以此《急就章考證》手稿見示，乃知吾師嘗傾全力於茲，積數十年之功，始抵於成，此固非日惟淪精翰墨者所能了辨也。師有一私印，文爲「草聖平生」，固知草書乃其專擅，且嘗告我，習草必自章入手，始得其正。今者習書者衆，習草者亦夥，然率多使轉乖舛，點畫狼藉，甚有浪得名爲草聖者。荀子曰：「不登高山，不知天之高也；不臨深谿，不知地之厚也。」及至細讀考證稿之後，復以適師所書草與他書比對，則知適師之絕學或將不傳也。今趙胥先生收得此手稿，深自稱幸。承其愛重，屬予作題。予以病，期月未報，今恙小瘥，遂縱筆書此以應。追憶曩歲踵門訪南京四條巷高寓時，距今已三十七年矣。世事滄桑，是卷歷劫幸存，趙胥先生其善藏之。歲在辛卯小春月之初十，長洲章汝奭於海上得幾許清氣之廬，年八十有五

壬辰正月晦日題背書《前後赤壁》

予居梅山十年，每讀此自寬，以其不獨記游，且曉喻人生故也。古人固有「生年不滿百，毋勞千歲憂」之説，然猶不及是文之明徹也。人生固有順逆，然縱處逆境，貴能慎獨。當時過境遷，回首前塵，亦猶風之過隙。以是人之相與邂逅，彌足珍惜。壬辰正月晦日，陰雨漸瀝，竟日未

止，檢得舊紙，背書一過。或以此爲晚年手筆尚可存之乎？且賦俚句聊以自嘲：「早歲細書誇神化，耽習佳紙近奢華。而今積習猶未改，且看衰朽浪涂鴉。」長洲適讀生章汝奭，年八十有六

題陸儼少梅花立幀

此爲宛翁與予締交之初所畫。嘗正告予，其所作梅乃獨辟蹊徑，殊異前人，蓋欲以少少許勝多多許，以是朵朵飽滿寓生機茁壯意也。今諦觀之，信然其言。壬辰二月，長洲章汝奭於海上得幾許清氣之廬，年八十有六。

題秦同千先生屬書佛事功課卷

辛卯歲末，得識同千先生，雅承愛重，屬書佛經要典，兼請畫師恭製諸佛造像，匯成佛事功課卷，以供朝夕奉持讀誦。今值裝池竣事，乃記此故實。昔者印光法師有言，欲得佛法實益須向恭敬中求，有一分恭敬，則消一分罪業，增一分福慧；有十分恭敬，則消十分罪業，增十分福慧。予服膺是言數十年。今并録之。同千先生其亦有取於此乎？壬辰三月二十八日，八十六歲佛弟子，長洲適讀生章汝奭於海上得幾許清氣之廬。

爲李天揚書聯

壬辰三月二十七日天揚先生索聯，翌晨得句，率爾書之，即祈兩正：

天生我材必有用

揚厲偉績不須名

上聯取自青蓮《將進酒》，下聯取自韓愈《潮州刺史謝表》，「鋪張對天之閎休，揚厲無前之偉績」。

題《荒原拾貝》卷

「聖人感人心而天下和平。感人心者，莫先乎情，莫始乎言，莫切乎聲，莫深乎義。詩者，根情，苗言，華聲，實義。」此白樂天《與元九書》中語。予深自服膺，迄已七十餘年，雖然予未敢與諸友言詩也。乃拙作得天揚先生激賞，何自稱幸。蓋暮年得知友，實亦殊緣。爲書數語於卷尾，以志之。壬辰冬月之望。長洲章汝奭凌晨書於燈下。

壬辰冬月細字書白居易《與元九書》後

是篇實爲《白氏長慶集》中最要之作。自詩之本質，詩之源流，詩道之興衰，乃至詩人之遭際蹇舛，無不述及，乃洋洋數千言，不覺其冗，蓋要言不煩故也。且行文之中，情語景語貫穿首尾，處處顯示二人相知之深、交誼之篤，感人至深，讀後掩卷，不禁長嘆深思，低徊不已。

歲在壬辰冬月二十二、二十三日極寒，凌晨燈下書此，持贈天揚先生幸愛存之。長洲適讀生章汝奭於海上得幾許清氣之廬，年八十有六。

壬辰春，承建邦兄引見，得識天揚先生，雖相交傾蓋，承其愛重，每坐談移時，直抒胸臆，乃知亦性情中人。而予則生性耿介，向不善與人交，潦倒半生，知我者惟二三子，邇來每思今既已届暮年，則應對知交有以答報，然將何以報之？惟仰薄伎，勉贈書作而已。或謂予書不足稱，則退而言之，予之悃悃之誠，或堪許也，或更退而言之，則三五人聚首寒舍悟言斗室，或亦堪稱彌足珍惜之雅集也。陡憶東坡鴻飛雪泥之句，擬諸異日，或亦足當緬懷追憶之故實也。兹值是卷裝池告竣，天揚先生屬爲作題，遂記所感如上。

癸巳三月十九題所作蠅頭書《滕王閣序》

此初唐駢文之典範也，以其不獨文采工緻，且旨意高亢淵遠，故能傳誦千古。乃世人獨賞其「落霞秋水」句，此則流於重詞藻而略主旨之病。予少時先師授古文辭，每諄諄教我，讀書必先領其要義。數十年來，向不敢河漢斯言。故予卒有所得。癸巳三月十九，檢舊紙作蠅頭書，聊用自遣。

癸巳三月二十五日長洲章汝奭於海上得幾許清氣之廬，年八十有七。

癸巳四月題四人書畫袖珍小卷

書畫之爲用，必也抒發性情乎？此集四人書畫爲一袖珍小卷，至堪把玩庋藏。人之際會，或亦寓有因緣耶？則是卷之成，或亦事有必至、理有固然者。癸巳四月二十二日，覩此尤物，爲題數語，以記眼福。長洲章汝奭於海上得幾許清氣之廬，年八十有七。

題邵琦《溪山攬勝圖》卷

世上山水任優遊，何如執賞卷中幽。掃清四維塵俗氣，休怪狂生懶應酬。

癸巳五月二十二日，天揚先生持邵琦力作《溪山攬勝圖》卷屬題，留置蕭齋數日，幾度展觀，曷禁歡喜讚嘆，爲賦二十八字，以志心賞。長洲章汝奭於海上得幾許清氣之廬，年八十有七。

題李天揚藏拙著《晚晴閣詩文集》

予於十七年前丙子歲，嘗以《晚晴閣詩文集》付梓問世，總計不過千函，約定出版後償清書價，後取書自售。雖量不多，然逼仄斗室竟無容膝之地。其時幸遇某富商亟賞是作，悉數購去，予乃得解涸鮒。不意此書購之後，竟堆置於庫房中，次年遇大雨，庫房進水，大多淹没損毁，該富商竟亦音訊杳然。每念及此，良用耿耿。乃天揚先生屬意拙作，天南地北覓之幾遍，竟於網上查得河北石家莊某書肆有此一函，遂託其友購得，竟完好無損。人之相與，或亦有奇緣耶？爰筆記之，亦爲天揚先生拊掌稱快。癸巳六月十七大暑後二日，長洲章汝奭。

癸巳六月題所作蠅頭書《核舟記》

十年前，予嘗以蠅頭録是文贈友，其後曾幾度爲書，竟不克終篇而廢。邇來則每得佳紙，輒試爲之，蓋論述精微藝事之文，無以過此。今是紙勉成，審視之似尚不惡。願天假我年，不知異日視此爲何如也。

蠅頭書必以雄强峻刻爲上，此其所謂小字有大氣象也。予多年來力求得造此境，是紙似略得之。識者以爲何如？

題楊家潤山水小幀

老樹壇邊漁父，桃花源裏人家。

以輞川六言句題家潤先生淺絳山水小幀，或問漁父何在？漁父在此賞畫也。一笑。

癸巳六月，章汝奭，年八十有七

題邵琦《松溪清遠》長卷

此《松溪清遠》長卷，乃邵琦先生爲予所繪之力作，反覆展視，真有提神忘倦之功。東坡所謂「不知人間何處有此境，徑欲往買二頃田者。」即此境耶？癸巳七月初三晨起書此，以志心賞。長洲章汝奭於海上得幾許清氣之廬，年八十有七。

題蠅頭小楷《金剛經》手卷

止觀明靜。止者伏妄念，妄念既伏，心自朗然，無所不照，是即觀也。癸巳七月章汝奭，年八十有七。

信衆之供養佛經者，在伏妄念，修心源，而得佛之福慧也。一心向佛者，其勉乎哉。癸巳秋月之十三日八十七歲佛弟子，長洲章汝奭和南。

題樊伯炎山水立幀

樊燨字伯炎，乃民國初年名畫師樊少雲之子。幼承家學，妙解音律，尤擅古琴、崑曲，至於染翰丹青，其餘事也。是幀固老年遣興之作，然諦觀之，雖恣肆縱放而出規入矩，無毫髮之失。健筆紛披，沉着雅馴，可謂無意於佳乃佳者，至可寶也，用爲題記以志心賞。

右題樊伯炎水墨山水立幀。癸巳嘉平初二，長洲適讀生章汝奭，年八十有七

癸巳題泥金書《遊褒禪山記》

予兒時讀是文，雖領其要義，然實未知之深也。今至暮年，乃知治學之道，切忌淺嘗輒止，必深究慎取，始或能有所得。今之治學者，或亦有取於此乎？

題《歲朝清供圖》

辛卯歲末，内姪女池慶蘋作《歲朝清供圖》見貽。除夕夜爲賦二十八字：

頤養無復計長途，寫經讀易自修福。屠蘇飲罷無眠意，更賞歲朝清供圖。

歲尾無事録舊日所作題識，或亦僅能仰諸筆墨以自遣耳。癸巳臘月二十三，汝
奭。

題顧村言臨元人《江深草閣圖》

此村言兄忙裏偷閒之作，觀其山巒樹石，鉤勒皴法，俱中規中矩，固知欲紙上立定規模，有非一日之功也。苟能飽覽前賢名迹，取精用宏，復能遍遊名山大川，鍥而不捨，朝夕染翰，必能一日千里。甲午二月十九，長洲章汝奭年八十有八。

跋語石廬主人手録《唐詩三百首》

建邦老棣歷時半年録就唐詩三百首，持以示予，并請指疵。予固耽於書藝凡數十年，感其悃悃之誠，不獲遜謝。兹略陳管見，但望愚者千慮，或有一得。今觀建邦所書，點畫大體整飭，惟結字不甚停勻。東坡嘗謂，大字欲結密而無間，小字欲寬綽而有餘。因之，小字欲求寬綽有餘，必先造停勻舒展之境，更須以平時以硬筆書寫之體勢溶入小楷之中，以期異日立定規模時得具個人獨特面目，建邦其有取於此乎！予小字初習顔、褚，欲其寬博；後轉學鍾，求其古樸；復參隸意，以其内涵質拙；再後則取兩晉行書體勢。即就字之本形，任其長短，以求形體自然。惟筆質務求雄强峻刻，冀小字有大氣象也。乃數十年周折取捨，以迄於今。而今之論者，或謂予之小楷，反不若早年之妍秀俊美。予乃反躬自省，以爲年雖已高而腕力未減，抑或予近十餘年之所求爲無用功耶！容再思之。兹就余之習書所歷，坦陳如上，不當處建邦有以諒我。

歲在甲午三月二十五日長洲適讀生章汝奭於海上得幾許清氣之廬，年八十有八

題李天揚藏梅山舊作

右三十六年前於南京梅山書贈倪鶴笙先生小楷。鶴笙先生乃新華日報老報人，雅好書翰，

承其愛重，陪同走訪高二適、林散之諸書家，得聆臨池習書之要。三十餘年來，雖臨池作書無日或輟，然亦幾經周折，從知惟不斷探求取捨，始或有進。予之小楷，初習顔褚，後轉學鍾，復參隸意，再後則效晉人行書取意，即任字形變其長短，求其體勢自然，復參以濃纖相間之墨法，而點畫務求雄强峻刻，以期小字有大氣象也。甲午三月之望，天揚兄賁臨寒舍，持此紙示予，曰：「此吾友於嘉泰（天揚按，應爲道明）拍賣會上以重金收得，予乃懇得割愛，請識數語於後。」今應所請勉述覼縷如上。長洲章汝奭於海上得幾許清氣之廬，年八十有八。

題桃水竹扇

十餘年前嘗偕内子文淵游蘭亭，過路側小肆詢購桃水竹摺扇，據告此物早已斷供，後内子竟在滬上豫園麗雲閣覓得數把，悉數購歸，笑謂予曰：固知此扇難書，惟子能勉力爲之，可徐徐爲書，或亦可以自娱也。今内子謝世行將期年，憶及往事，曷禁愴然。是月初二，汝奭并記，年八十有八。

書寫《妙法蓮華經》靈異記緣

自二〇一二年末，内子陳文淵時患腹痛，數請其就醫，每以時迫歲尾而稽延。至一三年初，即癸巳正月初五，痛加劇，入院就診。旋即手術，復用化療。出院後，痛未稍解，實已廣泛轉移。然其秉性堅强，强自隱忍。直至一三年八月二十三日，即癸巳七月十七日申時，溘然長逝。前後二百餘日，遺言唯兩句：一、家和萬事興；二、你只要管好你的寫字檯。只此而已。

余與内子自四八年戊子結褵，六十五年一朝永訣，内心痛楚實不堪言。六十五年間，曾三次挽我於沉疴。扶老將雛，歷經磨難。雖家境每陷困窘，始終從容淡定，茹苦如飴。予岳家本極優裕，乃岳丈四十二歲暴病身故，家境陡落。時内子年甫十歲，親歷其變，乃自幼有睿智，深諳世情冷暖。然其秉性仁厚，每助人於危難，不遺餘力。謂其賢逾孟光，實不爲過。

溯自其罹病至謝世，雖予時在左右，然從未談及寫經事。蓋其知我日以寫經自課之故。迤至一四年甲午秋，即其謝世週年之後，偶與外孫女懿冰閒話，謂迄今已書金剛經逾三百通，嗣後擬改寫其他大乘經卷。懿冰稱，可寫《妙法蓮華經》，謂此乃大乘第一大經也。遂即電詢大熙上人及倪麗萍女士。適倪甫得居士林大字本，慨允數日内走送貽我。乃事有巧合者，石建邦先生電我，稱有裁就之生宣册頁紙，一疊有二三百頁，以其極易滲化，幾無人能用。我言適爲我所最愛。旋即於秋月初開始命筆爲書。在書寫一頁之後，某日晨，適懿冰侍側。我謂我抽屜太亂，現即予以整理。正整理間，不意忽見一紙條，赫然爲文淵手迹。其上清楚寫明三點，即：「一、耐心寫；二、寫幾張是幾張；三、前後照應到。」下面有三個驚嘆號。此時此刻，突然見到手迹字條，自然至感詫異。當即將其遞與懿冰。渠看後，立即回應稱，此確爲阿婆手書，亦大呼奇怪。其所以咄咄稱奇者，蓋此前：一、從未與文淵談及擬寫法華經事；二、也從不知法華經七卷，共八萬餘字，故也只能寫此册頁；三、自癸巳新正至七月文淵謝世，其以病痛，從未在我寫字檯邊有片時停留，更遑論其寫一紙條置於我抽屜中。此中靈異，真令人無法想像。更可稱奇者，其字條所提三點均至爲契合。至我獲得此手迹字條後，心境頓覺開朗。因此乃實證明示，文淵仍在我側，時時予我以關愛呵護。我與文淵亦無人天之隔，并堅信異日能在天相見！我於旦暮寫經時亦每念及此，深感慰藉。以是終能在五閱月餘，書就全部經文。兹值將此經文敦請裝裱師戴永吉，裝幀成册之際，據實記此靈異天緣。并請將此記文連同文淵手迹紙條，一并妥裝一開，置於全部經文之後。俾予之後人知天地間自有靈異事也。

乙未正月之十一，八十九歲佛弟子，長洲適讀生章汝奭於海上得幾許清氣之廬

題張衡德繪四逸圖

畜蛩稱雅興，賞鬥見高情。德兄擅寫真，描形莫與京。年年值蛩季，直如倒屣迎。矚望來年

九秩龍鍾叟，猶能扶笻與會共歡騰。

謹賦俚句奉題四逸圖。歲在乙未二月二十七日，長洲章汝奭於海上得幾許清氣之廬，時年八十有九，得勿笑我老年多稚態耶。

書放翁《書憤》後

紀昀謂：「是種詩爲放翁不可磨處。集中有此如屋之有柱、人之有骨。」信然斯言。乙未秋月，長洲章汝奭年八十有九。

題祝君波刻仿宋版書木刻初印版樣

此君波先生數十年前在朵雲軒時手刻仿宋版書之木刻初印版樣，諦觀之，一仍宋版書之字形體制，足稱雍容大雅，令人愛不忍釋。其文爲《楚辭・離騷》注釋之片段，予居梅山十年，嘗細讀《離騷》，是作歷代集注甚多，惟明季陳第所述太史公語最爲允當貼切。即其志潔故，其稱物芳，其行廉故，死而不容。自疎此其存君興國反覆致志之思，見於文章蹊徑之外，而不應從文詞視之也。今君波先生持此初印版樣屬爲題識，予既領其鄭重相屬之殷，益念此手刻版樣今已

庋藏數十年，彌足珍惜，因并誌之。乙未歲末長洲章汝奭於海上得幾許清氣之廬，年八十有九

題蠅頭細字《王漁洋秋柳四首并序》後

丙申新正，應陸灝先生之請，録王漁洋秋柳詩，幸不辱命。予雖早届遐齡，然老筆勁健，視覺亦無昏翳之病，或所書猶堪一哂也。長洲章汝奭於海上，時年九十。

題懿冰愛孫所購古畫

懿冰愛孫今春於坊間購得是幀，喜不自勝。予審視之，絹素應及南宋，尤可喜者，構圖別具一格，山石用斧劈皴，方硬有稜角，一大樹撲面聳立，枝幹遒勁，可稱一奇。人物開相坐姿衣褶俱極精到，近景遠景耐人尋味。右下角有「李氏愛吾廬書畫收藏記」印章，按此爲清道光十三年進士李恩慶所鈐。李氏嘗任兩淮鹽運使，精鑒賞，富收藏，曾爲記所藏刊行專著，爲當時四大藏家之冠，則是幀固其庋藏物也，雖佚名款以其確爲佳構自宜什襲藏之。是爲記。歲在丙申春三月初九日，長洲章汝奭於海上得幾許清氣之廬，時年九十。

題行楷自作《調寄玉蝴蝶》詞手卷

丙寅三月，知友鮑韜屢函誡我節勞，作此答之，《調寄玉蝴蝶》。旋刊出於《厦門日報》，得愛國華僑詩人黄松鶴稱許，謂雜之稼軒集中可亂楮葉，其時迄今忽忽整三十年。兹復書之，得勿謂我敝帚自珍耶。丙申六月初八，長洲章汝奭於海上得幾許清氣之廬。

題少江先生雪山行旅圖

少江先生作是卷，歷時兩月始就，持以懇書引首，躊躕久之。陡憶予髫齡時書室嘗懸有北宋郭熙秋山行旅立幀，蓋不世珍也。今更其一字，爲書雪山行旅四字，勉應所請，要亦不違珍重意也。丙申臘月望前，長洲章汝奭。

銘硯

此硯隨吾六十春，歷經劫難幸猶存。無爲墨瀋添污漬，但寫光風霽月身。

庚寅七月初四凌晨寫經前拂拭几案忽有所觸，賦得二十八字，即乞鐸弟爲我鎸作硯銘。長洲章汝奭於海上得幾許清氣之廬，年八十有四。

書翰

致苏渊雷

仲翔夫子尊前：

奉鈞諭，深用皇恐。不意爲弟子瑣屑，累吾師冒寒奔走，曷勝疚愧。所擬三項交售辦法，俱極優惠，已轉知玄稚兄，渠亦感荷不置。一切悉聽裁定。

兹值開學，以校務所羈，不克趨前，敢修寸緘奉陳，伏維鑒宥。耑肅恭敂

大安

弟子　汝奭敬上　二月二十二日夜

致李汝鐸

一九八七年三月七日

鐸弟：下周三農曆二月十二日爲母親的七十歲壽辰，本當前來團聚，只是這些日子忙得不可開交，不能來看望她，心裏很不是滋味。

上月開學時院方宣布我被提昇爲副教授。把這件事告訴媽媽，也讓她高興一下，我稍空時會約你陪我去看望媽媽的，不多贅。祝好，祝願

媽媽健康長壽愉快

兄　奭草　三月七日

致張衡德

衡德詞兄硯右：

凌晨翻閲舊籍，忽有所觸，兹以思慮所及，略陳如左。自明季書畫之爲藝，每有師承。如周東村之授唐寅，唐則有出藍之譽，以至後世知六如者多，知東村者少。然而文徵明則不同，收多人於門下，以是其聲名之盛前所未有。然細察文之藝，畫雖偶有佳構，爲數不多。其書最佳爲擘窠大書，而流傳最廣者，厥爲其小行書，人每稱其精熟。而予則以爲有習氣之病，乃其門人則惟恐尊之不高。此類流風所被，實不足取。迨至清代康、雍、乾三朝，一味推重趙、董，以致多趨俗媚。鄧石如極力倡導北碑，其篆隸可謂開風氣之先。然其弟子包世臣在其論書專著中，將其行書列入神品，實爲謬誤。而其後康有爲在其論書專著中則力推張裕釗，謂其書爲千年冠冕，尤屬妄談。而包世臣一生習《書譜》，竟未得其要領。康習《石門》，更屬走火入魔。故位高名重者至宜出言謹慎，否則貽害無窮。言念及此，猛憶孔子嘗有告誡之言：「人之患在好爲人師。」然而韓愈則謂：「師者，所以傳道、授業、解惑也。」何以解此？予以爲，問難、解惑則可，以師名求自薦則不可。管見若是，其爲人師及求師者，其有取於此乎。兹以鄙見略陳左右，兄其有以教我。初寒伏惟

愛攝。不宣。

弟　汝奭　再拜　十九日

一九九二年五月二十日

衡德道兄硯右：

日昨承示宛翁在滬療養，以是得把晤，不勝之喜。得悉下月嘉定陸儼少藝術館落成，乃不揣鄙陋，爲賦短歌，録後乞正。

宛翁詩作畫，誰解畫中詩？胸次閑邱壑，毫端造化師。崖懸磨天石，梅老破雲枝。乍駭崩雷至，何期暮靄遲。但聞心頭鐘鼓樂，不見紙素墨淋漓。短檠對畫中宵立，長望天涯共此時。

不知可充心香一瓣否。

月底又將赴穗數日，不一一。即敂

潭祉

章汝奭　再拜　五月廿日

一九九二年五月二十一日

衡德我兄硯次：

日昨寄奉爲陸老所作詩稿諒達。然夤夜哦之，覺有多處未申我意者。遂披衣執筆，鈎玄至再，改定如下：

宛翁詩作畫，誰解畫中詩？胸次閑丘壑，毫端造化滋。峭崖磨天石，梅老破雲枝。乍駭崩雷墜，何妨暮靄遲。既聞心際鐘鼓齊天樂，始見江山如此墨淋漓。短檠讀畫中宵立，長望月圓人健天涯共此時。

至此始覺差能進入境界也。爲詩之難也如此。吾兄以爲何如？不一一，恭敂

潭綏

弟　汝奭頓首　五月廿一日

二〇〇四年三月二十一日

此南宋天青釉鳥食罐及元青花蛩水盂，系癸未歲景德鎮古磁研究所所長雷瑞春氏持贈衡德詞兄者，以深知其心嗜蟲鳥故也。鳥食罐釉面瑩潤如玉，色調妍雅。蛩水盂造型規整，釉面青花鈷色，赫然元磁。蓋以歷經七八百年而毫無傷損，彌足珍貴。雷氏幼承家學，浸漬於古磁絕學凡四十餘年，於鑒別斷代至爲精審。據告此鼓形小罐頗難製作，以其磁胎須上下對半相接後敷釉燒製始成。而淺小水盂之所以判爲蟋蟀專用者，以沿口無釉，慎防滑損蟲爪故也。從知古人爲

器可謂極具匠心，而雷氏乃能解此，洵可謂揆其領要，洞察毫髮之微。至此宋元之鳥罐蛩盂悉歸真賞，足稱雙璧。此誠天道不言而有以報情之所鍾者。

甲申三月之朔，長洲章汝奭題記，時年七十有八

時祉

衡德詞兄：右作曾數易其稿，差可應得所請，未悉尊意以爲何如。不一一。即叩

弟　汝奭　再拜　三月二十一日

致谷川雅夫

二〇〇〇年八月二十七日

雅夫先生硯席：

辱承愛重，過談甚歡。惟匆遽間未得書就之《金石書學》之字幅賫奉，殊以爲憾。兹特馳書附上，即乞鑒照。餘不一一，即詢時祉，諸惟

愛攝不宣

章汝奭　再拜　八月廿七日

尊夫人叱名致候

致白謙慎

一九八四年十一月十八日

謙慎棣：

函及史論一册均收悉。令叔寄來七册史論已於日昨到達，書價乞棣將前匯款轉奉。謝謝！

史論詳詳看過，除九十八頁錯排外，舛誤處如下：

九十八頁：已到申誤作「巳」，尚存餘勇，「存」誤作「有」

八十九頁：奉爲圭臬，「臬」誤作「臯」

九十頁：藝舟雙楫，誤作「廣藝舟雙楫」

九十三頁：用作此聯以記之，脱「作」字

九十四頁：愧無警句，「警」誤作「驚」，大誤也。外患之擾，擾誤作「憂」。外忠内詐，忠誤作「患」

九十五頁：披閱及此，頓憶往事……誤作：「披閱。及此頓憶往事……」

王雅宜小楷南華經誤作「金剛」經

一〇二頁：注中誤作「廣藝舟雙楫」兩處

圖版奭字誤作「爽」

昨夜復以舊紙寫《歸去來辭》，似覺不惡，寄上。不知張幅嫌小否？

明晨動身去杭十天，返後去寧講學。來信勸我保重，情深意摯，至感至感。事實上也不容我不注意了。昨天老年教師檢查身體，要我去拍胸片，來不及了，只好回滬後再説。胸口悶使我不無惴惴。

對英貿易手册已送出版社，廣告法譯著想等一陣再説。是該歇歇了。

不一一。此地寒冽，望多珍攝。

祝

儷好！

奭草　十一月十八日晨

令叔處我已函謝，并告書價由棣轉去。又及。

一九八六年十一月二十二日

謙慎棣：

今天收到你自美國寫來的信（由令堂大人轉寄的）。萬里來鴻，馳情千萬，這份情誼彌足珍惜。我對此數行感慰之至。以吾棣之英俊，前程錦綉自屬必然。惟身在異地，諸多珍衛，至要至要。照我看來，本學期進修英語這一安排極好，這粗看來似乎進度慢了，實際上是爲以後準備更好的條件，鋪平道路。我意在保證健康的前提下，扎扎實實地下一番苦功，因爲英語這一關過好了，以後學習自能應付裕如。據我所知，在國外讀學位，特别是博士學位，要求極高，要求學者博而精，這樣英語作爲工具，如不過硬，勢必掣肘。據説文學院、法學院博士生每周閲讀量均在五百頁以上，還要有其他活動，其緊張可想而知。而如果英語不過硬，豈不苦也。所以我以爲校方這一安排非常明智，似慢實速。

我主編的《合同談判手册》已交出版單位，可望明年上半年出書。上海電大所約廣告學講座，我將第一章講稿寄去，反映良好，要我照自己的想法寫下去，完稿後再研究録像問題。另外我在譯一本公共關係的書。事情當然總有得做，只有不斷工作，還可以撇開些煩惱。社會科學是複雜的，但現在的人際關係更複雜。黄仲則的兩句詩説到我的心裏：「十有九人堪白眼，百無一用是書生。」我也只能自嘆無用吧。這裏觸目驚心、令人髮指的事多得很，庶人小子，無能爲力，有時横逆之來，躲也躲不開，徒唤奈何。中國之難以進步，恰恰是這種内耗實在太多。吾念及此，每覺喪氣。明年在這些事完工之後，我想抽時間以英文撰寫關於唐詩的講稿。

吴鴻清又來上海電大搞録像（沙曼翁和陳次圜），我已寫信去約他們來舍一叙，尚未獲覆。我的品評課録像要等明春了。

内子近日身體尚可，她也太累，且不知節勞，也拿她没有辦法，大女兒離婚事近日可望解決，這事解決後，還得想辦法調動工作，明年底後年初還得搬個家，也許到那時，我的日子可稍稍舒心些。只是不知天能假我以年，讓我過幾天好日子不？

今年中秋月下漫步，寫一五律，心情不好，寫不出甚麽昂揚的調子。

四野疏星掛，浮雲伴月行。蛩聲風斷續，樹影露白新。既往成追隱，因衰眷世情。何如倏鶴去，赤壁一天横！

世上事本來是空無所有的呵！奈何多爲戚戚乎？拉拉雜雜就寫至此。祝

旅祉

奭草　十一月廿二日　燈下

一九八九年一月二十四日

謙慎棣：

收到來信已將近一個月了，因爲從十二月中旬開始，老伴卧病，家裏又在修繕住房，亂糟糟的無法作覆，拖到陽曆除夕，老伴病仍不見好，就送她住院，經過一些檢查治療，於一月十八日出院，現在家卧床休養。這樣，我每天得幹不少家務事。

我這些年除了講授外經貿業務外，撰寫出版了一些譯著，如《廣告學基礎》、《合同談判手册》、《實用英漢經貿詞彙》等，平時總有些外面邀請的講課任務，這樣使我聊以度日。本來預定去年四季度去澳門講學，後因故拖延，據説要推遲到五一節之後。我平時也總有些事幹，最近在撰寫（以英文）一些國際營銷的稿件，準備寄往美國，不知你能幫我設法發表不？否則，我就寄給東華盛頓大學的一位女教授，請她設法。

小外孫女是我的安慰，去年考進市三女中英文班，一個學期來，英文進度很快。

近年來陸續在報刊上發表了八十餘首詩詞，北京的《詩刊》社行將出版《中國當代詩詞百家》，我也入選其中，就算濫竽充數吧。

知你們都好，很高興。相信你們會在各方面取得更大成就的。國内的情況想你們都知道，

我以爲最傷腦筋的是人的素質問題，這恐怕不是幾十年能改好的。不多贅。祝

闔家安好！

汝奭手草　元月廿四日晚

附上《梅山冶金報》，從中可看到我的近作：

附一九八八年十一月二十一日《梅山冶金報》發表的章汝奭先生的七律：

一九八九年四月二十四日，梅山興建二十年矣。因以「我與梅山」爲題賦七律一首，但抒胸臆，非爲羔雁具也。章汝奭。

飛雪狂飈十六車，忠貞翻作牛鬼蛇。［注一］誰期箇裏新天地？可信圜中盡坎坷。［注二］幾度蒼黄存翠柏，九年朝夕譜清歌。［注三］而今偶憶梅山月，猶教風人忘夜賒。［注四］

［注一］一九七〇年元月八日夜，十六節車厢載數千幹部至梅山勞動，後來我們這些人就彼此戲稱爲「十六節朋友」。狂飈，語帶雙關，既指那一夜的凛冽寒風，又指「四人幫」的肆虐。

［注二］《楚辭・天問》有「圜則九重，孰營度之」句，兩句意爲對這裏的「新天地」能寄予怎樣的希望？難道國中到處都是坎坷？

〔注三〕　我在梅山整九年，從「九一三」林彪出逃到「批林批孔」直到粉碎「四人幫」，可説幾度蒼黄，我在勞動之暇只是讀書寫字，相信總有一天能爲國效力。

〔注四〕　現在偶然於夜深人静時，想起在梅山時與知友躑躅月下的情景，還會思緒萬千，久久不能入睡呢！

一九九〇年五月七日

謙慎吾弟：

近午忽獲手書，喜不自勝。知賢夫婦和牛牛均好，至慰。承叩問下況，簡告如下：這幾年，我一直在緊張中度日，除外經貿專著又添了數本外，在廣告方面也有一些論著，雖然得到中國廣告協會學術委員會的重視，但在實際的廣告業務中，劣作仍比比皆是。我在學校帶三個研究生，給研究生上國際營銷學課。此外，不時有校外講課的事，上月底，甫自安徽大學講課歸來。不久可能又要去杭州講課（中社科院的任務）。今年將上報晉昇正教授，但因我不習人事這方面，又受名額限制，且其他報批者俱有種種縱横捭闔之術，故無法抱過大希望。在業餘愛好方面，仍不時作書。去年春節，上海《書法》雜誌主編上門約稿，要我寫篇論文，我寫了《書作雅俗辨析》，後刊出在第一篇的版面上。這些年來，我着力於詩詞寫作，除入選北京詩刊社《中國當代詩詞百家》，惜迄今尚未出書，因經濟不景，怕售不出。去年爲沈子丞老先生作七律三首，除在《厦門日報》刊出外，我寫了張四尺行草横幅，刊登在香港出版的《收藏天地》今年第四期（上月出版）。《收藏天地》是專門介紹中國書畫文物的刊物（銅版紙，彩色版），據説現已經賣給日本人主辦。四月刊出我的書作，并刊出釋文及書家簡介。由於不斷拚搏，家境略有改善，除了校方增配一套住房（新大樓），現我大女兒女婿老岳母住在那裏，離我住處不過五分鐘路。我的原住房在院子中又蓋了一間住房，又把院子修葺一番，鋪了水泥，種了花草，室内也换了傢俱。我總算有了間書室，在外人看來，我的境遇已是截然改觀了。去年經王一平和市經委批示，我的次女、女婿將於不久將來調至南京梅山工作，現在還在上海等待，但無論如何時間總不會太長了。等她們走了之後，我這裏三間房三口人（我老夫婦及外孫女，她已十五歲，前年考上市三女中，但這兩年學習成績一直不好，總之不知自覺用功。奈何！這是我唯一的心事）。我躑躅其中，或許兩年後能享一點「硯田無惡歲」的清福吧。上月去安徽，有一位很熱心朋友，願意幫我影印我的詩文集（綫裝，作小楷字帖用，内容包括詩詞、散文、讀詩偶得（賞析）、書畫題識、書畫家評介等），我想這是我退休後的第一件事。第二件事是寫小説，或用英文撰寫中國詩詞賞析和介紹我個人在創作、詩詞寫作上的體會。聽到你改修東方藝術史，很高興。我想，將來總可向你請教了。

吳鴻清常與我通信。近年來，他的遭遇頗蹇舛。他弟弟忽患白血病病逝。本來他已作赴日留學的準備，現在只好作罷，因爲要安慰二老之故。他的住房幾經周折，現在總算解決了。説來話長，不勝歔欷。

寄上我選録的十多首近年所作詩詞。心緒不佳，因而没有昂揚的調子。然而，不管如何，總是發自胸臆，你們也可從中知道我的心境和近況。

老伴前兩年每年總要住兩次醫院，今年尚好。現在里弄衛生站，每天有四小時的工作，既可解解悶，收入也貼補點家用。

拉雜寫了不少，也許你没有時間讀此絮聒，就此打住。祝

一切都好！

汝薁手草　五月七日

王瑩均此不另，牛牛安好。

我家的郵編號爲二〇〇〇三三五

一九九〇年十二月二十三日

謙慎仁棣：

接到你的賀年片，謝謝賢伉儷對我的關注，我也願借此機會對你們夫婦和小牛牛表示良好的祝願。

我這些年一直很忙，著述、教學、帶研究生，無片時閑。但總算上天不負苦心人，今年十一月，我被晉昇爲正教授。但與此同時，壓給我的任務也越來越重，下學期我要開三門課、一百一十四課時，還要帶研究生、譯著，總之幾乎没有時間作詩寫字。

這幾年生活略有改善，我用稿酬和兼課的收入打造和購置了新傢俱，并利用院子造了一間十四平米的房子作爲卧室，這樣我就既有了書房起坐室，也有了餐室。另外學校在這之前又增配了我一套房子，有二十平米，我大女兒夫婦住在那邊（新大樓，離我家不過三分鐘的路），我老岳母也住在那邊，她已八十七歲了，仍很健朗。

我的院子經過修葺，種些花木，搞得比較舒適。這兩年我老伴身體也較前好多了。

我小女兒夫婦今年從蕪湖鄉下調到南京梅山工作了。房子分到二十三平米（兩間，獨用煤氣，兩家合用衛生設備），總算能安居樂業了。我們老夫婦也放下了最後的包袱。

我們老夫婦現在和小外孫女過，她現在市三女中就讀，重點中學要求高，她尚自知用功，只是稚氣未脱，奈何。

我再幹上兩三年就要求退休了，我既不會讓人家請我走，我也決心留些日子給自己，譬如出本詩文集（這些年陸續在各大報刊發表詩詞八十餘首）或寫小説之類。

我這些年和書畫界中只有少數一兩位大師往來。一位是陸儼少，我曾撰寫了《讀陸儼少的詩書畫》一文，刊登在香港出版的《收藏天地》創刊號上。陸儼少先後爲我畫了《赤壁夜游圖》（前面是我用蠅頭小楷寫的前後赤壁賦）、《阿房宫圖》（前面是我用蠅頭書寫的阿房宫賦），并爲我畫了《煙江疊嶂圖》，前面我用行書寫的蘇題王晉卿畫的長歌，另外他還爲我畫了兩幅梅花，後一幅是今年寄給我的，特别精彩（是他八十一歲時的手筆）。

另外一位大師是沈子丞。我爲他寫了三首律詩，那幅四尺原幅大行草也刊登《收藏天地》上。沈老今年八十七，他爲我畫了幅《晚晴閣吟詩圖》，還爲我的楚辭漢賦小手卷畫了引首《屈子行吟圖》和《枚乘七發圖》。

拉雜寫了一些我的近況，想必是你們願意知道的，不再贅絮。祝

闔府安好！

汝頭　手草　十二月二十三日

一九九一年十二月二十九日

謙慎弟：

收到支票，勿念（賀卡亦妥收）。另一張長的就放在你處無妨，價可讓至六〇〇。總之，請你統權處置。

盼了三四年的《中國百家舊體詩詞選》總算出版了，其中選了我兩首律詩、一首詞。我也總算忝列詩人之列吧。可嘆。我已匯錢給貴州人民出版社（貴陽）添購十册分送友人，爲你留一册，不知可郵寄否？（其中選了毛澤東十首，還有鄧拓、臧克家、茅盾、何其芳、林默涵、王統照、荒蕪、郭沫若、錢仲聯、錢鍾書、柳亞子等人。）

我仍極忙，希望明年秋能稍空些。

不多贅。祝

儷好！

汝奭　草　十二月二十九日

牛牛亦在念中，看到他的照片，很健壯，又如此聰慧好學，吾弟有後也。

一九九二年九月二十二日

謙慎棣：

來滬匆匆一面，大慰蕪懷。猶以未能暢叙爲憾。上次説起曾在病起作一詩，寫成小横幅未能寄給你，今檢出付郵。

我在寫本普及性的營銷學小册子，是應上海市教育局寫的，十月份可交稿。十一月要去廣州外貿學院講半個月的國際廣告學，在這之前要送走最後一位研究生，在這之後就没有什麽任務了。我答應一家出版社以小楷寫自己的詩文集（大概以連史紙或宣紙影印出版），如能實現，亦平生之願也。

遥祝你們賢夫婦和牛牛一切都好！

不多贅。

握手！

汝蘋　手草　一九九二.九.二十二

一九九六年九月七日

謙慎吾弟：

日前接獲八月二十四日函。知賢伉儷諸事順遂，益以牛牛聰慧，日後定成大器，不勝欣幸。我的《晚晴閣詩文集》本當早日寄給你，郵費倒不打緊，只怕丢失或郵途中受損，爲之惴惴。既然你明年回國，那就當面奉上吧。

我自一九九四年退休以後，學校只保留學術委員會委員名義，而自一九九〇年起，我就在金馬廣告公司任首席顧問職，待遇較學校好多了，這樣，這些年來我的境遇較過去爲好。

今年上半年，「金馬」有意加入世界伙伴組織（Worldwide Partners），我遂有機會碰到那位美國總裁，相談之下非常投契。她問我要了我的書，回國以後過了約半年，她來了電傳說，有博物館有意約我去講課（只付講課費），後來她要我的簡歷，説與扶輪集團聯繫，説這是個大財團，如能洽妥，大概他們能贊助我的差旅費，現在這事也急不得，如真的要我講詩詞書法，我備課也得要半年以上時間。

這兩三年來，人家介紹我認識了佳士得（拍賣行）Christie's International，這個公司的國際部主任黄君實是享有世界聲譽的鑒賞家，承他愛重，先是把他學米書的大手卷要我題跋，後來又拿來彭昭曠山水卷（特别從新加坡取回）囑題。彭三十年代與大千是至友，曾相攜在四川青城山中住了三年，現已近九旬。這個大手卷曾在陸儼少去香港開畫展時請陸補人物，萬一鵬補茆屋始足成，確是大家手筆。這樣，這些年佳士得的拍品目録我都有，這對我仍是很有幫助的。

我的外孫女章懿冰今年已是大學二年級生，上海大學美術學院環境藝術設計專業本科（原上海市三女中畢業），她的男友是同濟大學建築系畢業，去年分配在住宅總公司集團工作，不久他將去美國深造，他兩個叔叔都在美國定居（他大叔叔是我學生），所以將來希望也能送她去美國深造，這最早也要在兩年以後的事了。不管怎麼説，這點力量我還是有的。

我的二女兒在梅山工作也快七年了，工作生活條件都還説得過去了。

拉拉雜雜已寫了不少，權作一夕話。寄上我去年寫的三首放言詩直幅留作紀念吧。

問

闔府安好！

汝奭　手草　九月七日

致吳鴻清

一九九九年二月六日

鴻清兄：

接到詞條信，辱承愛重，至感。現將詞條寄回。衹補充一九九六上海書店出版我《晚晴閣詩文集》一點，請裁處。我近日身體大不如前，心臟病時發。不多贅。祝

闔府綏吉

汝奭　手草　二月六日晨

一九九九年三月八日

鴻清我兄：

寄上近爲《書法》雜誌寫的一篇文字《臨池絮語》，即用博教。不一一。叩

文祉

汝奭　三月八日下午

二〇〇一年五月廿九日

鴻清我兄：

茲將二月在文華里所作的五言一首録上，即祈兩正。我想送張《報任少卿書》小楷，諒不爲薄。谷川爲我所作種種，深用感紉，會當有以答報。如能將瓷青絹金書《金剛經》售出，自當更以佳書與之，勿令後人責我遇人不厚也。白謙慎回到上海，昨晚來電，約明晚偕友來舍一晤。晚歲故舊來，良非易事。外孫女之出國簽證尚未批下，爲之惴惴。近爲此夜不能寐，食不甘味，奈何。不一一。即敏

文祉，并頌

潭綏

弟汝甗再拜　五月廿九日

二〇〇二年七月十日

鴻清我兄硯右：

欣聞世兄高考成績優異，可喜可賀。此誠吾輩畢生矻矻以求之大事也。隨緘附上拙作，或

亦可佐清興。不一一。即叩

潭祉

弟　汝奭　頓首　七月十日

二〇〇三年四月十五日

鴻清我兄：

屬録舊作真書横幅，原寫好一紙，自謂不惡，隨即電告，不料最後一印蓋時手動，竟至漫漶不清，祇得另寫。不料，連書數紙，均未稱意。現寄上之作，僅係無大病者，自嘆功力不逮，黔驢技窮，奈何奈何。然即使此一小幅，亦有數點奉告：即一，此紙紙質非比一般宣紙，較厚硬，易折。業中對之褒貶不一，但我以爲其最大優點乃能盡顯墨色及筆觸，濕枯顯示無遺（我係用乳羊毫長鋒），如請精工裝裱，當能顯示其神采，故兄俟京都疫情緩解後付裝池，想能證我所言不虛。裱時請關照裱邊宜略寬，綾用暖色淡米色，如用絹則更佳。然鏡框所用木料宜細窄，不宜厚重，如能照此做去，懸之壁端或可觀也。凡此種種俱告，藝事務求完美，殊屬不易。隨愛重邀我作「論十至文」，請容我慢慢思考，一俟想出框架，當即奉告請教。兄調北大任教事，如有進展，盼即示

下。不一一。即詢時祉。諸惟愛攝

汝熲　四月十五日凌晨

二〇〇四年三月二十七日

鴻清我兄：

《臨池心解》一文，就這樣算是寫好了。其實也已數易其稿，因爲我覺得有些是應讓讀者自己思索的。兹以清稿寄上，請收到後電告，并告我削正意見。不一一。即問

刻好

汝熲　再拜　三月廿七日下午

二〇〇六年七月二十四日

鴻清我兄：

寄上拙作，聊博一粲。究屬昏年手筆，留個紀念吧。賤軀尚可，但種種煩心事，不一而足。

生無足歡，死無足懼。祇望早日超脱而已。不一一。即詢
暑祺

汝奭 再拜 七月廿四日晨

致楊家潤

二〇〇三年三月二十八日

家潤先生硯席：

大作兩幀妥收，謹拜領，惟題識奬飾過當，增赧之愧赧，故如承允投《厦門日報》，則乞再揮椽筆作簡題俾利紹介，區區微忱伏望垂鑒，不一一。即敂文祉，諸惟愛攝。

章汝奭　再拜　二十八日

二〇一五年十一月二十日

家潤老棣硯右：

迭接畫作，乃以老軀違和，稽延至今始覆，深用愧恧。足下殷殷屬爲評點，雅意難違，遂妄陳鄙見，惟願愚者千慮，或有一得也。

先寄下之大幅，開卷右端作横皴巒頭，似與通卷不甚諧調。再則既作淺絳，遠山作淡藍，以爲仍以淡墨灰色爲宜。

日昨寄下之小幅横卷，遠山亦著淡藍色，愚以爲亦顯突兀，如何之處請酌。又此小卷上有松樹多株，愚以爲此等處恰需格外精到，即應以上佳狼穎以鋭鋒作松針，且筆筆要有彎勢，墨色濃淡亦應參差有致，如此才能顯示出畫作之精審布局。且既云墨有五色，即應在用墨上有濃淡焦瀋之分，而非平鋪直寫率意爲之。故作畫前應備好新墨、宿墨、焦墨、淡墨、水墨，用筆也分用鹿狼毫畫筆、乳羊毫短鋒、狼穎鋭鋒小筆，如此精心準備，在打腹稿時心中即有立體布局。總之，所寫山水要使人看去若美景疊加，樹木則摇曳生姿，而非率意作畫，信筆爲之也。

管見如是，惟足下擷取一二。不一一，即敂潭祉，伏惟愛攝。

汝奭手泐　十一月二十日

致秦金根

二〇〇九年六月十九日

金根兄硯右：

寄上拙書《岳陽樓記》，雖不甚工，要亦可示予之書風於一斑，其可以持此爲贈者亦聊表紀念之意也。

近日已届黄梅，悶熱之甚，予賤軀尚可，終日但與藥石爲伍，奈何。

不一一，即問

時祺

章汝奭手泐　六月十九日

二〇〇九年七月八日

金根仁棣：

承愛重，屢以臨池習書見詢，頃又接近所作書感，君向學之誠、矚望之殷，乃不揣鄙陋，秉筆直陳，猶望愚者千慮，或有一得也，幸勿以矜妄見責。余總角臨池，先師僅授執筆法，家尊則付余《廟堂碑》、《柳書神策碑》及《松雪壽春堂記》諸帖，九歲起臨《廟堂碑》，歷三年未得要領，其時予獨喜松雪書，先尊嘗誡之曰，切不可耽習松雪，若染其習氣，終身難以擺脱。稍長，獲讀孫過庭《書譜》序，謂「真以點畫爲形質，使轉爲情性，草以點畫爲情性，使轉爲形質」，「一點爲一字之規，一字乃終篇之準」，從知臨池學書必從點畫立，定規模始，蓋未有點畫未臻而成佳構者，即以名家而論其點畫，亦每大純小疵。清代翁劉梁王固書壇之煊赫者，翁雖整飭，然筆質每失之臃腫，學歐然無歐之險峭；劉習顏，筆勢開張，氣格不凡，其行草雖使轉無誤，然略失蹇澀；梁壽享遐齡且早負盛名，然丐書者衆，雖墨迹流傳甚廣，卒多酬應之作，鮮見精彩；王夢樓筆用側鋒，雖體態瀟灑，却失之弱，故不爲後世所珍。由是觀之，凡論書筆法最要，懷素「自叙」中有云，顏刑部，書家者流，精極筆法。而世傳懷素墨迹，雖《自叙》以縱放恣肆見稱，然以書品論，其小字「千字文」實爲最佳。又自古迄今，學書者莫不耽習《蘭亭》，然歐之定武、虞之天曆，乃至松雪臨本，審視之，均不掩各自之本來面目，以其筆質異也。劉熙載《書概》有云，論書者，曰蒼曰雄曰秀，余謂更當益一深字，凡蒼涉於老秃，雄而失於粗疏，秀而入於輕靡者，不深故也。然究其實，均屬點畫筆法之所指謂。故凡得筆者，則求王得王，

求顔得顔，求米得米，愚意求書道之實者，必從簡中悟之，乃不知是論有裨於仁棣之探求否？天暑，諸惟愛攝。耑覆，即詢

時祉

章汝奭手泐　七月八日

致石建邦

約一九九九年前後

建邦兄硯席：

楊先生書件勉就，兹寄尊址，乞於便中轉致。若有未稱意者，請俟異日。雨落不止，殊覺憒憒。不一一，即敂

潭綏

弟　章汝奭　再拜　六月廿六日

二〇一三年初

建邦道兄硯右：

辱承愛重，囑將拙作撰短題以明旨意，勉就寄上。惟蕪詞或不堪入目耳。天寒諸惟愛攝，恭敂

潭祉

章汝奭　再拜

另六張冷金紅箋鏡片亦已寫好，便時來取。又及。

人生苦樂更迭乃常理也，内子文淵每誡我切勿褒貶時人是非，蓋多事多患，安樂必戒。乃予則以爲求進者必探驪始得珠，致每置其言於罔顧，以致過勞而病。病中沉思，遂有是作，文爲：

無端衰朽惡疾纏，病裏沉思欲破禪。苦樂更迭緣有數，得失不計自恬然。餘年勉勵彌珍惜，片紙耕耘别有天。最幸此生得佳侣，扶摇萬里亦連翩。

長洲章汝奭未是稿，壬辰冬至後三日録。

數月來有好事者數度來訪，叩問予數十年臨池體會，感其悃悃之誠，遂就管見所及，坦陳旨要。乃未及終，予病住院，病中念及此未了事，殊覺惴惴。九月二十六日凌晨口占一絶，恍如得赦，蓋以此聊充結尾語耳。詩云：

老朽癡頑妄説禪，未諳人間巧機關。他年偶話迂翁事，衹當臨風聽暮蟬。

長洲章汝奭未是稿，壬辰冬至後三日録。

二〇一三年一月七日

建邦兄：

寄上墨孫先生要的字，祈轉致。至於陸灝先生要我爲邵仄炯先生寫副對聯，我想了想，後又幾經改動，總算差强人意。文爲：「胸中自有閑丘壑，落筆無痕妙畫圖。」我不要潤筆，但望得到邵畫的小册頁，我願奉上他的筆資，以示珍重。萬望爲我婉轉説項。總煩清神，不勝感紉。

天寒善自珍攝，即敂

潭祉

章汝奭　再拜　元月七日

二〇一三年一月十日

建邦兄：

邵仄炯先生一副對聯總算寫好，耗費不少功夫，但仍不見巧，心拙力窮，奈何。承他答應給我作畫，欣喜不勝。緩緩爲之，不急不急。

不一一。祝
一切都好。

汝賡手泐　一月十日

二〇一三年一月十五日

建邦兄：

邵仄炯這副對聯總算改好寫好，雖然還不盡如人意，但還看得過去。現寄上，乞得便時轉致。至於求他爲我畫八開册頁，不急，緩緩爲之可也。種種煩清神，不勝歉疚。不一一，祝

潭綏

章汝賡　再拜　一月十五日

致顧村言

二〇一三年二月十四日

村言道兄：

寄上壬辰除夕所作寫經守歲詩，聊以博笑。如以爲詩文可用，請附在前稿後面，惟字幅祈不予出相也。獻歲發春，諸惟，闔府綏吉爲頌。

即叩日祺

章汝奭　再拜　癸巳新正年初五

附近作《寫經守歲》

七紀前此夜，守歲在京華。幾度滄桑易，渾如霧裏花。壽添慚蠟泪，文采愧煙霞。爆竹聲震耳，數行經未斜。

壬辰除夕寫經守歲，憶及少陵守歲詩，乃步其韻，作此不數刻予八十七歲矣。長洲章汝奭於海上得幾許清氣之廬。

二〇一六年初

村言道兄硯右：

隨緘附奉拙作祈斧正，乃弟有不情之請，即希版面略大，尤以詩作釋文宜清晰易辨。兹以楷書録出如左：

總角嬉游若夢飛，深情早鑄啓天闈。三生石上鎸名姓，一世休咎仰定揮。幾度沉疴延斷續，殘年孤鶴尚低徊。浚毫聊示兒孫輩，或報平生未展眉。

乙未冬月之望子夜夢覺，追念内子文淵，聯得長句，是亦癡人行徑耶。長洲章汝奭年八十有九。

不情之請，諸多鑒原。

敬叩　時祺

章汝奭　再拜

二〇一五年一月二十七日

村言兄：

東京之游樂乎？寄上拙作，或不值一哂，請酌處。祝，時祉。

章汝奭　再拜　元月二十七日

附録

章汝奭自傳

我章汝奭，一九二七年六月十六日，農曆丁卯年五月十九日，生在北京西城高碑胡同四十號。我祖籍浙江，我曾祖在清朝咸豐年間在廣東作過一任道尹，後因洪楊亂事輾轉落籍蘇州。祖父章梅庭光緒年間曾任清廷太醫，後告老回到蘇州行醫，爲蘇州四大名醫之一（章太炎是我祖父嫡堂弟，故是我叔祖）。我父章保世字佩乙，生於一八八六年（光緒十三年丙戌）。十三歲時（戊戌年）童子試爲蘇州府長洲縣第一名秀才（案首），二十歲前後在上海《時事新報》、《申報》先後任主筆，大江南北頗有文名。與陳其美友善，在其影響下參加了辛亥革命。

段祺瑞主持北京政府時，我父進入安福係。組閣時，父親被委爲財政次長兼泉幣司長，總長李思浩與我父是結拜弟兄，故財政部實權在我父手中，當時有「小總長」之稱。一九一七年張勛率「辮子軍」進京「復辟」，向李思浩要錢，遭拒絕。張勛怒而要殺李思浩和徐樹錚，我父得訊冒死往見張勛，下跪爲李徐二人求赦。張最後表示：「看在你面上，李思浩可不殺，但徐樹錚非殺掉不可。」其時，我父早將徐藏匿在家，到家他爲徐化裝，帶上保鏢，陪同徐一起坐自家小汽車護送逃出北京，安全送徐到天津租界。徐爲感謝救命之恩，以兩張銀行本票相送，總金額五十萬銀元。從此我父發了財。李思浩爲表示感激曾贈詩我父，中有「梁汾風義君能及，凄絶秋茄舊夢痕」的句子。這是用梁汾救吴漢槎的典故，意思是我父親重義氣能與顧梁汾相比。

我父親致富以後，一不買房子，二不置地，而一心收購古書畫、古籍、文物、古玩、古瓷。爲此，還專從北京琉璃廠請了一位精通文物鑒賞的行家劉森玉當管家。後來這位管家一直跟着我父親幾十年，直到我父最後從上海移居蘇州時止。不數年，父親在北京就有了「對聯大王」和「半個項子京」的雅號。據父親告訴我，他收集對聯最多時，明朝人對聯有三百副之多，其中有嚴嵩、嚴世蕃父子的。

我父親原配夫人早逝，留下兩個兒子，我大哥汝昌，二哥汝發。由於自幼失恃，後來又在錦衣玉食養尊處優的環境下長大，以至學而無成，碌碌一生。

我母桑紉玥，也是蘇州人。我外祖父原是縣衙的書辦，一生不得志。我母親生我們兄弟三人，我是老二。在我出生的時候，父親正是春風得意之時，加之我自幼讀書成績很好，以是獨得父親鍾愛。

從我記事一直到十多歲這段童少年生活，我一直是在奶母的愛護和關懷之下過來的。我的奶母袁氏，北京西郊青龍橋人，耿直善良，這在我身上打上了不可磨滅的烙印。至於我的生母，只是在她去世前一兩年這段長期卧床的時間，我才和她接觸較多。在這之前，由於她經常作爲貴婦外出酬酢，或晚上出去看京戲，回來很晚，平時我就很少見到她。但不管怎樣，每天下午放學回到家裏，我總去上房見她一面，向她請安。「出必面，入必告」是我們這種重禮教家庭的一條準則。

我三歲時，家搬到東城禮士胡同，四歲時隨母遷居上海住福煦路康樂村十一號。次年，我曾進入威海衛路智仁勇小學附屬幼兒園。那年我弟弟出生，同年我在上海親眼看到日本飛機轟炸閘北。

不久，母親爲了父親納妾，又因上海風氣不好，決定帶我兄弟到北京定居求學。次年，我們到了北京住燈市口同福夾道二號。這原是前清某個親王的府邸，這所房子之大，使我們好像住進城堡一樣。在我們入住之前，是我父親先來安排的。房子本來是北京市印刷局局長沈能毅的私産，沈尊我父爲師。沈有很多房産，這所大宅邸也是空關着。沈當時要以半送半賣的辦法，把這所房子連同内部的大件傢具地毯等，僅八萬元賣給我父親。我父堅決不要，沈就借給我家住。因房子太大，我父親在我們入住之前雇用了總管家和男僕、厨師及原有的養魚、飼狗人員和門衛等三十餘人，并接來好友張仕鋆（仲青）的長子來家閑住（當時他在北京養病）。我母親也有人介紹來一位閨友（一位北京女子文理學院未畢業的女大學生，不知因何故輟學，獨身主義者），名吳宜端，從那以後一直陪着她，直到一九四〇年後去天津。就在那時（一九三三年），張大千曾在我家住過一兩個月。他爲我父畫了不少畫，一九四六年我回到北京家裏還發現一個大皮箱，其中全是張大千的畫作未裝裱的原件。有的有款識有印章，有的有款無印，還有的無款無印。衹是我父親從來不收藏近代或現代人的作品，這樣對待這些畫作，我一點不覺得奇怪。而我那時也因受父親影響，對這些東西也覺得無所謂的。當時父親夏日外出所用摺扇都很講究，其中畫作很多是張大千的。此外也有溥心畬、陳半丁、張仕鑿、符鐵年所作。扇面上的字有沈衛、章鈺（字式之，也是我堂叔祖，前清翰林）、何雋、張栩人、梁鴻志、黄秋岳等。我父親雖也推重這些人的書畫造詣，但從來不曾以收藏來對待。

我們在這所大房子裏住了不到兩年。主要因爲儘管僕從很多，却仍覺過於空曠。在以後的一年中，又搬過兩次家。先是搬到大佛寺大街，不到半年又搬到東總布胡同五十六號。這是個典型的北京四合院，這時僕人大大減少，祇有六個人。儘管在我的印象中，那兩年住在這所房子裏是最最恬靜寧謐的，但父親從上海來了兩次之後，認爲太寒酸，連宴請賓客都没有條件，就決定再搬家。一九三五年十月，又搬到北總布胡同十號。這也是一幢兩層西式樓房，雖然比同福夾道小得多，但比東總布胡同則大多了。父親的書畫文玩，在這裏總算有了些展示的條件，房屋的建築陳設也比以前好多了。僕人又多了一些，十多個人。在這所房子裏，我度過了九、十、十一歲的童少年時光，也是和我父親接觸較多的一段時間。

我們住到北總布胡同不久，母親爲我們延聘了一位家庭教師，王君珮先生，是北京孔教學校教務長，是位飽學之士，教我們經史、古文、書法。

這時我書房的陳設是異常奢華的。除了一張八屜大寫字檯和一長几是紫檀之外，其餘傢具都是紅木的。書櫥中裝滿綫裝書，第一櫥都是宋版書，第二櫥都是古代名人的手寫本，第三櫥都是明版書，第四櫥是清代善本書。其中有元代版本的《稼軒長短句》，最最珍稀的是顧炎武詩詞手稿（《一角編》），柳如是的詩詞手稿。即使是清代或以後的書籍，也有很名貴的。如改玉壺所繪《紅樓夢圖詠》的水印木刻，《萬印樓印存》的原打本。墻上掛的書畫有北宋郭熙《秋山行旅》立幀（蔴紙本），上有柯九思、虞集、項元汴等人題識，原裝裱，明萬曆三彩瓷軸。還曾掛過一副大八言聯，是明代杜瓊的行書，文爲「致仕杜門，是謂相國；散金娛老，淵哉若人」。我從這副對聯的文意中，已經知道父親大概是無意仕進了。後來代替杜瓊聯的是清宋犖的七言聯：「靜以尋孔顏樂處，復其見天地心乎」。看來這是爲了教育我，而特爲選掛的。長几上，正中擺的是乾隆官窑緑釉墨彩金人銘瓷插屏，紫檀邊框木架；兩側一邊是雍正青花玉壺春瓶，一邊是明建窑花瓶。我的寫字檯上兩個筆筒，一個是明宣德官窑五彩大筆筒，另一略小是康熙官窑青花竹林七賢，全是紫檀座。一方大墨海端硯，足有一寸半厚，宋出土，底部是周敦頤題，兩側是程頤、程灝題，紫檀天地蓋（據説是清宫内舊物）。另一小硯是明坑羅端，竟是鮮艷的紅色，漆盒。兩個印色盒，一個是明嘉靖御窑粉定，另一爲乾隆官窑胭脂水。更名貴的是乾隆御制黄玉筆架，十分晶瑩剔透，色如蜜臘，足有五分厚，刻成山形，刻工精細流麗，底有乾隆御題，還有個乾隆官窑五彩小墨床。此外，寫字檯上還有四五塊明代竹臂擱，都是名家手筆刻。

在我十歲生日那天，父親特爲到書房來，問我這些天老師講的是哪些文章。我説近來講的都是韓文，父親説「還是多讀些柳文好」。接着拿個手卷給我説「你喜歡趙子昂，這個卷子給你，你可仔細看看。我以爲還是改臨唐人爲好，可先改臨李北海，再臨虞、褚、顔真卿然後二王。還要臨些碑版如《張黑女》等，當然我并不勉强你」。

我記得我一直是很怕父親的，但那天他特別温和。我打開手卷一看，是趙奉敕書《玉臺新詠序》小楷（絹本）長卷，字大四分許，真是光彩照人，我看得出了神。當我收卷以後，父親説，「趙有習氣，染上後很難擺脱，所以臨寫得不好要害人的，可是這個手卷却是很好的」。這是我父親給我的唯一文物。至今我回憶起來，覺得這是我看到過的最精彩的趙書墨迹。祇是我十六歲去上海，後來去四川，二十歲再回到北京時，這個手卷却不見了。不管怎麽説，父親的教導，我一直記得。我後來數十年臨池習字，基本上是照他指點的路走過來的。

記得這兩年是父親在北京住的比較長的一段時間，直到一九三七年「七七事變」以後才離開北京去上海。在這段時間裏，幾乎每個星期日上午九時以後，父親會叫管家叫我去他書房看字畫。那時祇要不下雨，上午九時前兩間門房裏總坐滿琉璃廠各文物商店的人。少則五六位，多則十多位。到上午九時前父親坐在他書房喝早茶時（我父親雖然是舊舉子，但對西方的飲食文化却十分精通，他在三十年代起一直飲用 Lipton 紅茶，天天喝咖啡，牛油麵包家中不斷），陸續召他們進來，審看他們帶來求售的物件。我記得那時尚有位汪老先生住在我家（汪大經，是老早當過國務總理汪大燮的胞弟，長期住我家直到病故），連同劉森玉，總是在一起看。我父親曾偶而問問我字畫中的題識，有時讓我讀，看我是否認得出那些行草書，還看我句讀是否讀錯。這對我提高欣賞和鑒賞能力都很有幫助，我記得那個乾隆御題的黄玉筆架就是那時買進來的。當時還買到個極好的珍品即明倪元璐、黄道周《雙忠書畫合璧卷》，書畫皆精，十分難得。

在我十歲那年，家裏住進來一位特殊人物，丁立原，别號笠園，三十一歲。書畫皆精，書法高古，氣息直接鍾繇，畫山水人物花卉蘭竹無一不精，文采也好。原也在琉璃廠，我父出於愛才，看他窮途潦倒，就要他來到我家，向他提供各種書畫創作的條件。後來他也留下不少畫作，衹是不知何時散失了。丁立原最大的毛病是吸鴉片，而且癮很大。衹是不知爲何，就在蘆溝橋事變前不久，他突然失踪了。父親曾多方設法尋找，竟然無效。

在我九歲那年，我常到同學陳豫生家玩。他父親陳國華，原是河南六合溝煤礦，後來又轉到開灤煤礦財務主管。那時他四十多歲，任上下來，以積蓄與友人合伙在上海從事一些商業經營。在北京，他們住房很舒適，雙四合院後面有個近四百平米的花園。家裏養着狗、金魚，還有輛豪華的汽車，僕人也有六七人。陳豫生有兩個妹妹，他的大妹妹就是我妻，當時她還衹有五歲。我的岳父母思想很新，也很會享受，會騎馬，打網球，游泳，溜冰，跳舞，還喜歡旅遊，打獵。一次我在岳父母帶領下與他們一家游北京西山八大處，我不慎跌了跤。我岳母送我回家，自此認識了我母親。後來我母親也去回訪，很喜歡我妻，認她做干女兒。

我到後來才領悟到，當時父親陸續向我展示他收藏的珍品，是頗寓深意的。但是誰能想到，「萬事分定」，數十年後舊家秘笈竟至蕩然無存呢？當時我書房另一側曾懸有清蔣山堂四聯草書屏，我記得起首的幾句是「居之安，平爲福，萬事分定要知足，粗衣布襪山水間，放浪形骸無拘束，好展卷，愛種竹，花木數枝喜清目……」想不到這正是我現在的日子。

我記得他陸續給我看的珍品有：

一、北宋王晉卿《煙江疊嶂圖》，中有蘇東坡所題長歌，見《清河書畫舫》及《雲煙過眼録》、《墨緣匯觀》等著録，這個手卷是我父親一生書畫收藏中最最得意銘心的稀世之珍。

二、北宋石曼卿楷書大字《籌筆驛字卷》，内有宋元明清多人題識，是流傳有緒的名跡。

三、宋米元暉《雲山得意圖卷》，也是見多種著録的名跡，這是我最喜愛的畫作。

四、宋夏圭《蜀江晚泊圖卷》，見裴伯謙《壯陶閣書畫録》，宋緙絲包首。

五、宋李綱字卷。

六、元錢選《猫卷》，極精，也是流傳有緒的名跡。

七、宋郭熙《秋山行旅圖》軸，宋蔴紙本，有柯九思、項元汴題。

八、元倪瓚《晴嵐暖翠》，淺絳，極精。

九、明唐寅爲華補庵畫《溪山秀遠圖》卷，有華補庵長題。

十、唐寅畫《十美圖》册頁，對開祝允明題，明原裝裱。

十一、王石谷《赤壁圖》，卷前有王鴻緒行楷書《前後赤壁賦》，後有王崇簡題。

十二、明倪元璐黄道周《雙忠書畫合璧卷》，極精，有清代多人題識。

除此之外，大小客廳書房壁間掛的都是名貴的書畫。譬如他能收全尺寸相當的明代畫中九友立幀，清四王吳惲立幀。有一次張學良和趙四小姐來訪時，在張特别贊賞一幅綾本明代李流芳山水立幀時，豪爽地把這幅畫當即摘下送他。那時他常常筵請賓客，在筵請賓客之前總要换掛書畫。記得他很喜歡掛史可法的對聯，换掛史可法狂草對聯總不下五六副之多。我想這大概是因爲史曾忠烈困守揚州之故。我現在仍記得有副五言聯文爲「樹影中流見，鐘聲兩岸聞」，當時宴請的賓客中有梁鴻志、王克敏、王揖唐、郝鵬、吕漢雲等人。後來我知道這些人都是作了大漢奸的。

父親在瓷器收藏上也是可觀的，除上面提到過的明嘉靖御窑粉定印色盒（十二只，造型均略有不同外，宋元明清官窑都有。而且其中有的還是清朝大内流落在外的珍品，如一對成化鬥彩爵杯（料款），雍正緑地黄龍大盤，都是。我還記得有次我哥哥不當心把父親書房中一個嘉靖官窑青花釉裏紅梅瓶打碎了，父親也未加深責。此外，我記得大宴賓客所用的成套瓷餐具，每套都有數百件之多也都是清官窑。一直到一九四六年，我回到北京時還有兩整套這樣的餐具，一套是清嘉慶的，一套是道光的。

在宴請賓客之前，父親總要把兩位厨師找到他書房裏，親自和他們研究菜單。這兩位厨師都在我家多年，是我父親調教出來的。一位叫桂生，一位叫阿姚（阿姚在解放後進入國務院當厨師）。因爲我父親是有名的美食家，所以每次的菜單中總有很特别的菜式。

在我十歲那年秋冬，母親跟父親到上海住了幾個月。在聖誕節前，大哥汝昌從上海到北京，帶來母親買給我們三兄弟玩具、衣物。雖很高興却感覺有些異樣，不久知道母親將不回來過舊曆年。這一階段家裏一切都由吴阿姨主持，年過得異常儉樸。過年後不久即將開學，而我們的學費都還無着，快信、電報到上海都得不到回復。後來竟至我奶母跑到學校向校長要求請求緩付，校長稱贊我奶母是義僕，慨然答應。直到我母親幾個月以後回到北京時才補繳上學費。這使我有一種不祥的預感，覺得這個大家庭表面上支持着富貴的場面，骨子裏却是矛盾重重。

母親回來後一個月，父親也從上海回到北京，這次却很少宴客。七七事變一開始，父親好像已經知道這場戰爭不會像「一二八事件」那樣很快平息。出事的第二天，他坐在花園的藤椅上，吸着很長的旱菸袋，爲我們分析戰局，我們都爲之十分敬服。記得後來他在上海，爲我分析斯大林格勒戰役時，不僅指出這一戰役的戰略意義，而且還詳細地預測以後的全世界戰爭進程。後來的實際的戰局發展，也正如他預測的那樣，異常吻合。這使我感到他在軍事政治上的遠見卓識，確是了不起的奇才。

第二年，一九三八年春，我家又搬到什方院五十二號。這裏房子比北總布胡同小多了。搬家顯然是爲了緊縮開支，家館王老師仍每周來授我古文。春天，我父親從上海歸來時帶來二姨太，這是因爲她不堪大姨太的欺凌，才希望在我們這裏有一枝之栖。不久她生了場大病，是我父親開中藥把她救活的。在養好病之後，父親給了她一筆錢，就離開了我家，之後不久父親又回上海了。

一九三九年夏，我小學畢業直昇初中。四〇年春節，是我記憶中母親能起來張羅一切，并外出應酬的最後一個春節。從北總布胡同搬過來以後的一年多的時間裏，孟小冬經常來看我母親，她們早幾年就相交莫逆。母親又請來李凌風來家教京戲，我母親很聰明，一學就會而且嗓音很好，也唱得很有韻味，前後教了好幾出戲。後來王瑞芝（孟小冬的琴師）也曾來家給她操琴吊嗓。

過年後不久，母親去上海。三月間，忽接父親電報説母親病重，讓我和哥哥立刻趕到上海去。那時父親在上海福州路漢彌登大樓辦起了一家利華貿易公司，母親住虹橋療養院。我們去探望，已轉危爲安。但事實上她的肺結核病已很嚴重，有多處空洞。她雖然已經能靠在床上説説話，但精神一直不好，也不能起床走動。五月份決定回北京，後來是由我大哥護送我們到北京的。火車經山東滕縣時遇遊擊隊毀路截車，車上日軍與遊擊隊槍戰約二十分鐘。後駐滕縣日軍趕到，打退遊擊隊。次日晨，下車走一段路，走過炸壞的路叉，對面已安排好接轉的車輛。我攙扶母親，走過這一小段艱難路程時，才發現她十分瘦弱。這使我不勝酸楚。

在我停留在滬時曾去看望陳豫生，我到他家時使我十分震驚，原來幾天前他父親暴病去世了，家境陡落，這就是我的岳家。這段時間在上海小住爲時不到兩個月，得知在上海父親除了兩房公開的姨太太之外，另外還有一處不公開的。大姨太十分暴戾，幾乎天天向他逼錢，父親異常怕她。而小姨太則爲人善良，但也怕大姨太，因大姨太曾指使流氓到她住處去打砸騷擾過。

當時父親也還富有，就在我停留上海之際，他買進一本王晉卿大册頁，在著名裱畫名師劉定之處裝裱，裱工也所費不貲。那時他有兩輛車，一輛是Buick保險車，一輛是Nash。

父親爲表示對我特别鍾愛，曾帶我到都城飯店Grill Room和Federal去吃西菜。他對西方餐飲非常内行，所到之處，老闆都來打招呼。當他聽到我在集郵時非常高興地説，「你小小年紀也愛收藏，有乃父風」。一天下午，特爲帶我到霞飛路一家法商郵票公司，去讓我選購些我喜愛的郵票。我選了不少名貴郵票，一套慈禧萬壽票，頭次海關和二次海關票及全套日本版龍票，還有兩張十九世紀老法國票和波斯票，都是那天買的。

我們回到北京以後，家務全由吴阿姨主持（這時汪大經先生已經去世）。母親的病又曾惡化，住德國醫院。不久由吴阿姨介紹從天津來了位梁小姐（梁寶鈿），她在耀華中學畢業後，不知爲什麽不再昇學，也不結婚，就來陪伴我母親，直到我母親四二年去世。不久小姨太也因在上海不堪大姨太的威逼，帶着三個孩子躲在北京來住，後來就由她掌管家務。

我們兄弟爲了探視母親輟學兩個月，回來以後，奮力追趕。總算學年終了時，没有一門不及格。而我次年昇初三，到畢業時，成績又在全年級的十名之内了。

回到北京不久，母親接受了天津友人董氏夫人的盛情邀請，住進她在香山白皮松的别墅進行療養。白皮松距閬風亭極近，别墅剛剛修繕好，窗明几淨，設施齊全。於是母親由梁姐陪同帶着一些僕傭住上香山。這幢别墅地處半山，面前是一片開闊平坦的平地，遠遠望去，玉樹山莊、壽康泉等景觀都歷歷在目。我們每星期六上山，星期日下午回家。母親剛剛上山時，身體稍有好轉。天好時甚至還在平臺上放張躺椅，靠一會兒。記得那年中秋節，適逢星期六，那晚天氣又好，明月當空。母親讓人放好躺椅躺着賞月，我坐在她旁邊，聽她娓娓談她的生平，直到夜深。我已感到她身體已經不行，她和我談的話都是有深意的。次年春，我母親搬回城裏住。夏季我初中畢業，直昇育英高中。那年十二月八日，日本發動了太平洋戰爭。十二月九日，日本軍代表進駐育英中學，强行接管。本來學校昇美國國旗，我們這些學生就像生活在飛地之中。這樣一來自然完全變樣，副校長美國牧師邵作德（美國加州人），被迫輾轉回國，日本軍代表竹内一每周一來校訓話，我感到不勝屈辱。

我從十一歲起有了兩大嗜好，一是集郵，二是飼養蟋蟀。我集郵入了迷，我父親早年的郵件成了我集郵的資本。從一大箱郵件中發現有幾大封信件，上面貼着美國弗蘭克林頭像老郵票，票值都是五美元大值的，紫絳紅色，品相都極好，一點没有損傷，總共有十多張。當時我爲集郵，從東安市場舊書攤上買到了一九三六年版的 Scott Stamp Catalogue，我從中查到這張郵票價值很高。

也是那年，我開始養蟋蟀。後來又在舊書攤上買到賈似道的《促織經（蟋蟀譜）》，我又陸續買到十幾個陳舊的古燕趙子玉蟋蟀盆，和趙子玉的大鬥盆。一九四一年是我飼養蟋蟀最多最好的一年。那年我曾有兩個蟋蟀赢了余叔岩的，余是著名京劇老生（孟小冬的老師），他當年是北京著名的蟋蟀養户。至今我已年近七十，却仍有這種童趣。

一九四二年春，我母親的病況急轉直下，另一方面父親來信説經商被騙，錢款被合伙人秦彭年攫取一空。這時我功課却較緊張，我每天下學回家後就去探看母病，接着就趕做功課，做完後再進去看看母親。到她去世前一個多月，我搬進裏屋，即她卧室隔壁的房間，幾乎每到下半夜兩點鐘，她總會劇咳。我即起來給她倒藥，這是當時法國醫院院長貝大夫給開的藥，極貴，我後來才知道是用嗎啡鎮咳。在臨終前十天我幾乎兩天就去一趟電報局給父親打電報，告母病危請他速回。但一直是一點回音也没有，也没有錢匯來。到母親去世前一天夜裏，我做完功課去看她時，她讓我坐在她床邊上對我説：「唉！孩子，你父親這樣對我太不應該了，我和他即使是二十年朋友，他也不該這樣對我！」在我離開她之前，她把手上最後一件首飾紅寶石戒指交給我，讓我明天早上拿到當鋪去當掉。我回到自己房間以後哭了半夜，想想過去母親有那麽多珍貴的首飾，曾使很多貴婦羨慕不已。到她病倒以後，父親陸續把所有首飾拿去，到後來就剩下這一個戒指，還得進當鋪。

第二天清晨趕到當鋪，當了戒指，祇很少的錢。趕回家打電話到法國醫院請貝大夫來搶救，因當時母親已大口吐血，貝一到就給我母親打强心針，誰知反送了命。當時小姨太在旁緊握我母親的手，我母親神智還清楚，大聲呼道：「妹妹，照看我的孩子！」就此停止了呼吸。她生於丙午，故於壬午，虚齡三十七歲。我除立即以電報向父親報喪外，當天下午即到母親生前好友去報喪并求助，如中國銀行總經理王紹賢夫人、孟小冬、李律閣夫人等，她們都很慷慨，這樣買了壽衣棺材成殮。當晚我守靈一夜，第二天送法常寺辦佛事，當時我才十六歲。父親在母親去世後的第五天才回了封簡單的電報，令人惱火的是結尾四字，是「衣衾從豐」四個字。當時我一家還有十餘口，我們兄弟三人，小庶母和她的三個孩子，梁姐，我奶母及另外兩位女傭，厨師，連喫飯都成問題。幸虧母親生前朋友知道後都趕來探望，多少都周濟一些。父親直到母親故後第四十五天才來北京，帶着劉森玉及管家胡炳。在母親斷七那一天，從法常寺請來僧侶到家做佛事放焰口，後三天即帶了一些值錢的書畫回上海去了。這些都大大傷了我的心。我在母親故世前一年給自己起了一筆名「桑戍」，這是因爲我母親姓桑，戍是保衛的意思。我希望能保護母親不受傷害，然而我却未能做到，實在是畢生憾事。另外，從母親逝世那天起，我吃了一百天淨素，而且從那年起每年在我生日那天總是吃淨素，迄今五十四個年頭了。

一九四六年秋，我和哥哥考慮到以後繼學和生活問題，把自行車賣掉，凑了路費到上海找父親。大姨太（大庶母）表面上對我們表示歡迎，實質上完全相反。她唯一堅守的原則是對我們的昇學、生活不聞不問，就完全説明問題了。她幾乎每天晚上向父親逼錢，如沒有即大鬧，我們也很難勸。在這種情況下，要父親安排我們的生活和上學肯定是難以指望的。

後來，我去找我的義母，我義父名鄭子嘉，是廣東潮陽人，實業家。那時已轉到了重慶，在汪山造了別墅，就在那裏納福。我義母有兩個女兒，兩兒子，大女兒比我大一歲，二女兒比我小一歲，兩個弟弟都還在上小學。我見到義母之後，就把母親去世後我們的處境説了一下，并希望她能資助我們去四川讀書，她一口答應。

在鄭家的資助下，一九四三年秋我們終於成行。在這之前我們兄弟也曾去見了李思浩，他也贊成我們赴川讀書，并給了我們一些資助。在快到洛陽時，一夜住彭婆鎮，大雨。凌晨房屋被大雨冲塌，祇得動身。那裏離洛陽有近五十公里山路，我哥哥因病躺在架子車上，我冒着雨推着裝滿行李的架子車過龍門山。我在龍門山上望着山下波濤滚滚的伊水發出誓言：「抗日，讀書，救國。」我們從早上五時半出發，下午一時在龍門鎮上買了點乾糧吃了後繼續趕路，直到晚上八時進洛陽城。在城中又轉了一個多小時，没有找到落脚處，後來總算在社會服務處過了一夜。我是一天下來疲憊不堪，渾身濕透，兩脚血泡都磨破了。

我們輾轉到了成都，後來又進入金陵大學外文系就讀。鄭家爲我們生活用項作了安排，即每月向國泰影院經理處領取，鄭家再轉撥償還。這一年我成了橋牌迷。

第二年春，義姐寫信告我，她將陪同義母來重慶，希望我暑假到重慶去探望義父母并和她一起度假。暑假我到了汪山，她們家那幢别墅不小設施也好，山上盛暑時可比市區低十幾度，涼風習習，真是避暑勝地，怪不得蔣介石、杜月笙等權貴都在這裏度夏。義母看見我去異常高興，義父過於肥胖，高血壓已經半癱。一天夜裏，義母把我叫進去，邊上祇有義姐在。她告訴我，她想要分家。因我義母也是繼室，義父前妻有三個大兒子，都掌握着經濟大權，她不甘心在他們下面討生活。之所以要抓緊進行此事，是因爲義父身體不好，恐有不測。另外，我義母和杜月笙夫人相熟，杜月笙現近在咫尺，託他幫忙講句話，總能主持公道。那些天，我義姐總在晚上拉我談天，甚至談到深夜。我雖覺她很好，但我以爲我和她貧富懸殊，是不可能結爲夫婦的。另外，我也不想介入她家的析產問題。這樣，我也祇好悄然走開。次年，她在析産後不久下嫁杜家三公子後，即去美國定居。幾十年來，我雖一直感念她家的善遇，但半生坎坷，無由答報，也祇好算了。

當時我想，我再也不能用鄭家的錢了，唯一的辦法是輟學去工作。我很快在成都空運處找到工作，并被派往廣漢機場，美軍代號 A3Base，在空運物資接轉所工作。主任郭和仲知我會英語，就將我派往機場。當時工作很緊張，日夜都在接運自印度飛越喜瑪拉雅山而來的一百號汽油，常在清晨 B29 起飛轟炸東京。而奇怪的是在四四年冬到四五年初，在廣漢縣城竟有大量的美軍一百號飛機油黑市。縣城裏酒樓入夜燈光輝煌，四五年初春一天傍晚，我搭美軍便車去成都。路過廣漢，見一酒樓外停着十餘輛卡車，都是我們空運處接轉所的。我進入酒樓一看全所的人，在郭的帶領下，在那裏大事飲宴。我向外面個别司機打聽到，他們在成都城内領到配給的燃料酒精（那時卡車用酒精作燃料），在城市按黑市高價賣掉，然後在廣漢以低價收進美軍黑市汽油。這項差價使他們大發横財。我從酒樓出來之後，郭令一個小職員出來向我行賄，我拒絶了。後他們事情敗露，以爲是我揭發。郭是當地袍哥（黑社會組織成員）并與當地駐軍三七六團團長是朋友，一些司機聽説郭要買通當地駐軍拉我當壯丁，於是他們勸我避開，後來我就轉到新津機場美軍空運部工作。離開廣漢之前，我寫了份辭職呈文直接寄空運處。而我到新津工作不久，副處長劉一連（他是留美學醫的，當時不知怎的當了官，解放後是上海第二軍醫大學教授）到機場視察碰見我，好像完全不理會我的辭職呈文，而是通知我立即到成都總處報到。對我説：「總處已下令晉昇你，并調你至重慶主持白市驛、九龍坡兩機場的開辦業務」。我旋即到成都總處，見到處長郭大雄（勝利後他調任北京第八公路局局長，解放後他是上海財經大學教授）。他對我説：「我們都知道你是正直愛國的，但年輕人做事，豈可知難而退，半途而廢！」在我赴任之前，我去看哥哥，才知道我義父母在兩個月之前先後去世。那時我以工資支持我哥哥讀書，他又轉學到大夏大學讀歷史系去了。

我隨即動身去重慶，在我到達内江的那天夜裏，一九四五年八月五日，忽然街口大放鞭砲并張貼號外：「美軍投擲了原子彈，日本已無條件投降。」我到了重慶向上級報到時，他們對我説，由於日本已投降，空運業務已完全改變，要我住下來待命。不數日，告我白市驛機場業務已結束，不必再去了。但九龍坡由於有特殊需要，則還須有人有車派駐。就在那時我看到了毛澤東主席到重慶談判。不久九龍坡業務結束，我就到新橋辦事處待命。轉眼秋去冬來，我再也不能忍受這種喫飯拿錢無事做的狀況，乃要求遣散東歸。四五年底，我領到了遣散費，搭便車到成都帶上我哥哥和我一起回上海。由空運處安排便車直到洛陽，在經劍門時得知國共内戰又起。我曾作一首五言長律，中有「疊嶂隱石徑，曲水送萍踪」句。第三天午後，車行至澠池時竟因積雪路滑翻車。當時有死有傷，我們兄弟衹受輕傷，次日重又上路。到上海時已是四六年一月中旬快過春節了。我原以爲所拿到的遺散費爲數可觀，我們從四川回來一路又搭便車，本可省下不少。我可以把省下的錢作爲繼學之資，誰知到上海時已所剩無幾了。大庶母天天向父親逼錢，一如既往。當然，父親此時還不是一無所有。就在四六年春節前，有人送來一宋代象牙如來佛像求售。通體紫絳紅色，刻工極精，而且保管得極好。有一尺多高，重七斤半，是一塊整牙雕刻的。蓮花底座上還殘存着金箔，下面有小字隸書款「蕭服製」字樣，蕭服是北宋管宗廟的官。雖索價不低，父親還是買下了。

春節過後，大庶母決定把上海的住房頂掉，把家搬到蘇州去。我思前想後，決定回北京。一九四六年八月，大庶母將上海房子以八十兩黃金價頂出。我則由父親的一些老友資助，回到北京。一到家就發現債臺高築，小庶母帶着三個弟妹苦不堪言。我的胞弟已在高中讀書，也無能爲力。在這種情況下，我把帶回的錢全部交小庶母去還債和維持家用，我則外出找工作。一九四六年九月十六日，我考進北京敵僞産業處理局當英文文書。這樣，家裏總算有了固定收入，一家人差可温飽。

十月間，哥哥從上海來信説，他在滬度日如年（我到北京後不久父親介紹我哥哥到某友人在滬的商行工作，供食宿，但工資不多），希望我在敵僞産業處理局幫助他找份工作。當時恰好有個機會，一談即妥，但要限時報到。誰知我哥哥一拖再拖，還要等飛機，一直拖到十一月中纔到，結果工作告吹。

他來了之後成天坐在客廳裏不知在想什麽，那時他經常和住在附近的孫貫文往來。孫是北大中文系講師（其父孫漢塵原是吴佩孚的參謀長），孫貫文精於文物鑒别，對我家的收藏早就在動腦筋。四六年十二月我考取上海税專，而就在這時我哥哥極力要小庶母帶着弟弟妹妹跟我一起走。我小庶母很善良，明知哥哥此項決策是把她們母子趕走，他可隨意處置家産，但也没有辦法，衹好聽他擺佈。

那時賣出的珍本書，有明顧炎武的《一角編》詩稿手稿，柳如是詩詞手稿。這些都是無比珍貴的手迹孤本，但還留存不少明清善本書（宋版書已被父親取走），此外家中還有那麽多文物書畫，如大幅唐代五彩牡丹壁畫，郎世寧奉敕油畫花卉（蜻蜓，芙蓉），那麽多瓷器，那麽多紫檀紅木傢具，特别是一個六門烏木古董橱（據説是清代中葉的東西），極名貴。可是在哥哥手裏，竟然不過一年時間，使之蕩然無存。

我在四六年年底前離開北京家時，把收藏的全部郵票給了弟弟。特别是一個郵票攤主是我上初中時的老交道，賣給我的一套晉察冀邊區樣票（這早已是珍郵了），一并給了他。這樣我真是孑然一身離開舊家的……唉！一切身外，萬事分定！（小庶母到上海後不久，就與父親離異了）。

我於四七年初進入上海税務專門學校學習，一九四八年一月，我在最終的派關考試成績名列第三。一九四八年二月，我被派至上海海關工作。那年秋天偶然與同事一道去大陸書場聽説書，書場對面就是我岳母家，散場之後就去看看老太太。老太太看到我一面感到高興，可又認爲我氣色很不好，以爲我病了。問起我的生活狀況，建議我搬到她家去住。我想這樣也好，可以彼此有照顧。於是，我就從海關單人宿舍搬到我岳家去。

那年我妻十八歲，我比她大四歲。我們是從小就相識的，而且彼此都相互瞭解。記得一九四〇年我來上海探視母病，我去她家正值岳父病故，我還趕上參加大殮。那時她才十歲，家道陡然中落。而八年之後，我再見到她時，已是楚楚可憐的大姑娘了。她小時候很胖，但這時却異常纖細柔弱。雖家境不好，但言談舉止不失大家風範。過去她是錦衣玉食，現在是粗衣布服。但雋永的姿質，却是掩蓋不了的。我很快地感覺到她是可以和我共此一生的妻子，在這之前，我雖與其他女子有過婚事之議，但或者是我不願攀附富家，或者是人家嫌我孤窮離我而去。次年四九年二月，我們訂了婚。

那時國民黨在軍事上節節敗退，經濟上惡性通貨膨脹。物價一日三跳，人心惶惶，不可終日。我的工資雖可維持一家溫飽，但局勢强迫，我得考慮應變。我可以請調臺灣，但我既已訂婚，就不能不考慮我妻一家的安排。拖家帶口不僅十分不便，而且到了那邊，人生地不熟，如何生活都成問題。如果我一個人走，那以後政局割裂，人各一方更是不堪設想。所以我衹有留下來，靜候其變。

一九四九年五月二十五日上海解放，那天早上我就到外灘海關大樓上班。當時外灘還有槍聲，蘇州河以北還在打。解放軍代表向我們訓話以後，我們就算是留用了。

一九四九年六月二十三日，我和陳文淵在上海金門飯店舉行婚禮。從那時到現在，我們經歷了近半個世紀的艱難旅程。

我妻在四九年務本女中畢業以後，因爲結了婚未能繼學。這時到處都在提倡儉樸，海關在五〇年初進行工資改革。原則是要符合中央標準，我的工資收入大幅度減少。二六轟炸，我的好友陳昌齡在吴淞被炸身亡，我爲他寫了悼詞墓碑。五月我們有了第一個女兒，與此同時感到生活困窘，於是就變賣衣物。半年以後，我妻去新華書店應聘被録用。從此我們夫婦在外工作，岳母在家操持一切。

一九五一年五月，我被調至海關總署幹部訓練班學習（思想改造及海關驗貨估價業務）。十月，我參加了青年團并負責編輯班報。學習結束時，我以成績優良被評爲學習模範。但不久三反運動開始，我被懷疑是貪污犯，接受審查達一個月之久。後結束審查，調我回到上海海關工作，這是五二年三月。五二年十一月妻生下我第二個女兒，十二月我家搬至安亭路海關宿舍。五三年三月我因開放性肺結核病咯血。由於突然發作，病勢險惡，加上腸胃道出血，更是危險。經送醫院搶救，始轉危爲安。家人爲了救我，把岳父留下的刻花櫸木傢具都賣了。半年後，我恢復了工作，我決定支持我妻去學醫。五四年她畢業後，就在紡織局所屬第一醫院工作。

一九五五年五月，海關調我至上海食品進出口公司工作。兩年之後，我成了業務骨幹。五八年一月，我被下放至農村勞動。我在那裏辦起了中學，一邊勞動，一邊教書。胃病逐漸好了，衹是壞了嗓子。五七年春，曾由著名京劇老生教師劉叔詒教我學了幾出京戲，人們都認爲我嗓音高亢渾厚，深得余叔岩韻味。然而下鄉勞動以後，由於終日幹重體力活，聲帶變厚，從此再也不能唱戲了。

五九年三月，我被突然調回公司，直接到經理室報到。原來這一年之中，公司搞大進大出，造成了二百多筆欠交懸案。我幾乎天天夜以繼日，工作到深夜回家，第二天清晨即趕到公司。盡了一切努力，終於解決了所有懸案。與此同時，我經過多方搜集情報資料，發現有些商品售價過低，經過與國外洽商，不但提高了售價，而且增加了銷量。在六一年，我運用接受國外定牌作爲透入市場的策略，打開了一些重點商品在英國的市場，并且連續兩年做滿配額。六四年春，我在全上海外貿系統，一千八百多涉外人員的業務和英語的突擊統測中，獲第一名。當時上海外貿業餘大學主持教務的孫照南，曾問我何以獲得良好成績，我曾向他展示過我從國外報刊上收集到的各種貿易爭議案例，還有不少貿易仲裁的實例，這些都詳細地記在我的一本筆記本上。誰知所有這些，都成了「文化大革命」中我的罪狀。

一九六六年六月六日，一場空前的動亂開始了，公司裏第一張大字報就是針對我的：「打倒資産階級反動學術權威章汝奭」。這一發難，大字報鋪天蓋地。八月初，上海抄家活動開始，我在第一天就被抄了家。我最大的損失，是我岳父留下的清代精印的《澂秋館吉金圖譜》（宣紙精印一函一册，序文中寫明祇印一百册）。當抄出一大疊我在舊貨公司變賣衣物用具的收據時，還説我在標榜自己。我家因在沿馬路（六二年我家自安亭路海關宿舍遷至太倉路），一排玻璃窗被砸得粉碎，沿馬路的房門被貼上白紙黑字的大字報。我的兩個女兒也倒了霉，出門遭人毆打。我的老岳母也被拉到大街上批鬥，無中生有地説她是地主婆。我在前一天還主持着對遠洋的實際業務，而在第二天就成了敵人。我的那本記載着多起案例的筆記本也被没收了。這真是一場言之令人心悸的惡夢！

面對這種恐怖，最鎮定的是我妻。她問我：「你有没有問題？」我説：「當然没有。」「那好，你第一不可跳樓，第二不可跳黄浦。留得命在，以後總能説清楚的。否則，兩個孩子就苦了。」我有幾次在公司被鬥至凌晨兩三點，逼我回家，早上七時再到公司報到。當我在凌晨三時到家時，老岳母和妻都在眼巴巴地等着我，我内心的悽苦真是難以名狀。如果不是妻子的這幾句話，我是真的可能自殺的。

直到一九六八年初，我的問題才算解決。其實我什麽問題也没有，硬要説我是政治路綫上站錯了隊，這真是没有什麽道理可講。我自知不可能再被起用，但我很客觀地認爲在外貿的業務開拓上我是有建樹的。十多年一百數十筆合同，没有一筆落空不履約的。個別合同對方不履約，也是經索賠并得到賠償結案的。粗粗估算，我在提高售價，爲國家增加外匯收入，和處理索賠懸案，減少外匯損失，總在百萬英鎊以上。這方面的功罪，衹有後人評説了。

我從事外經貿工作及教學數十年，我一直認爲對外貿易有些前提條件是不可或缺的：

一、良好的基礎設施；

二、適銷合格商品的穩定均衡供應；

三、絶對守信，保證分配渠道的正常秩序，保障經營商的合理合法利益；

四、信息靈通及時掌握時機和機會；

五、從業人員素質高，具備充分的專業知識和高效率的工作。

我一直認爲這些條件至關重要，否則既不可能獲得市場基礎，更不可能贏得競爭的勝利。

在發生了這樣巨大的變故之後，幾乎所有親故，甚至兩個同胞兄弟都和我斷了來往。而也就在此時，曙光醫院的張天醫師竟不畏危險來看望我，從此我們成了好朋友。「文革」以後，張天以他醫術高明晉昇爲主任、教授、岳陽醫院院長，近年來更成爲全國著名的腎病醫治專家權威。

七〇年一月，我在風雪之夜下放到南京梅山工地。先是挖土方排水管，四個月後安排在後勤部食堂作炊事員。我從事的是極簡單的機械勞動，每班淘米八百斤（兩個人操作）。淘好後，用三兩四兩搪瓷碗裝好加水，用蒸汽鍋蒸好，就没事了。在開飯時站窗口賣賣飯，開完飯和其他炊事員一起洗碗，如是而已。

七一年九月，我妻也調來工地。她被安排當廠醫，後因氣候不能適應，心臟病大發作住梅山醫院，四十天仍未能控制，就回上海療養，前後在工地不過八個月。我大女兒那時還在崇明農場，後調至上海機床廠當磨床工人。路上單程要兩個小時，但不管怎樣，總算有照顧，我也稍可放心。

我初到工地時，工餘之暇，總是與一些老朋友一起喝酒談天。在妻子來工地後，也曾考慮過就在那裏安家落户，終老此生。但後來妻不能適應那裏的氣候，祇能考慮如何能調回上海。在七二年之前，工地上有人組織玩橋牌，於是我也參與。後我妻返滬養病，而橋牌圈子的組織者又調離工地，就覺得索然無味。這時妻一再敦促我臨池練字，讀書寫作。我也猛然感到，與其讓歲月流逝，還不如抓緊時間，讀書寫字爲好。本來在這方面我是有基礎的，即使過去我在上海時，每年夏天總要爲友人寫幾頁扇面。而這時，恰恰有大量業餘時間可資利用，於是無問寒暑，寫字看書作詩，成了我每日功課。歷代書家論述，楚辭，古詩，唐詩宋詞成了我的最好伴侶。宿舍中没有桌子，我就用一張方凳上面鋪一塊木板，就是我的寫字檯了，我就坐在一張小矮凳上寫，往往可以坐在那裏寫上幾個小時。妻子甚至抱病給我寄來宣紙。

很快工地上就有不少人知道我，不少人來找我切磋書藝。我總把自己的見解體會，無保留地告訴他們。到七四年，工地上書法活動已蔚然成風，工地總指揮、少將柴書林甚至到我宿舍來求字。七四年春秋，我曾先後經人介紹，訪問了林散之、高二適，他們都給了我肯定評價。我之所以能不斷有所進步，是由於每日研讀古人書法理論，特别是清劉熙載所著《藝概》對我幫助很大，每日研習碑帖，每日臨池數小時，時時否定自己，不斷有新的領悟、新的眼光、新的衡量標準。

七六年一月，周恩來總理逝世，工地指揮部決定舉行悼念活動。八百多字的訃告，要寫在高近四米、寬二米的一塊裱好白紙的大板上，寫好晾干後再竪立起來。字大約一寸半，竪起後要使站在十米遠的人看得清清楚楚。很自然指揮部領導就請我去寫。時值隆冬，我跪在板上懸肘書寫了四個小時，一氣呵成。寫得凝重端嚴，大有唐楷氣象。工地數萬人輪番排隊到這裏進行悼念，很多人都問這塊訃告是誰寫的。自此我的書法家稱號，在工地上幾乎是衆人皆知了。

七六年粉碎「四人幫」後，北京榮寶齋先後舉辦了兩次書法展，我都有書作參展，并得到好評。梅山工地真可説是藏龍卧虎，我經人介紹認識了原在市委辦公廳工作的梅益聲。他告訴我有位老幹部剛恢復工作，人極正直，文化修養也高，懂得書畫，有鑒別力，你不妨拿兩張平時隨便寫的字交給我，我拿去給他看，對你將來落實政策可能有作用。這位老幹部就是王一平，後來是上海市委副書記。他一看之後，就説好，有書卷氣，隨即記下我的名字。

七八年夏，工地指揮部找我談話，説工地有項進口成套設備的業務談判，想請我當譯員。我説我對冶金專業一竅不通，不能勝任。後來把梅山中學英語教研室主任鄔克勤調去，讓我替他教英語一個學期。我代課的成績不錯，受到學生的普遍歡迎。

七八年秋，十一届三中全會之後，全面落實政策開始了。十二月，上海工交辦主任楊慧潔到梅山來，在幹部大會上點了我的名，强調指出我是書法家，在梅山當炊事員顯然不合適。這樣，在七九年一月，我和妻的工作關係都轉到上海，這時我已五十三歲了。

我在等待落實工作的時候，一友人介紹某香港大公司代表來訪，擬聘我到香港去任該公司進出口業務部經理，待遇很優厚，還可給我一筆安家費，以表示他們長期聘用的誠意。我思前想後還是拒絶了。我下定决心，在什麽地方跌倒，就在什麽地方站起來，我要在爭得的餘年中有新的建樹。

七九年三月，我終於接受了上海外貿學院的邀請到學院任教。三月份報到，五月份我就上了講臺，講授「進出口業務」。十一月，我接受美國某參議員的請求，用小楷書寫美國副總統蒙代爾在北京大學的演講，全文六千多字，受到美國的重視。卡特總統在前面親筆題詞，并裝裱上卡特和蒙代爾在玫瑰園的合影，派特使送到北京，通過周培源轉請鄧小平題詞。鄧的題詞是「愿中美人民世代友好」，這本册頁現存美國國會圖書館。

八〇年二月，春節剛過，年初三夜裏，我忽發胸痛一夜未眠。次晨岳母去淮南我妻舅處，我則去曙光醫院診病。經胸部透視，發現胸腔内有大腫瘤。以後經轉診至胸科醫院，後又轉診至腫瘤醫院。十多位X光科專家診斷的結果，十有九説是淋巴癌。這可急壞了我妻，因我和她結婚前曾説過，我五十四歲時有個大關口，如過得去，才能和她偕老。我幼小時曾學過卜算，她當時不信，這時陡然想起，自然十分驚悸。從二月初到五月下旬，她成天陪我跑醫院。到五月下旬，我從早到晚吐血不止，終於在胸科醫院做手術切除。手術進行順利，切除了一個有拳頭大小的胸縱膈良性腫瘤。手術後我到蘇州療養三個月，到八〇年十月下旬，我恢復了工作，從此我又開始了十多年的拼搏歷程。

我在這十多年中的著述，在外經貿、營銷、廣告等專業方面有：《廣告學基礎》、《合同談判手册》、《國際商務詞典》、《實用英漢國際商務詞彙》、《國際營銷學》、《營銷學基礎》、《外經貿一千問》、《廣告媒介的有效應用》等。

在書畫藝術方面有：《中國書法》（譯文審校）、《書法品評》、《怎樣寫小楷》、《書作雅俗辨析》、《法書的複本與僞迹》（譯文）、《談陸儼少的詩書畫》等。

在詩文方面，有《讀詩偶得》八篇，此外陸續在全國各大報刊發表詩詞八十餘首（《詩刊》、《人民日報》、《解放日報》、《厦門日報》、《北京日報》、《北京晚報》、《新民晚報》等均有，以《厦門日報》刊出最多），我有三首詩詞入選《中國百家舊體詩詞選》。

我所作詩詞不下三百餘首，散佚一百餘首，現選一百十餘首在我的詩文集中。王國維告誡世人不爲應酬文字，向所服膺。在這方面，我也確曾苦苦思索，不下二十餘年。

爲海隅書屋王一平氏、顧湰醴泉先生、戴葆松先生收藏的書畫作題，也收入我的詩文集中。我的蠅頭書，最好的是兩幅《金剛經》，均有沈子丞畫佛像。我最好的行草書是《賈誼論》長卷，最好的細楷小楷是《哀江南賦卷》、《楚辭漢賦卷》、《南華經長卷》、《十至文卷》、《秋水篇卷》。凡我應人作書，總要自己認可方持以贈人，否則寧願廢棄，不願貽後世之羞。

從八一年到九〇年，我從講師到副教授到教授，并曾指導四位研究生獲得經濟學碩士學位。我教書，自然學生不少，但從我學書的僅白謙慎君，已定居美國，曾在北大讀書時獲全國大學生書法比賽一等獎，在美國獲東方藝術史博士學位。另有位私淑女弟子吳玉華，遠在青海，素未見面，和我通訊往來十多年，視我爲師，情義深厚，并爲誌之。

一九八五年，我曾受外經貿部指派，在荷蘭鹿特丹聯合國世界貿易中心撰寫《國際營銷案例》教材，獲版權。

從一九八五年開始，我開廣告學課。一九八七年，我撰寫的一篇《廣告的責任規定與管理》受到廣告管理當局的重視，全國廣告協會學術委員會成立大會上作中心發言。與會代表反應熱烈，旋即被吸收進入學術委員會。九一年，我參加首屆國際廣告研討會，我用英文在大會上宣講《中國的廣告環境與廣告機會》，受到大會執行主席國際廣告協會理事長諾曼・維爾（Norman Vale）贊許，當年被國際廣告協會吸收爲學術會員。

我平生結交的好友有張天、顧淦、梅益聲、盧祖品、鮑韜、金寶山、陸儼少、沈子丞、卞祖怡、張衡德。我和盧祖品、陸儼少、沈子丞的詩文書畫翰墨緣，或是值得一書的。

一九八二年，我在上海人民公園開過個人書法展，頗有好評。同年被邀進入上海書法家協會（第二年即以志趣不合而退出書家協會）。那年冬，友人金寶山（《海港報》主編）介紹我認識了陸儼少。他當時住和平飯店，從事巨幅畫作。我和金寶山及胸科醫院羅潔庵醫生去看他，金把我寫的蠅頭小楷給他看，他看了之後驚嘆地說，「真是鬼斧神工」。倒也不是說我對這些肯定的贊語認爲無足輕重，而是我在那時已在追求新的突破。我以爲大字宜放中有斂，小字應斂中有放。小字衹有具備大氣象，才會有耐人尋味的神韻。而要做到雄渾恣肆，就要點畫厚重，一反故常，這當然是不容易的。當時他好像還在忙着招呼別人，我坐了一會也就告辭。我儘管非常喜歡陸的書畫，但我不願以趨奉取悦的態度去乞求友誼。

這樣在這之後將近兩年的時間裏，我和他并無往來。後他遷居杭州，一九八四年記者許寅往杭州采訪。我曾爲許寫過蠅頭書《前後赤壁賦》，後面剩有近三尺白紙。我給他時説，後面可請畫家配《赤壁圖》山水畫。許將此紙帶去見陸儼少，請代爲畫《赤壁圖》，陸欣然命筆。後許拿給我看，水墨淋漓極精。當時陸問許：「章如今仍能寫此蠅頭否？」許回答説：「不但能寫，甚至比以前更好。」陸説，「如他肯爲我寫此二賦，我肯爲他配畫」。許特地將這話告我，并告我陸已到上海，住延安路寓所。我於是就寫好兩幅後往謁，晤談甚歡。他取出一些他平生最得意的書畫作品給我看，我仔細欣賞之後講了一些我的看法。他高興極了，因爲我推重的地方恰恰是他引以爲得意之處。那天我特意另帶去張舊紙，請他爲我寫張行書字卷。他感到有些奇怪，説：「上海有些人説我的字是畫家的字。」言下之意不無耿耿。我笑笑説：「這些人的話，你大可置若罔聞，我還退出了書家協會呢！」後來他曾多次對我説：「能在詩書畫藝見解上談得如此投契的人很少了。」不數日，他爲我畫好《赤壁圖》并寫好字卷。我即將其裝裱，友人看了十分羡慕。特别是《赤壁圖賦卷》，都説似此書畫雙璧十分難得。

八六年我去杭州開會。雨夜往訪，歡談至深夜。那年他爲我的《阿房宫賦》畫了《阿房宫圖》。八七年，他得知有蘇題的王晉卿《煙江疊嶂圖》原是我父舊藏，又爲我畫了《煙江疊嶂》，并鄭重地託王一平從杭州帶給我。一九八七年，寫了篇長文《談陸儼少的詩書畫》，并先後在新加坡、香港的報刊上發表。他看了以後，認爲是介紹他的詩書畫藝的最佳之作（他逝世後，他的長子陸京編輯出版他的書畫精品集時以此文代序）。他遷居深圳後曾來數函，中有「關山修阻，相見無緣，不勝思念」等語，并畫了幅梅花送我以示思念之殷。在他籌辦陸儼少藝術院之際，我爲他寫了首五古，還撰寫了陸儼少生平藝術簡介，得到他的首肯。在他逝世的第二天，聽到噩耗後當即寫了挽聯送去。後來我又寫了兩篇悼念文字，分别發表在《人民日報》和《厦門日報》上，也算是聊寄哀思吧！

八六年春夏之交，我應浙江省輕工業廳之邀去杭州講授「營銷學」。在講授結束的那天，《浙江日報》老記者倪元泰，爲我介紹《人民日報》記者散文詩人盧祖品，并説他這次到杭州來，曾在岳王廟作了首散文詩，其中有這樣兩句：「哪裏有岳飛，哪裏就有秦檜……」我握着盧的手説：「就憑這兩句，我想我們可以成爲好朋友的。」後來我們不斷有書信往來，我到北京開會時就抽空去看他，十年往來使我們也成了非常投契的知己。他出版的散文詩集總寄給我，讀來深沉雋永，自非常人可及。

八七年我經王一平介紹，結識沈子丞老先生。沈老詩書畫俱佳，然半生蹭蹬，淡泊榮利。所作人物畫，仕女幼童，佛像羅漢稱一時之絶，山水花卉均超塵絶俗。每晤對論藝，則欣然忘倦。次年秋，沈老爲我作《晚晴閣吟詩圖》，并由他弟子張倩華女畫師陪同，親臨寒舍。我送他詩作卷并賦贈七律三首，發表在香港《收藏天地》上。九〇年春節，他爲我畫《赤壁圖》，這幅《赤壁》與陸老一幅可説各有千秋。九四年春節，他以九十一歲高齡爲我作《秋山雨霽圖》，神完氣足。我爲此作了首七律，發表在《厦門日報》上。去秋今春，我兩次去蘇州看望他，見他精神矍鑠，爲之十分快慰。沈老對我的字評價很高，説我的大字藴藉凝重，有晉唐人風範，小字則是超越古人的。説文徵明尚有俗筆而我没有，還説在生紙上以蠅頭作

《金剛經》洋洋數千言一字不苟，小字如大字洵爲僅見。

我自九二年應金馬廣告集團之聘任首席顧問，總裁顧成待我不錯，我以是收入略豐聊可卒歲。我已六十九歲，我將盡可能在一兩年内完成詩文集的小楷清稿工作，願能付梓使夙願得償。

我有個外孫女章泳慧，二十歲了，行將在市三女中畢業。有些才氣，愛繪畫，在這方面也有些天份。衹是在我看來，艱苦、毅力都還不够。高中畢業之後，她將投考藝術院校。我想以後她的名字還改回「懿冰」，我最初給她起這個名字時，就是希望她能繼承我。唐張繼字懿孫，希望她能像張繼那樣能寫詩，「冰」是希望她能像李陽冰那樣寫得一手好字。我這些年的拼搏，也只是希望能爲她創造較好的物質條件。當然，一切主要靠她自己。

我還有個外孫（二女兒的兒子），名鮑夢陽，十一歲，秉性仁厚，但學習上缺少自覺性。只望隨着一年年長大，能對此有所領悟。

人生不過數十寒暑，富貴浮雲，往事如煙。拉雜寫來，只不過爲我的一生作個簡單而真實的記録而已。

一九九五年八月三十日晚八時四十六分

編後記

《章汝奭詩文集》終於編竣，掩卷之餘，不勝感慨，覺得有必要在這裏補充幾句。

首先，章先生的這部集子，主要由以下幾個部分組成：

《晚晴閣詩文集》，是章先生生前親自編定并正式出版過的。這部書，他用小楷親筆謄寫，宣紙精印綫裝，分上下兩册，藍布函套，由上海書店出版社於一九九五年原大影印出版。由於爲時已久等原因，此書目前比較稀見，流傳不廣。

《晚晴閣詩文續集》，也是他生前親自編定并細楷謄正的，共一册，二〇〇七年由石建邦和梅俏敏等人籌劃按真迹原大影印，并仿綫裝書的式樣印刷裝幀。這部書當時僅印了六百部，私下分贈友好，如今也已罕覯。

《晚晴閣詩文集補編》，主要涵蓋了章先生生命最後十年中所作的詩文題跋等文字，大都在報刊上發表過，以及他的一些書信，還有手稿筆記中未刊過的詩文題跋，我們予以一一蒐羅整理。此編的内容非常豐富，字數上也超過前兩編的總和。

其次，我們將《章汝奭自傳》一文作爲附録收入書中，供讀者參考。此文寫於一九九五年六月至八月，當時章先生曾請人打字油印了上百份，分贈諸友好。此次出版，我們特別重新予以標點和分段，以方便閱讀。

章先生出生書香世家，舊學修養十分深厚。他非常重視自己的文字，常常字斟句酌，反復推敲，決不輕率隨意。此次整理先生的筆記本，發現裏面的詩詞題跋都要經過三番五次的修改，一遍遍鈔寫，才最後定稿。有的詩稿，比如他紀念與妻子陳文淵結縭六十載的那首詩，先生反反復復，鈔寫修改了十幾次之多，其認真嚴謹可見一斑。

值得一提的是，章先生學貫中西，生前是國際著名的外貿專家，廣告學和國際營銷學方面的權威，他在專業方面的著譯成果同樣宏富，可惜這些并非本書的編選範圍。另外像在他的筆記手稿中，我們還找到一篇題爲「爲劍橋國際中心的新生講幾句話」的講話稿，是二〇〇六年應該中心張主任邀請以八十高齡爲新生所作的一個報告。這篇稿子談治學之道，深入淺出，循循善誘，且中英文交互使用，倍見章老非凡學養。無奈限於體例，這類文字本書也只好割捨。

爲章先生的詩文題跋等文字結集，正式出版，以廣流播，一直是我們的一個心願，也是紀念這位文化前輩的最好方式。去年章老逝世不久，我們就開始籌劃此事。章老外孫女章懿冰積極配合，爲本書提供了很多寶貴資料；章老生前親朋友好給予熱情支持，提供相關書信題跋等資料；上海書店出版社楊柏偉先生則竭盡全力，爲本書的順利出版多方幫助和關心；白謙慎先生是章先生的弟子，也是章老在書法上唯一的學生，承他百忙之中爲本書撰寫很有學術分量的序言并作校閱；還有其他很多人爲此書無私出力，在這裏，我們一并向大家表示誠摯的感謝。

限於編者水平和能力，書中疏漏和舛誤之處在所難免，祈請各位方家批評指正。

謹以此書付梓，告慰章先生的在天之靈。

石建邦　李天揚　二〇一八年六月

圖書在版編目(CIP)數據

章汝奭詩文集/章汝奭著;石建邦,李天揚編. —
上海:上海書店出版社,2022.8
ISBN 978-7-5458-2164-2

Ⅰ.①章… Ⅱ.①章… ②石… ③李… Ⅲ.①詩集-
中國-當代 Ⅳ.①I227

中國版本圖書館 CIP 數據核字(2022)第 101833 號

責任編輯 楊柏偉 章玲雲
封面設計 酈書徑

章汝奭詩文集
章汝奭 著 石建邦 李天揚 編

出　　版 上海書店出版社
(201101 上海市閔行區號景路 159 弄 C 座)
發　　行 上海人民出版社發行中心
印　　刷 江陰市機關印刷服務有限公司
開　　本 890×1240 1/32
印　　張 13.5
字　　數 200,000
版　　次 2022 年 8 月第 1 版
印　　次 2022 年 8 月第 1 次印刷
ISBN 978-7-5458-2164-2/I·541
定　　價 118.00 圓